# 高桥烽火

陈爱社　陈光福　著

中国文史出版社

**图书在版编目（CIP）数据**

高桥烽火 / 陈爱社，陈光福著. -- 北京 ：中国文史出版社，2022.6
ISBN 978-7-5205-3567-0
Ⅰ. ①高… Ⅱ. ①陈… ②陈… Ⅲ. ①革命故事—作品集—中国—当代 Ⅳ. ① I247.81
中国版本图书馆 CIP 数据核字 (2022) 第 116861 号

责任编辑：梁　洁
封面设计：杨飞羊
内文制作：千湖印象

---

出版发行：中国文史出版社
社　　址：北京市海淀区西八里庄路 69 号　邮编：100142
电　　话：010-81136606　81136602　81136603（发行部）
传　　真：010-81136655
印　　装：廊坊市海涛印刷有限公司
经　　销：全国新华书店
开　　本：787×1092　1/16
印　　张：14.5　　插页：16
字　　数：180 千字
版　　次：2022 年 7 月 北京第 1 版
印　　次：2022 年 7 月 第 1 次印刷
定　　价：59.00 元

---

美丽高桥乡集镇全景

高桥烈士纪念碑

官田岭箩稗子惨案现场

下湾区苏维埃政府旧址所在地

陈家寨遗址

贺家坪战役木马凳大垭战场所在地（兴山巴东交界处）

红四十九师师部旧址（巴东甘家坪）

中共巴兴归县委会遗址（巴东甘家坪）

甘家坪新貌

贺家坪新貌（照片由任茂魁提供）

序

Preface

# 不可忘却的纪念

入冬以来，我在广东江门、中山采风，常常被许多创新驱动发展的人和事冲击得脑洞大开，激荡得灵魂打战。在采风过程中又结识了几位兴山乡亲，他乡遇老乡，文人见能人，倍感亲切之外，更为家乡人在这异地他乡干出的风生水起的事业感到骄傲，为他们的拼搏精神感到自豪！有感而发，于是连夜动笔，当新一轮太阳钻出海面，1666字的拙作《兴山赋》才完工。当我轻快地呼吸了一口南海的清新空气时，一阵急促的电话铃声把我拽回到了我那魂牵梦萦的故乡。兴山文友陈爱社先生告诉我："我们的纪实文学《高桥烽火》已杀青，能否请老师写个序，算是交了一份作业。"我当即说："好事！你做了一件大好事！你为我们那片红色的土地做了一件实实在在的好事！"

一个电话把我拉回到日思夜想的家乡——昭君故里。记得是一个春光明媚的仲春，一群朝气蓬勃的文友，满怀敬意，踏上了高桥这块革命先烈用鲜血染红的土地。我们肃穆地伫立在高桥烈士纪念碑下，聆听建党之初那刀光剑影的铁血故事；来到茅草坝下湾，参观了陈家老屋苏维埃政府旧址；缅怀了官田岭“箩稗子惨案”中深埋天坑中的革命先烈；站在贺家坪的高山顶上，寻觅硝烟弥漫的踪迹；瞭望万仙洞残存的弹壁，耳边似乎响起了红军与敌人激战的厮杀声；双手捧起田家坪的泥土，脑海里幻化出各种悲壮的浴血奋战的画面……

近百年过去，弹指一挥间。这是一段不可忘却的记忆，这是一部不可多得的史诗，这是一派革命英雄主义的气质！乡党委书记龙景丽握着我和县文联主席张学元的手说：“你们能不能写一部关于红色高桥的故事？红色文化是先烈们留给我们不可多得的巨大精神财富，我们要把红色基因浸透到精准扶贫和乡村振兴中去，如果有一部书写红色高桥的专著，我们就多了一股精神力量。”龙书记眼里满是渴望，那也是高桥人民的渴望。作家们纷纷表示一定尽力。在座谈会上，陈爱社说，他出生在高桥洛坪村，从小在红色故事里泡大，早已收集整理过这方面的资料，还采访过不少历史见证人和烈士亲属，准备花一两年时间写一本书。事后，《香溪河》推出了一系列有关红色高桥的文章，唯独没看到陈爱社先生的文章，我在心里画了个问号。一日文友小聚，对已有几分醉意的爱社说：“高桥的书动笔了吗？”他认真地说：“高桥人民托付我的事哪能放肩膀上扳地下呢？到时候请您修改。”我与爱社结交多年，知道他是一个说话算数的人，今晨接到他的电话，纪实文学《高桥烽火》已经杀青，我太高兴了！于是，我中断了手头的工作，细读文稿，以获得发言权。

我十分敬仰为了中国人民的幸福浴血奋战的人，为共产主义信仰抛头颅洒热血的人，为追求真理奋不顾身的人。高桥是巴兴归革命根据地的核心区，巴兴归是湘鄂西革命根据地的重要组成部分，湘鄂西革命根据地是中国共产党最早建立的群众基础较稳固的八大根据地之一，与鄂豫皖革命根据地、井冈山革命根据地产生在同一时代，在中国共产党的历史上有着重要的地位。对高桥红色历史文化的发掘、收集、整理、书写、宣传，正是讲好中国故事，传递中国声音的最好方法。

读完《高桥烽火》感慨万千。有人说读豪放派苏东坡的诗词像听关东大汉打快板，声音洪亮，气势磅礴，钻心入目，爽快！读婉约派词人李清照的诗词如足入闺中，轻声慢语，婉转缠绵，悲凉。陈爱社既不是诗人也不是词人，他的作品个中滋味让人想读、好读、耐读，仿佛他那铿锵有力的脚步在身边“啪啪”作响，让你不自觉地扭头张望。这是一种自觉的力量，而且是满满的正能量，散发着诱人的芳香。《高桥烽火》的立意、深度、广度、力度在他个人作品中是一次飞跃，是一部“贴近生活，贴近实际，贴近群众”的好作品，我们应当为他鼓与呼！

我是一名穿了46年军装的军人，对血与火的战斗有着异乎寻常的感情。《高桥烽火》以时间为线索，采用白描手法刻画了多个惊心动魄的场面。书中的故事跌宕起伏，引人入胜，喜怒哀乐，扣人心弦。铲除恶霸地主土匪头子张三阳，活捉狐假虎威的五虎将，智斗土豪劣绅陈孔裕，女兵放线单钓敌探子，营包夺战旗，夜袭鸡公岭，看后拍案叫绝，一个字：爽！严家井长蛇之战把敌人截为三段，各个击破，打得敌人屁滚尿流，两个字：痛快！官田岭“箩稗子惨案”，在那个血雨腥风的年代，黑云压城城欲摧，抽刀断水水更流。敌人采用梅花抱桩的形式搜捕共产党员，贪婪狡猾的敌人为盘剥家属最后一滴油，信奉“枯竹子也熬得出油来”，他们搜肠刮肚设下毒计，变本加厉迫害革命志士。陈大斌的母亲交出保命的一亩水田外加几块银圆，也没有保住儿子的生命。陈慎勤的父亲借了800块银圆，也只能见上儿子最后一面。敌人在对革命志士的用刑上残忍至极，惨绝人寰，老虎凳、消毒散、蚂蟥攻、十指刺这些刑罚人们闻所未闻。陈慎洲、陈慎勤、陈大斌、曹友娣、杨直亮、蒋英才、王发祥等先烈们大义凛然，宁死不屈，拒绝高官厚禄诱惑，表现出了共产党人为了人民的利益，为了共产主义信仰，惊天地泣鬼神的大无畏革命精神。敌人将烈士头颅点天灯，当众爆炒烈士心肝下酒，挖烈士生殖器喂狗等种种暴行，不仅没有瓦解革命者的斗志，反而更加激起了人民群众的义愤和仇恨。尤其是“箩稗子惨案”，革命烈士用血肉之躯谱写了一曲“富贵不能淫，贫贱不能移，威武不能屈”的人间正义壮歌。

《高桥烽火》除上述精彩片段外，还浓墨重彩地叙述了贺龙率领的红三军在兴山的真实故事，这是巴兴归革命根据地不可多得的珍贵史料。万仙洞战役、贺家坪战役场面宏大，叙述张弛有度，义理考据得当。万仙洞战役是一场敌我力量悬殊的战役，260名红军指战员据险以守，坚守了18个日日夜夜，敌人采用火攻、炮轰都没有动摇红军的战斗意志，用行动践行了“宁愿前进一步死，决不后退半步生”的铮铮誓言，为红三军安全转移赢得了时间，为全局的胜利发展赢得了空间。万仙洞战役是一次以少胜多，以弱克强的战斗，其功绩永远彪炳史册。贺家坪战役是解放大西南的首场攻坚战，解放军指战员不怕牺牲，敢啃硬骨头，彻底粉碎了国民党顽固派固守川东防线的阴谋，为解放大西南做出了不可磨灭的贡献。

万仙洞战役、贺家坪战役就像一座丰碑永远矗立在兴山县与巴东县交界的土地上，永远矗立在人民的心窝里。

习近平总书记指出：“祖国是人民最坚实的依靠，英雄是民族最闪亮的坐标”，“共和国是红色的，不能淡化这个颜色”。党的十八大以来，习近平总书记曾多次表达了对英雄的崇敬之情，号召全社会铭记英雄、崇尚英雄、捍卫英雄、学习英雄、关爱英雄。先烈传递给我们的革命火炬，我们一定要发扬光大，把他们对共产主义的忠诚、对人民群众的热爱、对美好生活的向往一代一代传下去！

关于红色题材的写作，是一个严肃的话题。历史不能假设，更不能夸张。陈爱社、陈光福两位作家用严肃认真的态度，俯仰天地，踏遍青山，采访当事人，寻觅知情人，找到见证人，并根据《中国共产党兴山历史》写出了《高桥烽火》，为教育后代不忘先烈遗志提供了宝贵的教材，是非常难能可贵的，同时，也填补了高桥乡红色文化“只有志书记载，没有文学作品”的空白。

《高桥烽火》的第二作者陈光福，是一位酷爱读书、勤于思考、发愤写作、言辞精妙、风趣幽默、心手并用的女士。这部作品正像她本人一样，平实生动，春意盎然，充满着满满的正能量。

一个不记得来路的民族是没有出路的民族。

《高桥烽火》真实记载了那段人们难以忘怀的岁月，时隔数十载我们依旧喜欢谈起那段历史，不是为了怀旧，而是为了怀念；不是为了仇恨，而是为了我们在前进的道路上少走弯路。“以古为镜，可以知兴替；以人为镜，可以明得失。”回想过去，我们更要倍加珍惜今天来之不易的幸福生活，满怀豪情地迎接未来！

钱锺书先生说：有了门，我们可以出去；有了窗，我们可以不必出去。罗丹说：世界上并不缺少美，缺的是发现美的眼睛。写完上面的话，再推开门走出去，看到椰林像哨兵一样挺拔，听见海涛如号角一般嘹亮，我虽然身处千里之外的南海金色沙滩，也能感受到昭君故里的风和日丽，愿家乡的文友们写出更多更上乘的优秀作品来，讲出更新更动人的隽永故事来！

是为序！

谭光荣

2021 年 1 月 6 日于梁启超故里

（谭光荣，湖北省兴山县人。少将军衔，中国作家协会会员，国家一级作家，现任广东省红色文化研究院院长。）

# 目录

# 引子

严疆锁钥

为有牺牲多壮志，
敢教日月换新天。
——毛泽东

来，来，来，我来给你讲个故事。

湖北省有个兴山县，兴山县有个高桥乡，高桥乡有九个行政村，九个行政村中有个大洛坪村。何为大呢？大就大在它包含桂花、茅草坝、下湾、洛坪、朱家湾、王家山六个自然村。

高桥乡这个地方有点特殊。一座雄伟的仙女山，两条东西河，东河叫作凉台河，西河叫作大坝河。东河从秭归入长江，西河从巴东东瀼口与长江拥抱。俗话说“九九归一”，两条河流三个骡子九个弯转，汇合在一起。

莽莽仙女山，纤纤七仙女。一二三四五、二三四五六，偏偏不见七。

七姐很害羞，躲在云雾里，说句悄悄话，爱上许大中。何为许大中？

屁股筛子大，腰有水缸粗，力气大无比，上山能砍柴，下河会捉虾。

小儿许大中，住在喷水洞，七岁死爹娘，八岁死叔公。

可怜鹤龄婆，腿跛眼睛瞎。狂风四处起，房屋瞬间塌，造孽婆孙俩，岩屋变成家。

大中学狩猎，箭箭不虚发；大中学种田，铁树开满花；大中学捕鱼，鱼儿顺竿爬。

家境渐转好，婆婆老眼花，走路站不稳，出门打扑爬。

大中想学医，七姐收徒弟。满山都是宝，样样皆是药。

头顶一颗珠，江边一碗水，木桐能通气，七月一枝花，既能治头疼，又治腿寒麻。

大中长得帅，人见人人爱。七姐动了心，偷偷下山来。

头天送大米，二天送天（蒜）薹，三天打招呼，四天送金钗。

大中扮山伯，七姐演英台，男欢女又爱。假戏成真做，两小情无猜。

一日不见如三秋，难舍又难丢。

姐爱郎的品德好，孝顺又勤劳，郎爱姐的相貌好，心灵手又巧。

两人对天使个法，七姐大中要成家。两人对天赌个咒，哪个变心遭雷打。

七姐迟迟归，惹恼天门星，王母圣旨到，迟归斩断腰。

天打雷公响，七姐遭了殃，电闪要收人，七姐走不成。

大中哭半死，婆婆丢了魂。七姐真为难，上天可成仙，下地成凡人。

雷公举铁锤，一锤砸向东，一锤砸向西。

七姐无躲闪，只好升天去，长发轻飘飘，玉带锁山腰。

大中变脸色，对姐挠个诀，你要上天我上天，你要入地我入地，

金童玉女我不要，金山银山不稀奇，只想七姐成夫妻。

叫声大中听我言，相思无果讨人嫌。

七姐恋大中，变成一股风，莲花绕山顶，化庙做神钟。

老铁们，懂了吗？怪不得仙女山如此妖娆，怪不得高桥出俊男才女。原来如此！

高桥是一块弹丸之地，打开北斗地图，拿起鼠标，来一次空中飞行，就能知道高桥有多么美好，高桥有多么重要。有人形容湖北地形是一只铜锁，兴山、巴东、重庆巫山正处在锁芯处，重庆像一把开锁的钥匙，直插锁芯处。历史上把四川与湖北交界的巴兴归视为一县，巴兴归是四川出入的门户，只要封住了巴兴归，四川的一只麻雀也飞不到湖北来，更别想前往湖南、广东、江苏、上海了，历史学家把巴兴归称作“严疆锁钥”。

四川是著名的“天府之国”。相传，炎帝神农氏有三个女儿，老大嫁给成都平原王，老二许配山西太原侯，小女儿名叫精卫，还未订婚，无拘无束，常到海边玩耍，被恶浪吞噬落入东海。精卫溺水身亡，她很不服气，变成一只鸟儿，从西山衔石子、树枝要去填平大海。凭小鸟的力量，千年万年也填不平东海，精卫受到东海龙王的嘲笑，很是委屈。夜晚精卫给父亲报梦，求得神农支持。神农从梦中醒来，泪湿衣枕，决心为小女儿填平大海。炎帝

在民间收集女人的长发，在仙女山和神农架采集力大无边、韧劲强悍的牛麻做了一条长长的鞭子，轻轻一试便推翻了一座大山。父亲准备为小女儿填海的事被大女儿和二女儿知道后，认为父亲偏爱妹妹，分别向父亲提出要求。大女儿说，四川是只大脚盆，天上下雨洪水泡天，能否借父亲的神鞭给四川盆地疏通一条河，免去内涝之苦，炎帝同意了；二女儿向父亲提了一个要求，北方太冷，能否借父亲的神鞭把地下的煤炭翻到地上，取用方便，免去井下挖煤坍塌的灾难，炎帝也同意了。

炎帝的神鞭挥动一次需要一年的时间，炎帝考虑到北方太冷，首先给二女儿解决困难，一鞭下去，飞沙走石，地面露出了黑金，从此太原的露天煤矿比比皆是。第二年，炎帝来到四川，挥动神鞭，从西山顶轻轻一拖，从此有了一条长江。精卫不同意了，大海本来水就多，大姐姐还故意把她家的水放入东海。精卫要父亲把长江关在成都平原，把西山赶下大海。大姐姐慌了神，四川十有九涝，怎么得了？于是。大姐姐趁父亲睡觉时，偷偷抽走了神鞭上女人的头发。

第三年，为给小女儿赶山填海，炎帝挥动长鞭，只听轰轰作响，西山崩裂，滚滚东去，石头滚到湖北与四川交界的地方，炎帝再次挥动长鞭，由于用力过猛，神鞭在半空断成两截。炎帝很气愤，丢下折断的神鞭，从此地上便长出一片葳蕤的森林，滚落的石头就是横亘中部的秦岭山脉和大巴山脉，把四川锁得严严实实，两座山脉交汇处形成一个垭口，这个垭口就在兴巴归交界处，这就是“严疆锁钥”由来。

高桥乡一万八千人，只要会说话，个个会讲古。讲古成就了一大批民间文化艺人，什么九佬十八匠，金银铜铁锡、石木雕画皮、砖瓦罐箍漆、劁猪骟牛又骟马，讲古卖艺讨饭吃。俗话说得好：“不要家财万贯，宁要薄艺缠身”“天干三年，饿不死手艺人”。高桥乡最精彩、最抢眼或者说最拉风的人是打花鼓子、唱夜歌子、玩彩莲船、打九子鞭、打薅草锣鼓、上刀山下火海、踩高跷的民间文化艺人。贺家坪有一个打花鼓子兼讲古的民间艺人刘本友，打花鼓子他扮装旦角，一条花布铺盖面子从中一折，穿上一根带子，往腰里一扎，把孩子们念书用的红墨水有模有样地往脸上一抹，一块花手帕往头上一戴，还将腰身扭几扭，从喉咙里憋出尖细长长的女声。他从十四五岁开始学打花鼓子，从此一发不可收拾。嫁姑娘、接媳妇、送祝米、过年过节，只要有喜事，他就要打花鼓子。省里专家称兴山的地花鼓为巴楚二人转，刘本友打花鼓子偶尔也客串丑角，但他是一个演独角戏的人，人们对他的旦角钟爱有加。刘本友逗、打、学、唱样样精通，每年找他演戏的人要排队预约，如果一出门，十天半月不得回家。他组织一个乐器班子配乐演起戏来，好不热闹。兴山、神农架、保康、房县、巴东、巫山、秭归都留下了他的脚印。20 世纪 90 年代中期，省、市、县一批专家来高桥抢救非物质文化，发现九十岁的刘本友是一大宝贝，称他的独角花鼓子为“刘本友现象”。

高桥打花鼓子、唱夜歌子、喊扬歌取材最多的是红色故事，这些故事通过民间文化传承下来。

高桥的花鼓子很发达，夜歌子也很健康。人们粉经日白、吹牛斗狠有一个共同的话题：唱下湾苏维埃政府，怀念贺龙元帅。看到一个很威武的人，声音洪亮，讲话侃侃而谈，人们马上联想他像下湾区苏维埃政府主席陈慎洲；看到有人嘴上留个八字胡，人们就说，无论他怎样装就是不像贺龙。高桥人对大革命时期那段历史如刀刻一般，口口相传，如同一部电影有声有色，在乡亲们心中扎下了根。

高桥人不冤枉一个好人，也不放过一个坏人。1951 年至 1954 年三年间，高桥乡人民如实地向党组织反映了真实的历史，给革命烈士昭雪，对土匪恶霸、反革命分子、叛徒进行了严厉的惩处。伍家坪村高炳森，仙女村秦开宽，洛坪村陈庸介、张选凤、龚世俊，下湾村蒋仕英、陈慎勖，茅草坝村王朝伦、谭绍满，朱家湾村朱继良，王家山村朱继常，贺家坪村刘本贵、陈庸旺，官田岭村谭绍禄，火石垭村陈庸道等数百人出来做证，让革命先烈的事迹得以传扬。

陈庸介生于1920年，兄弟六人，他排行老五，是六兄弟中唯一读过书的人，解放前毕业于秭归县学校，后来做过小学教师。1959年闹饥荒，他放弃三尺讲台，回家后口多食寡，一大家人勉强度日。他一生有一大愿望，想把大革命时期下湾的革命故事告诉后人。洛坪人讲故事大有久入鲍肆之嫌，在我辈听来，胜过《三国》《水浒》《西游记》，胜过张献忠、李自成的故事。

按辈分排列，我应叫陈庸介五爷，自我记事起，他给我讲过上千遍革命故事。

我父亲对党有一颗赤子之心，常常讲起我爷爷给红军看病的故事。那些牺牲的烈士大多与我爷爷打过交道，还有几位是至亲。我看的第一部小说是《红岩》，对江姐和许云峰印象深刻。感受最深的是毛主席为刘胡兰题词“生的伟大，死的光荣”。我经常把书本中的人物与我身边故事中的人物进行比较，发现在我身边曾发生过惊天动地的故事，如果能够将这些故事告诉更多的人，是一件多么光荣的事啊！

20世纪80年代，兴山县委党史办派出一个工作组在高桥乡调查了近一年时间，写出了《兴山人民革命史》《山城精英》《百年人物选录》以及兴山县政协收集整理的《高阳春秋》，这些珍贵史料为高桥红色文化的传播立下了彪炳千秋的功劳！

在中国共产党建党一百周年之际，兴山县文联组织作家们到高桥采风，我有幸参加，受到高桥乡党委的热情接待。作为在红色故事里泡大的我，有什么理由袖手旁观？我找出多年来的采访笔记，对照线路图，再一次回到家乡做深入细致的采访。笔端伴和着泪水，汗水伴和着热情书写出晚辈们未知的故事。

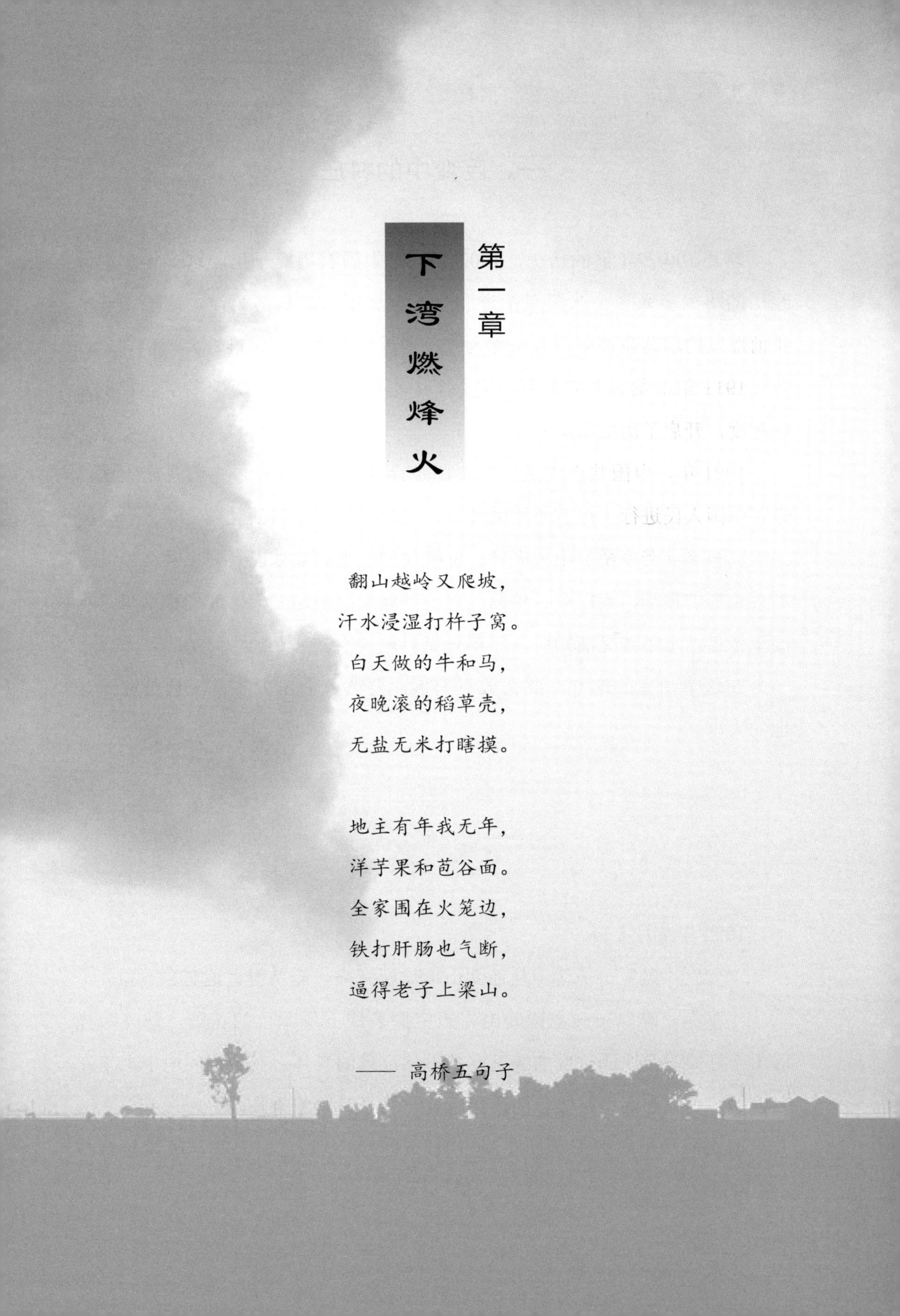

# 第一章 下湾燃烽火

翻山越岭又爬坡，
汗水浸湿打杵子窝。
白天做的牛和马，
夜晚滚的稻草壳，
无盐无米打瞎摸。

地主有年我无年，
洋芋果和苞谷面。
全家围在火笼边，
铁打肝肠也气断，
逼得老子上梁山。

—— 高桥五句子

# 一、巨变中的村庄

翻开 100 多年前的历史，1900 年，是中国农历庚子年，这一年，中国经历的事太多太多。八国联军进北京，义和团运动扶清灭洋，这场 100 多年前爆发的动荡也被中国人民称为“庚子国变”“庚子国难”。

1911 年爆发的辛亥革命，建立了中华民国，结束了两千多年的君主专制制度，开启了历史新纪元。

1921 年，中国共产党成立，中国革命从此焕然一新。中国共产党团结带领中国人民进行了艰苦卓绝的斗争，谱写了气吞山河的壮丽史诗。

高桥乡（龚家桥）山大人稀，位置偏僻。下湾地处巴兴归三县交界处，如三角形的顶端，到巴东、秭归、兴山县城来回都是三天。人们称这里“山高皇帝远，十年难见清知府，年年只见县差役”。

在这个闭塞的地方，要么天下无事，要么就会出大事，而且是惊天动地的大事。

## 天　灾

1922 年 7 月 5 日。

“轰”“轰”……雷声从仙女山顶炸裂开来，震荡得大地瑟瑟发抖。

“哗”“哗”……金钩闪电将天空撕裂成五颜六色的花瓣，贼亮贼亮的山峦好像一个饮酒过度的醉汉支撑不住沉重的身体，在金钩闪电中上下左右摇动，鸡鸭在圈里挤成一团，预示着一场暴风雨的来临。

雨滴似沙子般砸得草棚沙沙作响，透过贼亮的雷电光亮，雨像拉幕布似的一趟趟地来，一趟趟地去，接着是瓢泼桶倒的大雨从四面八方涌来，霎时洛坪村塘垭槽水田成了一片汪洋。

小河无水大河干，小河涨水大河满。茅草坝河、蒋家河、西河沟、皮间沟、大坝河的洪水汹涌澎湃，撞击得山谷发出阵阵咆哮，沿河两岸水桶粗的树木被连根拔起，就像一艘艘小船在水中漂摇。蒋家河边蒋英才的猪圈倒了，一头健壮的水牛蹿出牛栏，双脚搭在山根的坎子上试跃了几次，还是抵挡不住河水冲击，一个踉跄跌落进洪水中，如同一截圆木在水中翻滚，几十头崽猪带着最后的嚎叫被洪水卷走了……

洛坪塘垭老农陈孔香雷汪阵吼地呼唤着他的六个儿子陈慎清、陈慎江、陈慎海、陈慎河、陈慎湖、陈慎洲，直奔转湾里的自家水田，准备抗灾自救。六个儿子人称“六龙奔江”，又叫“五丁一甲”，他自己要求儿子们“五龙顶珠”。“六龙奔江”在老父的带领下，分工明确，每两人一组，老大、老二负责转湾脑脑田，老三、老四负责瓦梨树沟凉水田，老五、老六负责马家湾月亮田。他们穿上蓑衣，戴上斗笠，各司其职奔跑在滂沱大雨之中，用挖锄将水田直接打开一个大缺口，把水放入山沟或河沟。这七个男人无论如何要保住这十多亩水田的安全。水稻正处抽穗拔节期，转湾水田长势比以往任何一年都好，是全家二十多口人的希望。

老大陈慎清、老二陈慎江刚把水田开了几个口子，山沟却被挤破，洪水改道，直接冲进了脑脑田。陈慎清、陈慎江奋力抱起几百斤的石头堵缺口，然而堵了东边的水，来了西边的水，无论他们怎样拼命，仍无力回天，不过片刻，泥沙、石头已吞没了一半水田。

陈慎海、陈慎河开沟及时，保住了凉水田。当陈孔香顶着大雨来到西河沟时，三亩水田早已变成了河滩，最让人意料不到的是老五、老六不见了，老汉顿时慌了神。

“慎湖——”“慎洲——”老父亲使尽力气呼唤。

“慎洲——”“慎湖——”五父子齐声高喊，多么希望他们从哪个遗忘的沟沟里发出应答的声音。

陈孔香父子五人哭成一团，认为陈慎湖、陈慎洲被洪水卷走了。两个小时后，父子五人准备顺西河沟寻尸，没想到陈慎湖背着陈慎洲从马家湾回来了。惊喜之余，陈孔香厉声吼道：“你们到哪里去了？”

“向宗塘的屋垮了，我们帮忙救人抢东西，慎洲被钉子戳伤了脚。”

原来陈慎湖走到大天垭时，发现洪水直往向宗塘灶屋里灌，后檐墙冲出一个洞，洪水破门而出，情况十分危急，老嫂子姜庭桂背着娃子喊救命。陈慎洲丢下挖锄，直奔向宗塘家。因为兄弟二人的帮助，向家的正房得以保全，但一间偏水屋还是被水冲倒了。向宗塘在屋里这边看看，那边瞧瞧，幸好陈氏兄弟帮忙抢出了家具和救命的粮食……

……

当年减产一半，马家湾的月亮田绝收。

进入腊月，陈孔香一家焦急万分，本来可收水稻 20 石，却因水灾实际只收了 11 石，交租要去 5 石，收租合同写得很清楚，租水田只能交水稻，不能用苞谷杂粮作抵。陈家劳动力充足，想开一个榨坊榨油，加之小儿子还要说一门亲事，需要聘礼。他相信勤劳是财富之源，是家庭振兴之魂，是发家致富的天梯。可年底交了课租，粮柜空空，真让全家人愁断了肠子，锁紧了眉头。

# 打 架

年关已近，5 石水稻就要交出去，陈孔香多次走近粮仓用手抓起水稻，让它从手中滑进粮仓，这是多么好的粮食呀！如果交出 5 石租子，全家就要饿肚子两个月。陈孔香找到庄主求情：“今年实在是交不齐租子，能不能缓一缓？”庄主用拐杖指着陈孔香的肚子说：“你问它能不能缓一缓？”陈孔香只好带着六个虎背熊腰的儿子将金灿灿的水稻背上门交了租，庄主限定他们必须在腊月二十以前修复水毁的良田。

陈孔香带着六个儿子抢在腊月二十四之前修复了水毁稻田，还扩大了几分地。庄主突然变卦说不租给陈孔香了（当时是以大儿子陈慎清的名字签订的合同），要租给一个姓向的农户，并且说陈家还把田种折了，种差了，再这样下去，脑脑田将变成蜻蜓田、蚂蚱田。如此故意刁难租户，庄主心肠黑啊！谁也没想到庄主把这一招也用到了陈慎洲名下了。陈慎洲想起夏天涨水时父亲和哥哥几乎丢掉性命，两兄弟帮向宗塘救灾，自家水田被洪水冲毁一半，另一半也全部倒伏，造成减产，很是自责。就去找庄主再三求情，合同期是五年，还有两年时间没到期，央求庄主履行约定。陈慎洲据理力争，庄主却厉声问道：“我是跟陈慎清签订的合同，你是陈慎清？”

“陈慎清是我哥哥，我代表陈慎清。”陈慎洲回答道。

“你是哪里的狗杂种，敢跟老子这样说话。”庄主愤怒而且嚣张。

说时迟，那时快，陈慎洲劈头一拳打在庄主脸上，第二拳就是黑虎掏心，直接击打在庄主的胸口，紧接着第三拳让庄主的鼻孔眼里喷出了血，大有鲁提辖拳打镇关西的痛快。庄主顿时满脸鲜血直流，夺路而逃，边跑边喊救命。

陈慎洲仰天大笑，而父亲却颤颤抖抖，脸上青筋暴起：“你给老子惹大祸了！”

陈慎洲仍然一脸的笑容："上次他指着您的肚子问是装粮食的还是装糠的，您为什么不问他，我们穷人肚子饿不饿？今天他敢在我爹面前骂我，我看他才是杂种，完全不是人脱的胎，我就是一条犟作瘟牛，将来还要给儿子孙子专取带'牛'字的名字，让穷苦大众牛起来。"（后来他的孙子辈真有取名铁牛、九牛、金牛、钢牛的。）

当晚，保长带着两个保丁背着一杆长枪上门了，其中一个保丁还是陈慎洲读私塾时的同窗。保长大声吼道："陈慎洲你犯上作乱，胆敢在庄主家闹事，发的是哪门子疯？"

"保长大人，你是收了庄主给你的过年钱，还是睡了他的小老婆专来为他报仇，专门欺负我们穷人？"陈慎洲这句话戳中了保长要害，这保长横行乡里，专收人钱财，替人消灾，有时还盯上他人媳妇，暗作勾当。保长火冒三丈起，怒从胆边生，命令保丁，"给我把这畜生捆起来"。两个保丁还未拢身就挨了两螳螂掌，一个趔趄两边各倒了一个。

"快开枪，打他的脚。"保长命令。

陈慎洲用脚一勾，枪到自己手中。拉开枪栓，对着保长。

保长连喊"饶命，彩平兄弟"。陈慎清、陈慎湖两兄弟紧紧抱住陈慎洲，夺下了他手中的枪。保长连磕三个响头，又连喊三声"彩平兄弟"，脸色才由青转白，可腿还在一个劲地筛糠。陈慎洲对那个同窗保丁说："'煮豆燃豆萁，豆在釜中泣。本是同根生，相煎何太急？'穷人不能相互残杀，要相互帮助，要有博爱之心、仁爱之心。对乡村扯皮拉筋的事要做到有话说得出理来，有谷子舂得出米来，不能做断子绝孙的坏事。"说得同窗无地自容，双手作揖："同侪海涵，同侪高见！"

这次痛打保长和庄主，虽然暂时取胜，却也给他后来革命钉下了一颗钉子。

## 五丁一甲

陈慎洲，字彩平，1899 年 8 月 3 日生于洛坪村。在家中排行老六，又叫老幺。

陈孔香家世世代代以农为本，靠勤扒苦做度日，靠给地主打长工做短工挣点油盐钱，靠田边地角棕树、屋前屋后的竹子编织家具换些布匹裹身防晒御寒。陈家人丁兴旺，陈孔香还不到 40 岁已有了 6 个儿子，3 个女儿。当他得了小儿子陈慎洲后，总觉得老来得子十分幸福，同时也生出新的希望。一大家人租地主的田种，订个契约要请私塾先生来家住上一个星期，而且还要酒肉款待，切莫忘奉上笔墨纸砚钱。大字不识的人见到读书人，人矮三分。常言道：天子重英豪，文章教尔曹。万般皆下品，唯有读书高。因为穷人常被一些自诩清高的读书人说成“小人”“野人”，而这些读书人自封为“君子”，还有“君子莫养小人”“君子莫养野人”等说辞。常听有文墨的人说：“读读读，书里自有黄金屋。读读读，书中自有颜如玉。”

书香门第界限森严，陈家老屋陈慎勤的宗亲娶亲就比他人要高一截，兴山鸿儒谈锡恩伯父就是他们的姻亲（谈锡恩的叔父，贡生、武英殿校录、七品京官谈在福是陈凤鸣的女婿）。他家的女人都是读过书的人，比一般人更知礼节，比一般妇女更加贤淑。

男人要想做一番事业，没有文化不行，就是平时一般应酬也要有点文化。要想改变家庭命运，一个大家庭就要有一个读书人，老一辈人说：读书化愚。

说起文墨，有一件事令陈孔香后悔终生。当年一四川周姓瓦匠落籍洛坪，入赘陈家，恰是陈孔香的宗亲。周瓦匠在贺家坪看中了 10 亩田，田中有三棵大松树，田周围还有山林充作柴山，田的上方有一棵柿子树。周瓦匠计算，可用田周围的树木修三间大瓦屋，10 亩农田，作价 800 块大洋，虽然有点贵，但把山林算上，也还是一桩不错的买卖。要请人写一个契约，写契约除当事人外，买卖双方各请一个中人做证。田老板知道周瓦匠夫妇是文盲，就使了个奸计，贿赂了文笔和自请的中人，对周瓦匠说：周瓦匠呀，有件事要跟你商量，我家娃子多，没什么果树，田中的柿树不卖。周瓦匠征求陈孔香的意见，陈孔香满口答应，还附和说："莫说一棵柿树，就是十棵柿树也不要，价钱不少你一个马老壳（洋钱）。"契约写好后当场念给双方听，一个得钱，一个得田，皆大欢喜。

事过两年，周瓦匠准备在自家田里修三间瓦房，没想到田老板将田中的成材松树作价卖给了姓谭的人家。谭姓人家大摇大摆地请了十多个工突然来到周瓦匠田中砍树。刚动斧头，就与周瓦匠打起来了。周瓦匠很气愤，认为当地人欺负外码子，就投陈氏宗亲评理。这还了得，周瓦匠与陈氏兄弟如饿虎一般狠狠地教训了谭姓人家。谭姓人家拿出田老板签订的契约，周瓦匠彻底是个输官司。就去找中人陈孔香来评理。陈孔香脸色气得铁青，兴师动众找到田老板，田老板皮笑肉不笑地说："七尺男子汉，口含三十六牙，难道说话不算话，我当时就说'是树不卖'，你不是满口答应了的吗？你还按了手印的呀！不信，你把周瓦匠的契约拿出来看一看。"周瓦匠把契约拿出来，让众人看，众人都说周瓦匠悖理，陈氏宗亲不讲理。陈孔香还是坚持"有话说得出理来，有谷子舂得出米来"，官司打到秭归县衙门，县长看了契约，验了手印，当堂打了陈孔香三十大板，周瓦匠六十大板，判定周瓦匠输了官司。

这件事一晃过去了十年，"柿树""是树"不分，成了当地妇孺皆知的一大笑话。

陈孔香决定：送一个儿子去读书，其余五兄弟要竭尽全力支持读书人。五人供养一个读书人叫作"五丁一甲"，或者叫作"五龙顶珠"，并叮嘱读书人：关键时候要对每一位兄弟尽力，不谋一己之利，不贪意外之财，不夺他人光彩，一定要出人头地。兄弟五人一致同意小弟陈慎洲入学。陈孔香为了公正，以免兄弟以后产生意见，请了一个私塾先生过来在他四个儿子中挑选一个做学生（老大、老二已成年结婚）。当时陈慎洲已过十岁，恰好也是读书的年龄。先生来后就出了一个脑筋急转弯式的题目让他们兄弟四人作答：三十六口缸，九只船来装。装单不装双，一次运过江。

三个哥哥刚开始认为这个题目有意思，虽然没有机会读书，但也试试自己的天分。就用木棒在地上画了九个圈，将三十六口缸分次往圈里装。陈慎洲试装了一次，发现是个陷阱题。就对老师说：先生，你这个题目是专门用来剅（骗）人的吗？我看是不是三个石头六口缸，九只船来装，每只装一个，一次运过江。先生当场表扬小慎洲脑袋灵光，转得快，遇到困难能找出路，将来必成大器。兄弟五人一致同意小弟陈慎洲入学，先生也就当场高兴地收下了陈慎洲这个弟子。

陈孔香的六个儿子个个人高马大，身强体壮，做起事来如猛虎下山。自儿子长大成人，兄弟团结，家境逐渐变好，当地人又称“六龙奔江”。自从家里有了一个读书人，人们对陈家另眼相看，陈家发达，指日可待。

## 王侯将相，宁有种乎?

陈慎洲聪明好学，一大家子人指望他能出人头地。念完五年私塾，备足盘缠，到秭归县城求学两年。可当时国民政府一片混乱局面，打、砸、抢时有发生。

不久，巴东县东瀼口船老大勾结棒老二袭击了秭归沙镇溪，棒匪不仅掳走了沙镇溪老百姓的财物，还强行掳走了镇上“梅家一枝花”。“梅家一枝花”是陈慎洲同窗好友梅长海的母亲。梅家是一个小户人家，想方设法营救，终因钱少被拒绝。“梅家一枝花”被封为压寨夫人，可她誓死不从，还在铺下藏了一把剪刀，刺伤了棒老二头目，最后受尽侮辱和折磨后被丢弃在一条破船上。

当人们发现一枝花时，尸体已腐烂，苍蝇四起，微风吹来，臭气熏天。梅长海回家奔丧，看见母亲衣不蔽体，下体还扎有一把尖刀，惨不忍睹，当即气得半死。

冤有头，债有主，两个年轻人义愤填膺，决定上巴东县找船老大讨个说法。船老大仗着财大气粗，盛气凌人，不予理睬。还派人守住大门，放出狠话：想闹事，来一个死一个，来两个死一双。梅家人眼睁睁被人欺负，梅长海咽不下这口气，气得要跳江自杀。陈慎洲仗着祖宗传下来的齐眉棍术，对梅长海说，“你这个仇我给你报。”

陈慎洲在街上探知船老大的行踪，躲在离船老大住处 100 米的客栈里伺机报仇。一日，船老大带着三个随从上街兜风回来，陈慎洲一个黑虎掏心，船老大瞬间倒地，衣服散落一地，脸上爆出三条血印，接着挨了几铁拳。船老大连喊“打错了，打错了，我是船老大”。陈慎洲边打边回答：“打的就是你，还我命来！”三个随从拼命抵抗，才从地上救起主子，拔腿就跑。齐眉棍一扫，三人全部倒地。正巧宪兵队巡逻至此，街上一片混乱。陈慎洲夺路而逃，梅长海被宪兵队捉拿归案。

梅长海被抓进宪兵队关了禁闭，船老大贿赂宪兵队头子，让他对梅长海进行百般折磨，屈打成招。宪兵队说，为了给梅长海长点记性，给他送个纪念。一刀砍掉了梅长海两根手指头。官司打到巴东县衙门，梅长海不仅没讨回公道，还被告知此事乃棒匪所为，与船老大无关，责令梅家抓住棒匪送往衙门公断。梅长海到哪里去找这无来由的棒匪？案子既然送到了县衙门，对县太爷来讲，生意送到了县衙门——横直要断。其结果是“私闯民宅，寻衅滋事，伤害他人，责罚100块大洋”。当时街上老百姓说，“县长断案只为钱，有理无钱莫进来。有钱能使鬼推磨，乌龟也要脱层壳”。

此事对陈慎洲伤害很大。他不打船老大，梅长海至少不会被砍掉两根手指头。梅家丧母之仇没报，又添新仇。穷人的出路在哪里？真是秭归打破船，巴东受牵连。每每夜晚，梅家母亲惨死的画面就浮现在眼前，时间长了就是一种煎熬。

这世道公理何在？

当时科举制度早已废除，走秀才、举人之路已行不通，加之学堂学费昂贵，家中无力支付，眼看一大家人五龙顶珠的憧憬就要泡汤。最为火烧眉毛的事是巴东县已派人到秭归县学堂寻找使齐眉棍者，为躲避灭顶之灾，陈慎洲终止学业回到了下湾。

物以类聚，人以群分。下湾陈姓中还有一个英俊青年，名叫陈慎勤，字精堂，1906年生，出身书香门第，在家排行老二，是一个文武双全的人。其祖上因水患从湖南临湘迁移而来，上溯五代，以耕种为本。陈慎勤通武术，精齐眉棍。饱读诗书，尤酷爱《三侠五义》《七侠五义》《三国演义》《水浒传》，对《三国演义》《水浒传》个别章节倒背如流，以八十万禁军教头豹子头林冲自居。常穿开褂短袍，脚着浅口布鞋，打有绑腿，偶穿插刀皮靴，常在自家门前两棵大梨树下练武。邻里青年跟其习武，齐眉棒呼呼作响，三五个人难近其身，其武术要略远播巴东、秭归、恩施和四川，曾有达官贵人上门聘其为师爷幕僚，均被拒。

陈慎洲与陈慎勤同宗同族，且年长六岁，农闲时节，常与陈慎勤切磋武艺。他俩曾结伴回湖南、江西寻根问祖，校正齐眉棍相传之谬误。

一日，陈慎洲、陈慎勤同到龚家桥谭家老屋吃酒，两人谈兴正浓，两匹白马从彭家湾飞奔而来，一位老太太步履蹒跚挡了道，差役连喝“让开，让开”，老太太慢了一步，就挨了一马鞭，其威武阵势绝非等闲之辈。站在河对岸的陈慎洲、陈慎勤好生纳闷：谁人如此无礼？

吃饭时，草坝乡[1]的绅士们簇拥着一个身穿阴丹士林长袍，尖嘴猴腮的人上了正席，谭家亲戚也有几分献媚地请书香门第出身的陈慎勤作陪，陈慎洲坐了末席。在上席前，陈慎勤、陈慎洲目睹两匹白马拴在屋旁边，主人早已用黄豆、苞谷伺候。一看便知是河对岸那一行横冲直撞的人马。人们议论纷纷：彭乡长的马真是漂亮，可敌一座天井屋。支客高声宣布：“彭乡长上任，来谭家做客，光临寒舍，蓬荜生辉。”陈氏兄弟坐在席上一句话也不说，虎起一张脸。菜还没上齐，彭乡长就站起来敬酒，以显示其尊贵中的随心所欲。言笑中举起杯，陈慎勤、陈慎洲各端起一杯酒同时泼在彭乡长脸上。陈慎勤怒吼道：“狗乡长——彭猴子，不准你在草坝乡横行霸道，你再耍横，要你的狗命。”彭乡长还蒙在鼓里就受到了奚落，面子上很是过不去，正想发作，陈慎洲把挨过马鞭的老太太找了过来，彭乡长一看慌了手脚，连说“误会，误会”。陈慎洲、陈慎勤要彭乡长赔礼道歉。彭猴子连连拱手作揖，一口一个对不起。众人拍手称好。彭猴子失了脸面，下席哼哼而去。

原来彭猴子靠县长亲戚做了乡长，跑回县城搬救驾兵。当听说草坝乡人打了彭猴子，人们哈哈大笑，戏弄彭猴子：没得几把金钻子，莫揽这个瓷器活。最后人们嘴上说了一箩筐报仇之类的话，就是没有一个人愿意动身。

1 即现在的高桥乡。1951 年 8 月将秭归县茅坝区兴隆乡划归兴山县管辖，10 月设龚家桥区，11 月更名为高桥区，1956 年高桥区并入湘坪区，1958 年成立高桥人民公社，1987 年设高桥乡至今。

彭猴子很生气，打死也不敢到草坝乡上任了，这是草坝乡历史上仅上任一天的乡长。

陈慎洲、陈慎勤非常想不通，这个墨水没染黑小肠的人能当乡长？正如“陈涉起义”故事中所说：帝王将相，宁有种乎？难道真如高桥人口口相传的顺口溜一样：龙生龙，凤生凤，老鼠生儿会打洞，农民蓑衣配斗篷，打杵子配背篓……老子英雄儿好汉，穷人世世代代穷？两个年轻人百思不得其解，他们满腹诗书，除过年过节能为乡亲写几副对联外，已不中用。写对联常写“日日财源顺意来，年年福禄随春到”“迎喜迎春迎富贵，接财接福接平安”，可年年写财源滚滚，而贴对联的农民仍然饿着肚子，年年说平安，年年天灾人祸不断。如今虽靠武力撵走了一个彭乡长，但县长还会再派来一个彭乡长。

这世道到底还能维持多久？

有一团烈火在他们心中燃烧，他们也多么希望自己就是一团大火，有朝一日，把这个不公道的世道烧成灰烬！

## 二、下湾来了个货郎子

“嘣、嘣、嘣”拨浪鼓敲得啷啷响。

“毛月布，花布，手帕，帽子，正宗江浙货——，上川下广大众货——”一年轻人身长七尺，眉清目秀，透露出一股英气，挑着两个箩筐，头戴一顶草帽，肩上搭一条白色汗巾，手拿一个拨浪鼓，边走边叫卖。远远望去，就是一个四川棒棒客，听口音，好像就是一个巫山人，说得更确切一点，就像一个巫山巴东交界的人。这年头兵荒马乱，上川下广的，下湾是规避长江的陆路交通要道。

要是把巴东、秭归、兴山形容成一个“品”字形，下湾处在“品”字上端“口”字上，如果把巴归兴比作一个“三角形”，下湾正好处在三角形的顶端。纵向从三角形的顶端向南经官田，顺凉台河直抵秭归县城归州；横向可连接巴东和兴山县城；往西可通巫山，往北，翻小龙可达神农架。一句话，这里是天高皇帝远，巴兴归都在管，实际上是巴兴归都不管的地方。行政区划归秭归，只要给县太爷把粮饷奉上，万事大吉！说得更直白点，乡公所的大爷们常常拉大旗做虎皮，打着县太爷的幌子收苛捐杂税，什么猪头税、人头税、狗头税、马头税、土地税、山林税、印花税，甚至还有水稻税、棉花税、盐业税。特别是在收棉花税时，乡亲们多次与收税员打架斗殴。收税员说“我们知道洛坪下湾不产棉花，但你们穿了衣服，盖了铺盖，这不是棉花是什么”。收税的理由稀奇古怪，弄得农民有话无处说，有冤无处诉。这年头，收税员挨了打，地主、士绅表面上支持收税，背后却鼓励农民打收税员抗税。后来，县上、乡里除征收盐业税和土地税、猪头税、山林税外，其他税收一律免征。生意人专盯这三不管的地方打擦边球，贩卖鸦片、敲诈勒索，有人甚至种植鸦片进行加工，上川下广叫卖。时局混乱，杀人越货是常有的事。黄枪会、白带会、红带会、大刀会、棒老二为争夺这块肥肉地盘，打得不可开交。

拨浪鼓上的两个鼓槌像两个弹簧锤子“嘣嘣”地敲在双面鼓上，引得小姑娘小媳妇们左右观望，老太太、大老爷们就会围过来看个稀奇。货郎子见有人观望，便一个劲儿地念起了他的顺口溜：

毛月布，花手帕，
快来看，快来买，
生意不成仁义在。

买块布料大买卖，
买个帽子头上戴，
老人戴了头寒除，
小娃子戴了好读书，
男女老少都发财。
欺老莫欺少，
三年就赶到。
……

这货郎子口才好，引得众人一片喝彩，真还有人买了些布匹和绸缎。当晚货郎子就在下湾落了脚，为防止他人杀人越货，还在陈家客栈门前耍了一阵拳脚。乡亲们看到外码子在此卖弄，就向货郎子炫耀本地青年陈慎洲、陈慎勤的武功，说什么百步穿杨、白鹤亮翅、黑虎掏心和齐眉棍术等。说者无心，听者有意。货郎子向众人打听起了陈慎洲、陈慎勤。

在下湾，陈慎洲就是一个传奇的存在。自从打了庄主和保长，保长还喊他兄弟，名声越传越大。他自制刀枪与陈慎勤在学堂湾舞枪弄棍，将老祖宗护身齐眉棍术练得酣畅淋漓，什么黑虎掏心、箭步封喉、百步取卵、螺蛳转顶、白鹤亮翅、老鹰抓鸡等都使得有板有眼。他曾到秭归兴山游荡一个多月，逢人就说加入了大刀会，大家真以为陈慎洲有大刀会功夫。为了炫耀，人们常把陈慎洲搬出来当挡箭牌，用来吓唬外地人。这个货郎子听说陈慎洲有如此神通，甚是高兴，并用三尺毛月布作为酬劳，请村人引见，在下湾老屋场见到了陈慎洲。

行家伸伸手，便知有没有。两人约定：不打不相交，相交先拜师。三招三打两胜，输者拜胜者为师。第一招：黑虎掏心。陈慎洲后退三步，头一拱，围绕货郎子旋转三圈，货郎子也扭着外八字步防守，陈慎洲加速旋转，突然双手一伸，一手抓住货郎子衣领，一手撕开了他胸前的衣服。众人一阵喝彩。第二招货郎子提出：百步穿杨，即一百步开外射中铜窟眼儿钱的圆洞。陈慎洲取出弹弓用力拉满弓，手一松，只听打得铜窟眼儿钱当啷一声，而钱中间纸标丝毫没动，也就是说没有达到要求。货郎子取下一把随身手枪，只轻轻一指，啪的一声，子弹飞出，钱中纸标落地，赢得一阵喝彩。众人都没看见过手枪，纷纷跑过来看稀奇，认为这玩意儿真好。陈慎洲也顿觉惊奇，放弃第三招比试，要货郎子把这件宝物送他。

陈慎洲与这货郎子有种“相见恨晚”的感觉，当即邀请他将货物寄放在陈家祠堂老天井屋里，两人彻夜长谈。酒逢知己千杯少，两人先谈天下好汉陈胜和吴广起义、黄巢起义，后谈晁盖和宋江一百单八将。当说到要打破一个旧世界，建立一个新世界，两人眼睛放光。可面对现实，陈慎洲义愤填膺，一拳砸在桌上，骂道：“政府腐败无良，军阀混战，时局动荡，他们玩弄权术，争权夺利，其结果只苦了我们老百姓！”

“要想改变老百姓的命运，就要团结起来，有人带头反抗，推翻这个旧世界。在下湾，我看你就能当起老百姓的头。热血青年，不报效国家，读书有什么用？”货郎子的话把陈慎洲撩拨得热血上涌。

“普安的刘子泉，听说过没有？”

“听说过，说他是共产党，还是个大官，一个月前，伍家坪搬家子陈本善的媳妇子曹友娣跑到下湾来找我，说刘子泉想叫我到他神兵队教练齐眉棍呢。”

“真有此事？”

“真有此事。”陈慎洲很有把握地回答。

“实话告诉你，他就是共产党员。”

“他就是共产党员？”陈慎洲眼睛里放出钦慕的目光。

“不仅他是共产党员，共产党员就在你身边！”

“这么说，你与他是一伙的？”

“不能叫一伙的，我们都是革命同志，也就是志同道合的人。”

陈慎洲甚感惊奇，激动得说不出话来。

货郎子压低声音说：“实话告诉你，你是一个很有思想的人，我是慕名而来。交人先交底，首先我把我的真实身份告诉你，我真名叫黄中立，字自强，巴东县罗溪乡人。父亲名叫黄敏生，是当地开明士绅。我父亲目睹官府的腐败，民众的苦难，深感国家前途渺茫，便经常给我们七兄弟讲屈原、岳飞、昭君、寇准等民族英雄的故事，从小我就知道将来要报效国家。我的大哥黄亚先毕业于湖北省立第三师范学校，学识渊博，善演说，深得大家喜欢，他是《巴东报》的主编，利用报纸宣传进步思想。他常同我畅谈人生，带着我同他的同学张华甫、廖景坤交往，还时常给我带回一些进步书刊，我俩还经常研讨革命形势，我跟随大哥亚先参加革命活动。1928 年 1 月，经廖景坤、黄大鹏介绍，我加入了中国共产党。3 月，我同大哥亚先一起参加了刘子泉、张华甫、黄大鹏领导的‘杀官夺印’的武装暴动。当日清晨，‘神兵’迅速将巴东县城包围，一时枪声大作。我手握土枪当先冲进县城，一枪击毙正欲瞄准暴动队员的团丁，其余团丁吓得慌忙向后面山上逃窜。经过一阵激烈战斗，‘神兵’活捉县长高安圻，并当众处决了，给我们老百姓出了一口恶气。随即共产党组织还建立了巴东县人民委员会。刚建立政权十多天，就受到还乡团的袭击，导致革命失败。我们也不甘心失败，我们在斗争中发现，没有一支稳固的队伍，遇到带刀带枪的队伍连招架之功都没有，哪还有还手之力啊？拥有千余人马的‘黄带会’首领谢仙长，非常敬慕我哥亚先的才干，委聘我哥为参谋。党组织为了争取这支农民武装，同意我哥前往。同时，派我随同协助哥哥工作。我同六弟中权、七弟中衡一起跟大哥到长峰与谢仙长会晤。我们刚刚走到李家梁子，不料被反动会道门首领张建威察觉，立即纠集会众抄袭我的家，将我父亲黄敏生杀害，并派李干成带兵堵击我四兄弟的去路。我们只好到沿渡河四弟的岳父家借宿。深夜，李干成率兵包围了我们的住所，杀死四弟的岳父，我眼睁睁地看到哥哥亚先，弟弟中权、中衡同时遇难。我亲眼看见亲人被杀害的惨状，强忍悲痛，趁敌人混乱之机，逃出魔掌。我不顾饥饿、疲惫，一路艰难地走到‘黄带会’驻地，向谢仙长痛诉了亲人被敌杀害的惨景。谢仙长对张建威杀害亚先非常气愤，他立即率领‘黄带会’与张建威决一死战，终于处死了张建威，为亚先报了仇，雪了恨。”说完，中立的眼里噙满泪水。

“我跟着你干。”对黄中立的坦诚，陈慎洲感受到一种无比的信任，同时萌生了一种强烈的愿望，和这样的人在一起做事，肯定会做出一番大事，而那种大事，早在他的心里、脑中闪现过无数次。

“要干，就要干出点大动静来。你居住的下湾是连接兴巴的交通要道，巴兴归是一个联合县委，我这次来就是想打通秭归交通线。如果三县都有自己的游击大队，到时候一举打进巴东县衙门，就可以活捉压迫穷人的狗县长。”

两人越说越投机，当即结拜为兄弟。陈慎洲老婆姓黄，名世杰，算起来还是同宗同族，为了掩人耳目，陈慎洲与黄中立以郎舅相认，对外人说黄中立是自己多年没走动的叔伯妻弟。就这样，黄中立在下湾扎下了根。为了纠正陈慎洲“杀富济贫就是革命”的观点，黄中立把油印的《共产党宣言》《巴东报》《巴兴归县委工作通讯》，极其郑重地交到了陈慎洲手中，陈慎洲如饥似渴地读起来，从中初步了解了共产党的宗旨、信仰和奋斗目标。

陈慎洲带着黄中立在学堂湾转悠，一个打着绑腿的青年正将一根齐眉棍在头顶、腰部、腿部旋转两圈，让人看得眼花缭乱。舞棍者高举棍棒来了一个泰山压顶，铺天盖地压下来，只听“叭”的一声脆响，一根碗口粗的梨枝折断，齐整整掉落在地上。突然看到陈慎洲带人观看，大喊一声“彩平哥，接招”。说时迟，那时快，一根扫堂棍贴地而来，如金蛇吐信，蛟龙推浪，棍子呼呼作响，陈慎洲如跳蚤跳堂，雷电击掌，棍随人舞，影随人飞，地上卷起一层灰尘。看得黄中立目瞪口呆，心想有这等功夫，真是人才难得！

比试结束，黄中立一阵喝彩。陈慎勤一看，鼓掌者也是一英俊青年。陈慎洲便介绍妻弟黄中立与陈慎勤相识，陈慎洲还不忘介绍“精堂兄弟是一个仗剑走天涯的青年，特别好打抱不平”。三人一见如故，兄弟相称。

三人在学堂湾习武操刀，比赛射箭，好不热闹，一晃三天过去，三人成了无话不说的好友。

陈慎勤十分仰慕黄中立会玩手枪，想弄明白火铳能不能改造成手枪。黄中立见陈氏兄弟对手枪感兴趣，就教他们如何瞄准，如何射击。黄中立也想学齐眉棍术，但陈氏有家规，齐眉棍传内不传外，陈家女孩可以学其棍术和刀术，主要是为防身之用。陈氏兄弟说革命先革自己的命，要抛弃旧传统，传播齐眉棍术。但要学会齐眉棍，不是一朝一夕的事。他们边说边转悠，还教中立认识了一些草药，尤其是治红伤的药。一连几天，周家坡反背岩屋、淹水塥、蒋家河都留下了他们的脚印。

黄中立在下湾周边开始活动，白天帮“姐夫”种田，夜晚走访贫穷的农户，尤其重视进步青年。他认为下湾地理位置特殊，是连接巴兴归的咽喉，更是远近闻名的一脚踏三县之地，穷苦大众甚多，地主压迫方式花样百出，反对压迫的花样也多，如驱赶税收征管员、打保长、打甲长、故意毁坏地主工具、毒死耕牛、抢夺大刀会和黄带会的刀枪、在地主家周围放铁猫子、在过路口挖陷阱等。正如毛主席所说“哪里有压迫，哪里就有反抗”。

黄中立发现，这里阶级矛盾激烈。有的地主富得流油，有的农民穷得食不果腹，衣不遮体，正是“朱门酒肉臭，路有冻死骨”。有的地主田庄数千亩，大多数农民上无片瓦、下无立锥之地。陈慎战就有 20 多个庄子，土地面积 1 万多亩，分别在宜昌、秭归、巴东县城置有商铺。有人欠地主课租被迫卖儿卖女，靠打长工打短工度日，大多数农民渴望自己拥有一亩三分地。宗派势力很大，高桥主要有陈、杨、谭、王、向、李、彭、马、朱、贺、宋等宗族各自占山为王。每一姓都设有祠堂，实行族长负责制。陈姓在洛坪一座山上修建了工事、城墙，甚至将一座山的名称改为陈家寨。向姓在下洛坪占据一个山头，也修建了工事和城墙，取名向家寨。王姓在牛脑壳包修建了工事、暗道。族与族之间产生矛盾，几乎是倾巢而出。下湾频遭棒匪抢夺，每年都有棒老二、大刀会、黄枪会的侵扰。起初是在春荒和春节前发生抢夺事件，后来棒匪光天化日之下强奸、抢夺财物已成常事。每次受到伤害的大多是小户人家，地主遭抢的事件少之又少。再加上时不时有天灾，地主趁机蚕食农民土地，每年都有一些农民倾家荡产。如此民不聊生，许多群众暗地里多次寻找共产党。

踏破铁鞋无觅处，得来全不费工夫。人们常说“远在天边，近在眼前”。下湾人做梦也没想到，共产党就在身边。

陈慎洲、陈慎勤身为知识分子，且又是进步青年。党组织的思想像一股新鲜血液注入他们体内，把他们引上一条光明大道。

下湾这块热土，共产党播下了革命种子，种子就会破壳出土，茁壮成长。

## 三、岩屋里的誓言

黄中立在巴东平阳坝见到了巴东县委主要负责人胡荣本和黄大鹏，如实汇报了陈慎洲、陈慎勤参加革命的动机，并呈上陈氏兄弟入党志愿书。

黄大鹏、胡荣本听完汇报，十分高兴，并连声说，“群众盼望共产党，共产党就到群众中去，共产党员是革命火种，让下湾率先烧红一片天”。

黄中立做向导，胡荣本、黄大鹏一行三人乘着夜色来到下湾，陈慎洲、陈慎勤站在下湾天井屋门前迎接，故意大声狂气地说：“娃儿舅舅稀客呀。”黄大鹏立即接话：“想妹妹了，顺路来看看。”胡荣本、黄大鹏身着长布衫，头戴礼帽，远远望去，更像是老板模样。黄中立挑着一副担子，既像生意人，又像随从。

陈家祠堂坐南朝北，面向狮子包。建筑风格古色古香的陈家祠堂由两个天井屋组成，大门左右一对石鼓，石鼓上立一对雄雌石狮。石门、石柱、门檐雕龙画凤，甚是气派。进门便是一个长八尺、宽半尺的春台，其上方镶嵌“天地君亲师”的长匾。两边各有厢房一间，顺两边厢房拾三级台阶而上，呈“回”字形直通堂屋。堂屋门与大石门构成一个“回”字，意为大口套小口，大家含小家，方可四通八达。族长及核心人物开会议事，大多在正堂屋举行。议婚、订盟大多在堂屋后面耳房进行，议事结束后在大厅举行仪式。重大活动商议前，分别在大门和进门厢房设有岗哨，以防秘密外泄。进门厢房内设有膳食厅和接待厅。陈慎洲带领三位客人，与陈家宗祠管理人寒暄了几句，就顺着回廊绕进天井，拾级而上进了堂屋，推开密室，分宾主落座，举行了一场别开生面的会议。

“陈慎洲、陈慎勤同志，今晚党组织要听听你们对组织的认识。”胡荣本主持会议。陈慎洲、陈慎勤第一次听到同志二字，热血沸腾，心口怦怦直跳。

“我非常想加入党组织”，陈慎洲抢先说道，陈慎勤也不甘落后，说“我也非常想加入党组织”。

“你们为什么要加入党组织？”黄大鹏问。

“听中立兄介绍，中国共产党是为穷人服务的。现如今政府吏制腐败，横征暴敛，官老爷是大鱼吃小鱼，小鱼吃虾子，虾子吃泥巴，枯竹子也熬得出油来。”陈慎洲眼底迸发出别样的火光。“如果我入了党，能不能带一班人把巴东船老大抓起来重新审判，能不能去抓棒老二交共产党处理？”陈慎洲时刻想着为同窗好友梅长海出一口恶气。

胡荣本、黄大鹏、黄中立喜悦的脸色立即变得凝重。

黄大鹏郑重告诫他俩：“革命不是报仇，共产党的仇也不是私仇。个人恩怨与党组织无关。共产党从诞生之日起，就没有私仇，只有广大人民群众的利益。按照你们的逻辑，把你们的几个仇人解决了，你们就出了恶气！这不是一个真正的共产党人要做的事，共产党人是带领穷人闹翻身求解放的，是为人民服务的，我们的最终目的是解放全人类。革命在形式上主要表现为两个字，一个是‘闹’，一个是‘求’，闹是表面形式，说明会作出巨大牺牲，有的人甚至还要付出生命的代价。求是骨子里面的东西，我们要有追求，追求的答案只有一个：为全中国人民服务，人民当家作主，推翻剥削阶级的压迫，推翻压在人民头上的‘帝国主义、封建主义、官僚资本主义’三座大山。你们看马克思、恩格斯在《共产党宣言》中响亮提出‘全世界无产者联合起来’的口号。苏联有个列宁，他依靠共产党组织建立了一个苏维埃共和国。我们共产党人闹革命的目的就是要为劳苦大众谋幸福，实现共产主义。闹翻身，求解放，不是小打小闹，而是要推翻一个腐朽的政权，一个阶级推翻另一个阶级。万丈高楼平地起，我们下湾的将来也要有人民自己的政权。”

说完，黄大鹏从口袋里掏出两本黄中立在巴东一中油印的《共产党宣言》递给他们，让他们仔细阅读。

胡荣本又给他们讲中国共产党历史，告诉他们共产党目前还很弱小，毛泽东同志说共产党员好比种子，星星之火，可以燎原。我们要发挥种子的作用，把星星之火变成烈火。湖北董必武、萧楚女等人在武汉举办了共产主义运动培训班，我们的同志都应该在这个班培训，使自己成为真正的无产阶级革命者。

陈慎洲、陈慎勤茅塞顿开，好像黑暗中炸响一声惊雷，在一丝光亮中看见了大好河山，看见了一条通往彼岸的大道。他俩爱不释手地啃读《共产党宣言》及《中国共产党章程》，俩人像打了鸡血似的浑身是劲。

胡荣本、黄大鹏、黄中立对陈慎洲、陈慎勤集中培训了两天，还在陈慎洲带领下，分别走访了蒋家河的进步青年蒋英才，庙垭子的杨直亮，桂花树梁子上的陈大斌，高桥庙坪的田祚开、田恒山。陈慎洲、陈慎勤的觉悟得到了提高，也不再提报一己之私仇式的革命，而是要推翻剥削阶级，组建人民政权，建立新中国。

黄中立再次拿出他们二人的入党申请书，进行面对面的谈话，胡荣本、黄大鹏自荐当陈慎洲的入党介绍人，胡荣本、黄中立是陈慎勤的入党介绍人。当时，对入党的同志要求很严，要具备六个基本条件（政治观念没有错误；对党忠实；有自我牺牲精神，能积极为党工作；没有发洋财的观念；不吸鸦片不赌博）才能填写“入党志愿书”。经党组织研究决定，同意陈慎洲、陈慎勤加入中国共产党。

黄中立把镰刀斧头旗挂在密室正中墙上，两人正准备举起右手随黄中立宣誓时，突然两条狗狂吠，祠堂管理人用木棒敲了三下门，便大声说：“先知来了，稀客稀客！”听到说话声，密室中扯下党旗，塞进老祖宗樟木像内，陈慎洲小声告诉黄大鹏：“陈先知，就是陈慎维，是秭归县总团练长，国民党县参议。”相互递了眼色，四人在密室玩起了骨牌，骨牌在桌上发出相互碰撞的声音，因和牌是诈和，四人争执不休，黄中立又当起了和事佬。

陈先知推开密室，看到这种情景，把文明棍往门边一放，拱手作揖：“家中来了贵客，有失远迎！哎哟，这几位先生目光如炬，真像贺大胡子（贺龙）的人啦。该不是在组织共产党吧？”

黄中立随机应变道：“什么贺大胡子、李大胡子，我只有一个洗脸胡子（洗脸巾）。来来来，搓两盘。”陈慎洲介绍道：“这是堂客的几个哥哥，大哥黄世鹏、二哥黄世云、三哥黄世立”。这时，陈慎洲的妻子黄世杰恰好来喊她几个哥哥回家吃饭，兄弟喜笑颜开，顺利躲过一劫。随后，五人相约，大步走出祠堂，径直往周家坡走去。

是夜，陈慎洲、陈慎勤带着土铳、一把顺刀、三条猎狗出门赶仗。三条猎狗扑向狮子包，狂吼不断，恰好有两只野兔窜出，陈慎洲连放几铳，一只野兔中弹，猎狗叼着野兔狂奔不已。黄大鹏、胡荣本、黄中立随陈慎洲、陈慎勤在密林中穿行。

子夜时分，大山死一般的寂静，陈慎洲一行五人来到西河沟密林与水田交界的死人子洞。传说这里是一个闹鬼的地方，曾经有五个逃兵在洞内被打死，还有两个自寻短见的吊死鬼。大白天，胆小者都不敢进死人子洞探险。他们爬上死人子洞，在洞内点上马灯，将鲜红的党旗挂在石壁上，准备新党员宣誓仪式事宜。

黄中立提着马灯，胡荣本带领宣读誓词：我志愿加入中国共产党，听党的话，坚决做到严守秘密，遵守纪律，牺牲个人，阶级斗争，努力革命，永不叛党。宣誓人："陈慎洲""陈慎勤"。两人从来没有如此严肃地念过自己的名字，肃然之情油然而生。

宣誓结束后，胡荣本说："祝贺你们成为一个真正的共产党人，共产党人要有坚定的信念，一生为劳苦大众服务，无论在什么情况下永不叛党，保护好党组织，保护好同志，保护好革命战线。从现在起，我们要不断发展组织，壮大组织，同敌人做坚决斗争。要敢于革自己的命，革家族的命，凡是对革命有阻挠的命都要革。"

"保护好党组织，保护好同志，保护好革命战线。"像一粒种子种在了陈慎洲和陈慎勤的心田里。

随后，受上级党组织委托，成立中共巴兴归县委下湾交通站，实行单线联络，待时机成熟后，成立党的支部。

陈慎洲、陈慎勤眼里流出了喜悦的泪水，表达决心：誓死跟党走，保证完成党交办的一切任务。

从此一座新的里程碑在他们心中建立起来了！

## 四、一个好汉三个帮

1928 年 8 月，建立了中共下湾地下交通站，陈慎洲被任命为站长，陈慎勤为交通联络员。交通站的主要任务是：走访贫苦农民，掌握第一手材料；向党组织推荐敢于革命的青年积极分子；及时传达上级指示；掩护转移革命同志。

下湾交通站建立后，兴山县委、巴东县委合二为一，总称为巴兴归县委。张华甫、廖景坤、刘子泉、胡荣本、黄大鹏经常以此为据点，传达上级指示，研究事态动向，运输枪支弹药，开展秘密活动。

下湾的官僚统治、地主剥削、兵匪压迫、土匪横行、烧杀抢夺不断，是各种矛盾的交汇点，稍有风吹草动就是一场你死我活的斗争，尤其地主阶级的压迫已到了极限，这个火药桶一点就着，一着就炸。相对而言，兴山、巴东两县共产党活动频繁，秭归比较薄弱。要想把兴山、巴东连成一片，秭归是绕不过的一道坎，下湾正好弥补了秭归的空白。巴东、兴山均建立过县委组织，秭归处于长江岸边，其县级机构所在地归州，因处在国民党眼皮子底下，就没有建立县级党组织。巴兴归县委决定，准备在秭归三县交界处建立一个区级党组织，下湾交通联络站的地位越来越重要。

陈慎洲、陈慎勤革命热情空前高涨，觉悟也越来越高，思想逐步成熟。陈慎洲多次当着众人的面说："我没有追求高官厚禄的愿望，跟共产党干革命，就是渴望我们的党组织能让人民过上太平的日子，让我们的子孙们将来过上和平安宁的好日子。"陈慎勤深刻地认识到，共产党员不能是孤独的革命者，要想为人民谋幸福，就要有一支"拉得出、打得赢、守纪律"的队伍。有人才有世界，他们要把更多志同道合的同志团结起来。

下湾、洛坪、桂花、王家山、朱家湾有一个习惯：喜欢以屋场院子为单位侃大山，摆龙门阵讲古。白天活路越是辛苦，晚上越要聊天，解除疲劳。每当月光如水、远岱星稀、凉风习习的傍晚，男男女女、老老少少聚在一起，开始传述当地新闻，接着就引发联想讲故事。一般是由读书人开讲，什么洪水滔天、滚石成亲、女娲造人、屈原含冤、妲己乱国、姜子牙封神、昭君娘娘和北番等历史传说故事，还讲陈胜吴广揭竿而起、黄巾为号闹翻天、花木兰替父从军、穆桂英挂帅，也讲打不死的程咬金、孟姜女哭长城、梁山好汉宋公明、诸葛孔明火烧赤壁等。陈慎洲、陈慎勤爱讲三国、水浒、西游记，小青年特别爱听三侠五义、七侠五义。陈慎洲、陈慎勤有时也有意识地讲一些外面的形势：陈独秀、李大钊、董必武、毛泽东创建了一个党组织——中国共产党，“八一”南昌起义共产党有了一支革命军队等，这些新鲜事很吸引听众，逐步在乡村传播开来。

陈慎洲给大家讲，共产党成立后，专门替穷苦人说话，要让穷苦人翻身当家作主，要让耕者有其田。起初农民就像听天书一样，左说左不相信，右说右不相信。说起穷人当家作主，甚至有人跑过来摸陈慎洲的脑袋，问他是不是脑壳发烧，想耕者有其田脑壳想偏了。有人说他穷酸书生西游记看得入迷了，现实生活中哪来的孙悟空——异想天开。政治本身就是一块吸铁石，吸引着每一个人的心，有些人口里不相信，但心里都想解开这个谜。

有一个年轻人站出来说：“真有这么回事，我从长阳做生意回来的路上，就碰到了共产党员黄大鹏，他还叫我跟着他们干，据说共产党遍布全国了。”大家把疑惑的目光投向他，他的开胸白马褂把他修长的身材衬托出几分威武，脸上镶嵌着一双炯炯有神的眼睛，嘴上一圈毛茸茸的小胡子透露出一股阳刚之气。他就是杨直亮，常年跑生意，东下东湖（宜昌）、荆州，西上巫山、重庆，在村人眼里，是个见多识广的主儿。陈慎洲暗喜，前两天从黄中立口中知道了他的情况，他是入党积极分子，党组织正在考验他。

当晚，陈慎洲、陈慎勤、杨直亮相约来到下湾蒋家河蒋英才家中。

蒋英才何许人也？老百姓说蒋英才是一个“穿的没得吊的多”的老佃户，住在菩萨岩边，依山就势搭一个窝棚，一家五口人在生死线上煎熬。后来蒋氏家族捐族田一亩三分给他，他才在老地基上修了两间瓦屋。蒋英才披星戴月勤扒苦挣还是难保肚儿圆。乡亲说他是一个“叫花子怜惜讨米”的人，他喜欢为穷人打抱不平，族人看不惯骂他“穷骨子作烧”。蒋英才平时有句口头禅：“大路不平，旁人铲修。”他曾为路人作证得罪过舅舅，到县城衙门替他人作证、为五家外人成功争取田产，五个赢了官司的乡亲给他合赠一亩水田，也被他婉言谢绝。

陈慎洲、陈慎勤突然造访蒋英才，让他有些手足无措。他说：“陈氏兄弟是‘高山上熖火粪——有名人焉（烟）’。”他特别钦慕陈慎洲为朋友两肋插刀，三拳猛打船老大。几个热血青年相见，共话美好憧憬，可一看捉襟见肘的家境，突生几分凄凉。

杨直亮的加入，又是一道风景。杨直亮年轻，有经济头脑，见识广，胆子大。蒋英才苦出身，家有薄田一亩，常以种课田为生，他在做长工的人中结识了一大批穷苦大众，在他周围有一批追随者。

杨直亮与蒋英才有一个共同的特点，想分地主的田产。

蒋英才说：“我们要组织一批人把地主捆起来，按人口分田，强迫地主与穷人签合同。”

“最好县衙门里也要有我们的人，不然打起官司来，穷人没得东西给县老爷行贿，穷人就是输官司。”杨直亮附和着。

陈慎洲明白，农民革命的初衷就是要有一份保命田。赚钱不赚钱，赚个肚儿圆；革命不革命，有田能活命。农民小农意识浓烈，农民需要土地是生活所迫。土地问题是中国农民革命的核心，“要想分田地，就要打倒地主阶级。要想打倒一个阶级，绝不是一个人两个人能办得到的事。其实赤贫的人也是一个阶级，我们要团结所有的无产阶级与他们做针锋相对的斗争，赤贫的人占大多数，多数对付少数，多数一定能赢。”

陈慎洲对他们说：“中国共产党是专门为我们无产阶级劳苦大众谋利益的政党，中国共产党还在大城市组织了工人大罢工，工人阶级是劳苦大众的天然同盟军。得道多助，失道寡助。中国共产党一定会在全国取得胜利。”

一席话说得大家热血沸腾。杨直亮毫不忌讳地说：“我已向党组织提出了申请，我要入党。”蒋英才跟着说“我也要入党”。

“我要入党”既是誓言，也是理想，正因为有了共同的理想，共同的追求，共同的奋斗目标，四双手紧紧地握在一起。也正是这四双手，点燃了下湾革命的熊熊烈火。

第二天，陈慎洲向躲在龚家桥亲戚家的黄中立做了汇报，黄中立专程赶到下湾，召集四人上党课，讲授《土地法大纲》和毛泽东同志撰写的《湖南农民运动考察报告》。

黄中立将油印的两本小册子送给了陈慎洲。《土地法大纲》是可操作的尺码，《湖南农民运动考察报告》就是一面镜子，把社会各阶层的灵魂呈现出来，共产党人从中吸取营养和工作方法。

黄中立从共产国际形势讲到江西农会，讲到蒋介石背信弃义。他说，八一南昌起义已诞生了一支中国工农武装，这支军队可能最近就要打过长江了。湖北是农民革命的中心地区，贺龙将军在湖北建立了多个苏维埃革命根据地，我们也要在这块土地上建立一个革命根据地，建立红色政权，打倒旧衙门，推翻旧体制，建立新秩序，农民当家要作主。

几个青年热血沸腾，大有马上把秭归草坝乡翻个底朝天的气势。“身无彩凤双飞翼，心有灵犀一点通”，陈慎洲、陈慎勤、蒋英才、杨直亮、黄中立有一个共同的感应——他们的心是相通的。

黄中立回到高桥庙坪姐姐家中，天天与田恒山、田祚开在一起谈心。他指示下湾交通联络站趁农民插秧聚众的机会，宣讲革命形势和任务，吸纳优秀分子到革命队伍中来。

陈慎洲卓越的领导才能和组织才能凸显出来，团结了一大批贫苦农民，按照组织要求成立了下湾农会、茅草坝农会和王家山农会。各个农会领取了任务，对打土豪分田地尤为积极。各个农会把辖区地主土地庄子都清点上账，登记造册，做到有案可稽。王家山农会主席吴治成还在自家门前书写了“打土豪分田地”的标语。茅草坝农会主席陈大斌动员长工纷纷辞工回家种地，逼得地主老财寻死觅活。农会干部跑进跑出，忙得脚板视天（很忙）也没有半点怨言。

一堆干柴，只要一根火柴，就可放出万丈光芒。一群受压迫的穷苦大众，只要一声吆喝，就会揭竿而起，奋勇向前。

各个农会在农会主席和入党积极分子的带领下，挨家挨户做动员工作，一呼百应，革命热情空前高涨，一场摧枯拉朽的风暴已经来临。

## 五、桂花树岭上的黑旋风

翻山越岭又爬坡，
汗水浸湿打杵子窝。
白天做的牛和马，
夜晚滚的稻草壳，
无盐无米打瞎摸。

打长工，真是苦，
长年背笼和打杵。
背过金子堆成山，
种过良田几百亩，
妻儿在家打饿肚。

这是背脚子陈大斌自编的两首背脚五句子歌，无事亮亮嗓子，也是长工陈大斌的日常生活写照。

陈大斌 1901 年 2 月出生在桂花村桂花树梁子陈家屋场，家中 12 口人，他排行老三。他家门口有棵大柏树，枝繁叶茂，夏天，柏树既能驱赶蚊虫，还可供人们在树下纳凉。陈大斌从小放牛打柴，读过三年私塾，熟读《三字经》《百家姓》《幼学》《中庸》，还能举一反三地剖解。他家大口阔，父亲被拉壮丁当背脚子落下一身伤寒，不到五十岁，咳嗽时双手撑着膝盖脸上憋得青紫，激烈时如疾风吹动的树枝上下摆动。母亲也得了哮喘病，咳嗽如同一架机器发出长长的拖音，每次咳嗽都会令儿子胆战心惊，担心阎王老爷要了她的命。父母的咳嗽声此起彼伏，陈大斌恨不得一拳把天打一个窟窿，变成无所不能的齐天大圣，来拯救父母、拯救贫穷。家中有四亩薄田，无论父母带病煎熬，还是叔父披星戴月劳作，都难以糊口。种课田八亩，地主提前预估产量，每当秋收季节，堆在家中的稻谷、苞谷、小麦随着背笼打杵流进了地主的粮仓，家中的粮仓顿时空空如也，不由一股悲凉袭上心来：这是什么世道？

为了节省粮食，陈大斌 16 岁就跟着哥哥外出打长工、点工、短工，他们的脚步遍及高桥乡各个村落。兄弟为人诚实，每一个工价只需两升苞谷或按苞谷换成钱，用来维持一家人的生活。20 岁那年，陈大斌胸前已长出了一片茂密的胸毛，嘴上出现了毛茸茸的胡子，眼睛凹陷，眉骨突出。大笑时如一尊金刚，发怒时，剑眉呈倒八字分列，似两把寒光闪闪的尖刀咄咄逼人。在大柏树下，村里人常聚在一起，陈大斌最爱听《水浒传》的故事。一书生戏弄陈大斌，黑旋风李逵与花和尚鲁智深叫他任挑一个角色。陈大斌说：“我不当和尚，当和尚不能结婚。李逵孝顺，我当李逵。”从此黑旋风就成了陈大斌的别名。

陈大斌长年背脚，朝东可背山货到兴山，朝西可上四川贩盐，朝南可通秭归运木料，一年四季有忙不完的活。唱山歌是穷苦人抒发感情的最好方式，陈大斌在背脚生涯中练就了一副好嗓子：

月亮弯弯照九州，
有人欢喜有人愁。
富人有钱住高楼，
高楼本是穷人修。
有朝一日时运转，
我骑骡马你变牛。
皇帝的儿子我敢打，
金果玉食我先尝。
世间万物我作主，
一口喝断长江水，
定叫黄河水倒流。
……

1927 年 1 月，从四川下来一伙兵匪痞子，又叫棒老二。盘踞在巴东小龙西沟一个岩屋里，占山为王，手持长矛大刀，染成黑脸，大当家的染成二花脸，头发染成红色，犹如恶鬼，闯进农家，抢夺财物。他们边抢边喊“敢在衙门断案，敢在老虎口里拔牙”。一日深夜，棒老二从仙女山灵口里下山，到茅草坝，过洛坪，经大坝河，一路抢劫了 13 家，捆绑财主 1 人，打伤 20 多人，侮辱妇女多人。

洛坪人说起红毛鬼就感到心惊肉跳，腿肚子发麻。

是年腊月初一晚上，陈大斌在下湾帮一户向姓人家杀年猪，收拾完毕，已是子时。一群黑花脸如恶鬼般的人破门而入，吓得向姓人家浑身发抖，大喊“好汉，饶命”。黑花脸抓起年猪肉就往门外跑，说时迟，那时快，陈大斌举起一把杀猪刀，从后面追赶，一步跳下两丈多高的稻场，挡住了抢犯逃跑的去路，劈天一声断喝“把肉放下”。棒老二来了个双锤碰雷，陈大斌举起杀猪刀左右开弓，闪出一道道弧线般的寒光，当即刺伤三个棒老二。棒老二见势不妙，夺路而逃。房前下了一阵“肉雨”，白的、红的散落一地。经向老汉清点，只抢走了一个猪头和两个猪蹄，其余一件没折，全家皆大欢喜。从此向家人对长工陈大斌另眼相看，齐整整向他打躬作揖，要用一头整猪作酬谢。陈大斌婉拒，声称“小事一桩，不必言谢”。

向家湾的乡亲们看到长工陈大斌一人能敌一群棒匪，便有意把他留下来。陈大斌想，一个人的力量毕竟有限，只有发挥集体的力量，才能保住劳动果实。再说，身为一个长工，有棒匪别人就会挽留你，棒匪走了，还是精光溜锤一个人。为防不测，他冥思苦想出一个办法。动员家家户户备一面锣或一杆火铳，只要一见到棒老二，就鸣锣放铳。谁先发现谁先敲锣，头锣一响，百锣同鸣，全体乡亲倾巢而出，将棒匪团团包围，杀声震天。

事隔不久，棒老二再次袭击向家湾，乡亲们用这种方法果然灵验，棒老二惊慌失措，抱头鼠窜，不是断胳膊就是断腿子，从此秋毫不犯。自此以后，向家湾再也没来过棒匪。

向家想收陈大斌为义子，陈大斌一再婉拒。向家又变着法子向他伸出橄榄枝，请人捎话愿把大女儿嫁给他。向家女儿如同水灵灵的冷子草，鲜嫩无比，乡村十里，媒婆成群，说破口舌，也不愿嫁，偏偏看上了背脚子陈大斌。这个冷子草似的女人就是他结发妻子向宗珍。

人们把陈大斌传为神人，并说他参加过神兵，一次打跑了20多个棒老二，向家为防患棒老二再次袭击，把女儿许配给了他。这个时候，从事地下活动的黄中立正在下湾、茅草坝一带活动。陈慎洲、陈慎勤的家与向家湾坡上坎下，经常在向家湾碰见陈大斌。在陈慎洲的引见下，陈大斌认识了黄中立。陈大斌与陈本善是亲戚，陈本善的妻子曹友娣多次与黄中立见面，捅破这层窗户纸，算是为陈大斌参加革命铺平了道路。

陈大斌兄弟三人，两个哥哥分家住在官田樟树坪。背脚子自然与背脚子熟悉，背脚子深受剥削和压迫，只要有出头之日，恨不得用打杵子把天捅个洞。黄中立以游医的身份住进了陈大斌的家，还为其父母送去了止咳药，陈大斌的父母吃了黄中立的药，病情缓解。白天黄中立陪陈大斌到桑树坪山上采药，晚上促膝谈心，两人成了推心置腹的朋友。

陈大斌对背脚子队伍十分熟悉，谁家有困难，谁家有灾难，他都了如指掌。他把共产党要全心全意为人民服务的宗旨向背脚子队伍传播，40 多个背脚子主动要求加入了农会，其中 10 多人后来成了农会干部。吴家坡的吴治成放下背架子，发动群众与土豪劣绅做斗争，带头把自己的一石稻谷送给红军作军粮，还在家自制土铳和火药，缓解武器短缺的困难。龚家桥的田恒山老家住在田家坪，属于搬家子户。陈大斌与他很熟，在陈大斌的影响下，组织了龚家桥农会，并担任龚家桥农会副主席。这些人后来都成了下湾区苏维埃政府的中坚力量。

1928 年 12 月，经黄中立介绍，陈大斌加入了中国共产党。

入党宣誓之地选在陈家祠堂后面的碑坟园里。黄中立曾与陈慎维碰面谈过陈家祠堂风水，说陈家祠堂是“背靠厚山，怀抱紫阳，状元及第，伴君侍郎，耕读为本，代代兴旺”。这个消息像长了翅膀飞到了陈氏家族每一个角落，陈氏后人隔三岔五就到祖坟处烧香磕头许愿，朝拜祖宗。他们把入党宣誓地选择在祖茔是再恰当不过的。这里是清朝进士陈孝洁的墓地。宣誓地选择好后，他们把党旗悬挂在正面墓碑上，由黄中立领誓，陈大斌庄严宣誓，

“我志愿加入中国共产党，遵守党的章程，执行党的决议，保守党的秘密，对党忠诚，随时为党和人民牺牲一切，永不叛党”。同日加入党组织的还有龚家桥庙坪的田祚开、田恒山，王家山的王发祥（老家巴东魏家湾），伍家坪的严大孝、严大志。

## 六、女中豪杰曹友娣

曹友娣，岚垭村（现高桥乡伍家坪村）人。1902 年出生在一个贫苦农民家庭，1929 年 3 月加入中国共产党，1930 年 7 月，任下湾区妇女协会主席，是下湾区妇女运动主要领导人，巴兴归革命根据地的女中英杰。

曹友娣姊妹三人。父亲曹成西是个勤劳正直的农民，尽管他成年累月地拼命干活，仍然养活不了一家老小，由于操劳过度，贫病交加，过早地离开了人世，留下孤儿寡母相依为命。母亲李氏含辛茹苦带着友娣三姐妹，下地劳动，艰难度日。贫困的家境剥夺了曹友娣上学的机会，小小年纪就过早地扛起了家庭重担，遍尝人间辛酸。

封建礼教是束缚妇女的一条绳索。母亲李氏系富门之女，从小缠足，是封建礼教的牺牲品。由于受封建礼教毒害深，仍以“三寸金莲”严格要求女儿裹小脚。曹友娣从小聪明伶俐，口齿乖巧，不仅是妈妈的好帮手，还是邻里的好姐妹，做事泼辣干练，从不拖泥带水。人们都说她有女孩子的容貌、男孩子的性格、神仙的胆子。友娣对封建礼教，尤其是妈妈要她缠足这件事，特别反感。每当妈妈不在的时候，她就解掉脚上的裹缠子（缠脚布），甚至连妹妹脚上的裹脚布也一起解掉。起初，妹妹怕挨打，总是不让解。

曹友娣劝妹妹说：“妈妈是小脚，走路一拐一拐的多不方便。妹，你裹脚疼吗？”

“疼！”妹妹哭着说。

“是呀！裹脚疼，妈打也疼，长痛不如短痛。”

从此，姐妹俩的脚缠缠、解解，解解、缠缠，始终未裹好。眼看一个身材窈窕的大姑娘，还是一双大脚片，背起百斤跑如飞，挑起水桶像打擂。最让妈妈不高兴的，她还学会了打猎，打铳、支炮、下套，样样在行。

曹友娣还有一副好嗓门，什么《十想》《十劝》唱得悠扬婉转。乡亲们打薅草锣鼓，她总是自告奋勇去帮工，锣鼓匠休息时，她总要拜师唱歌，拉开嗓子唱一阵：

叫我唱歌算个啥，
我住天边白云下。
金銮宝殿我要坐，
皇帝儿子我敢打，
走遍天下我不怕。

曹友娣唱歌没了规矩，胆子越唱越大。她从古代歌本子中吸取营养，三国水浒杨家将、薛刚反唐姜子牙、孟姜女哭长城、昭君娘娘和北番等一些民间故事搬到了田间地头，博闻强识，成了一个出色的歌手。伍家坪成立农民协会，开办农民夜校，她第一个报名参加，伍家坪人说“女儿生得一枝花，锅前灶后摊粑粑”。曹友娣听说后，大发脾气，放出狠话“男人能做的事，我照样能做。男尊女卑的思想要废除，男女都一样”。

“三从四德”封建礼教，成了妇女甩不开的绳索，把妇女禁锢在闺房和厨房这个狭窄的小天地里，不得随便言行，不得自由。这哪里禁得住从小天真活泼、爱说爱唱的刚强姑娘？但为了生计，妈妈有时也不得不叫友娣单独出门。她常同幼时玩伴邻居龚氏三姊妹一起劳动，一起做针线，一起唱山歌。她们走到哪里，歌声、笑声就到哪里，走到哪里，哪里就有生气。

她邀约好友到算命先生徐瞎子家里，听他讲“穆桂英挂帅”“花木兰替父从军”“梁红玉击鼓战金山”等故事，这些女英雄在曹友娣幼小的心灵里留下了很深的印象。

1928 年 5 月，巴东武装暴动胜利果实遭到“清剿”。共产党员黄中立到龚家桥、茅草坝进行秘密的革命串联活动。正好曹友娣到茅草坝探亲，遇见了在亲戚家做发动工作的黄中立。从交谈中，黄中立了解到曹友娣是一个贫苦家庭出身、对黑暗旧社会充满仇和恨、敢于冲破封建礼教、性格刚毅的年轻妇女。他向曹友娣宣讲革命道理，指出穷人要摆脱困境，妇女要解放，只有组织起来，跟党走，与敌斗。一席话似春风吹开了她多年积郁愤懑的心扉，解开了埋藏在心底的种种疑团，终于看到了穷苦人的出路。她深深感到黄中立是个了不起的人，热情邀请黄中立到自己家中做客。

入冬，黄中立委托三弟黄中庸（共产党员）到岚垭与曹友娣取得联系，在曹友娣的帮助下，进行秘密串联发动工作。黄中庸住在曹友娣妹夫陈大义家，曹友娣常邀约陈大义的妹妹陈阳春、曹幺子等自己信得过的亲朋好友来听黄中庸讲革命道理。从此，她们一起学习，一起劳动，一起投身到求解放的火热斗争之中。

1929 年 3 月的一天夜晚，龚家桥陈家老坟茔的碑石上贴着用纸做成的党旗，经黄中立、黄中庸介绍的曹友娣，同陈阳春、陈长安等人面对党旗，举起自己的右手，庄严宣誓：“我志愿加入中国共产党，听党的话，坚决做到严守秘密，遵守纪律，牺牲个人，阶级斗争，努力革命，永不叛党。如有违反以上誓词，愿受党纪严厉制裁。”从此以后，她时刻用一个共产党员的标准严格要求自己，为了党的事业，跋山涉水、走村串户、发动群众，组织妇女会，筹建农协会。

夜晚，曹友娣密约陈阳春、曹幺子和龚国凤、龚国恩、龚国贞三姊妹在家中聚会。她郑重地对大家说："党是我们穷人的救星，我们热爱党。为了表达我们的忠心，今天邀约大家来共绣一面党旗……"还未等曹友娣把话说完，姐妹们就兴奋地跳起来，异口同声地说："友娣姐的话说到我们心里去了，快找布料来。"友娣拿来了结婚时珍藏的红绫子和丝线，大伙儿忙开了，有的量布裁剪，有的找针穿线，有的绘制斧头镰刀图案……一连忙了几个晚上，一面鲜艳的党旗在姊妹们巧手的精心绣制下完成了。接着她又和大伙一起绣制了几个椭圆形荷包，专门用来收藏党的文件。

1929 年 12 月中旬，曹友娣被选送到县委在巴东甘坪举办的党员培训班学习。在这里她聆听了廖景坤、潘兆麟等县委领导的讲课，县妇联主席梁帮翠教唱了《国际歌》《红军歌》《妇女自由歌》等革命歌曲。近一月的学习，曹友娣懂得了更多的革命道理，视野更加开阔，革命意志更加坚定。

1930 年 5 月，巴兴归县人民革命委员会（后称苏维埃政府）成立，随后下湾区苏维埃政府成立，曹友娣当选为妇女委员。接着，又成立了下湾区妇女协会，曹友娣当选主席。

曹友娣是下湾区不可多得的女干部，自从她参加革命后，为伍家坪乡农民协会成立、组织妇女参加下湾游击大队、营包夺旗战、妇女救护队、担架队、宣传队操碎了心。曹友娣为下湾区开展减租减息、组织下湾游击队参加严家井战斗、打通巴兴归地下交通线、传递秘密军事情报作出了不可磨灭的贡献。

# 七、革命烈火燃下湾

“天地不仁，以万物为刍狗。”上苍对待他的子民都是平等的，当不平等的事物发展到了极致，它就像一杆秤，权失去了衡，秤杆就会翘起来。

媒纸遇火嫌[1]，自然会燃烧。

贫苦农民深受帝国主义、封建主义、官僚资本主义三座大山压迫，头顶三座大山，找不到出路。说起农民之苦，一年四季“春不得避风尘，夏不得避暑热，秋不得避阴雨，冬不得避寒冻。四时之间，无日休息，……勤苦如此，尚复被水旱之灾，急政暴赋，赋敛不时，朝令而暮当具”。农民是中国最底层最勤劳而且收益最低的群体，他们不明白，最辛苦创造出最丰富的物质财富，这些财富为什么要被人强行夺走？毛泽东同志说“哪里有压迫，哪里就有反抗”“哪里的压迫最深，哪里的反抗最烈”。

## 成立农民协会

1928 年 6 月至 12 月，黄中立作为党代表进驻高桥乡，他走访贫雇农、关心贫雇农、帮助贫雇农发展生产。他告诉每一个党员：“目前我党在农村工作的主要任务，是让农民翻身得解放。”怎样翻身，怎样得解放，首先是成立农民协会，农民协会当然是要农民当家。自古以来，农民是受压迫的对象，什么时候当过家，这不是痴人说梦吗？好笑，好笑，农民当家，不是要改写历史吗？面对这些疑问，黄中立郑重地告诉乡亲们，这回真的要

1 火嫌：湘鄂西农村昔日取火工具。由两块火石相互碰撞产生火花，由媒纸引燃。后来由火柴代替火嫌。

农民当家，我们要没收地主的土地给农民，让耕者有其田。

毛泽东同志在《湖南农民运动考察报告》中指出：没有贫农，便没有革命。

让农民自己管理自己的事，并且还让农民当家，农民们听到这个消息，兴奋得不得了，纷纷奔走相告——农民要翻身了。陈大斌、田恒山、蒋英才、王发祥、严大孝、严大志十分活跃，有时忙得连饭都顾不上吃，动员农民加入协会。伍家坪的曹友娣，人称飞毛腿，不分昼夜沿山架岭地宣传政策，动员亲戚朋友入会、妇女姐妹入会，走到哪里就把《农民协会章程》发到哪里。她还专门请了一位教书先生帮忙写标语。为方便书写，把竹刷子做成排笔，将生石灰搅拌均匀，在最显眼的地方写上“一切权力归农会”“打倒恶霸地主，打倒土豪劣绅”。

可这些话传到乡长、保长耳朵里，他们感到十分刺耳，并放出讥讽的话，“七的炒，八的闹，二十九的炸蛇蚤”[1]，喻示农民协会是瞎凑热闹。还恶狠狠地咒骂道：穷蛇蚤掉到热锅上——早晚要完蛋。

地主保长发了话，农民就有些害怕。在这关键时刻，巴兴归县委主要领导人廖景坤和黄大鹏先后来到下湾指导工作，他们首先指定共产党地下交通站联络员陈慎洲负责农民协会的组织工作，陈慎勤负责宣传工作，曹友娣负责妇女工作。选择下湾陈氏祠堂做教室，廖景坤、黄大鹏、黄中立、梁帮翠等担任教员，第一批参加学习的共产党员有陈慎洲、陈慎勤、曹友娣、陈大斌、蒋英才、田恒山、王发祥、严大孝等15人，共产党员积极分子杨直亮、董长凤、桓兆斌（三人均在1929年12月入党）等10人。党课的主要内容是《共产党宣言》《中国共产党的纲领》《俄国十月革命的胜利》《目

1 炸蛇蚤：是湘鄂西农村的一种习俗。每到春节前，人们就要准备过年佳肴，到了腊月二十七，准备炒菜食物；二十八，准备鞭炮；二十九，家家户户爆苞谷花，喻义消灭蛇蚤。

前的形势和任务》等，其目的是让大家彻底弄清楚，中国共产党革命的目的不是轮流坐庄，而是为中国人民得解放，全世界无产者得解放。在这次培训班上，学员文化程度参差不齐，大多数党员只读过几年书，还有个别是文盲，当听说要建立下湾区苏维埃政府时，也出现过一些笑话。当即就有学员问乡政府与乡公所有什么区别，有学员认为打倒乡公所的那班人，由我们取代乡公所。乡民还是这些乡民，税收归公，由我们管理乡民，或者说就是“换汤不换药”。这个问题在学员中引起激烈争论。黄大鹏针对“换汤不换药”的问题又上了《土地革命》一课。

土地是人类赖以生存的基础，土地是农民的命根子。土地是活的财富，金钱是可以花光的，土地生长的财富却取之不竭，用之不尽。农民占有土地就有了安身立命的基础。土地棒匪抢不走，蟊贼盗不走，孙悟空也移不走。

参加培训的共产党员听说红军队伍要来了，个个都热血沸腾，纷纷向县委提出要加入红军。县委明确地告诉他们：目前的首要任务，就是开展农民协会运动。

通过培训学习，武装了骨干，学习了土地法大纲，制定了农民协会章程。农民协会章程内容主要分为三大块：一是推行减租减息，要地主让利于农，不从者，可经农会批准没收部分土地；二是对打牌赌博者可处以罚款；三是成立农民夜校，适龄青年都要上夜校学文化。

1928 年 5 月，中华苏维埃政府曾颁布过《农民协会章程》，苏维埃政府明确规定：凡有土地自己不耕种，也不雇人耕种，而只出佃，坐收租粮者为地主；凡自耕农土地有余，而兼雇人耕种或以余田出租者，及佃农虽自己无土地资本、租得大批土地所收获超过需要，并雇人耕种者为富农；不论自耕农、佃农、土地仅足自给者为中农；虽有小块土地，但不能维持生活，而兼做零工及其他副业方能维持生活者为贫农；完全没有土地而专被人雇用耕种者为雇农。

下湾区根据上述划分阶级的标准，对辖区范围内的农户进行登记造册，按田亩多少划分成分。从此产生了地主、富农、中农、下中农、贫农、雇农。一大批贫雇农勇敢地站出来维护自己的利益，推动了农民协会的发展。

农民们踊跃加入农会。起初，农民还须填写志愿书加入农会，一家一个代表，后来农民嫌麻烦，干脆在表格上签个字或按个手印就行了。

朱家湾吴家坡农民吴志成，在洛坪走亲戚听说了这件事，就跑到洛坪来要求参加农民协会，其本义是洛坪土地好，他家与洛坪连田地界，在朱家湾又没有田，想在洛坪村分一块土地，洛坪村农民协会拒绝了他这一要求。吴志成不服气，跑到下湾找到陈慎洲投诉，要求加入农民协会，吴志成很幸运地成为下湾区农民协会的第一个投诉者。陈慎洲对他进行专门培训，后来他成了王家山农民协会主席。

贺家湾的许家祺专程打听农会要不要家有田产三十亩的人入会。陈慎洲已是一个成熟的革命者了，很快满足了他的要求。毛主席说“上中农、富农是团结的对象”，这些人只要积极工作，是允许入会的。

农民协会如一根火柴点燃了下湾革命烈火，仅十天时间高桥乡就成立了十几个农民协会。高桥乡农民协会的成立引起了大地主陈慎维、谭振清、陈孔裕、陈慎柱等人的高度警觉，这将危及他们的切身利益。在这关键时刻，若不及时统一标准，很有可能把大好局面搞糟、搞砸。

巴兴归县委主要负责人黄大鹏再次来到下湾指导工作，及时成立了下湾、贺家坪、龚家桥、王家山党支部，明确了农民协会在党支部领导下进行工作，一再强调不准以复仇和打击报复为目的，不能把个人恩怨带进农民协会。全县采用“三步走”的办法开展工作：首先从禁止打牌赌博抽大烟抓起，打击盗窃及棒老二，维护周边安宁；其次抓学文化，允许妇女学文化，反对裹脚，扔掉裹脚布；最后，让族田充公。要共产党员掌握动向，防止地方敌伪政府人员渗透到革命队伍和农会。有了这几条保证，高桥乡农民协会在国民党敌伪政府的眼皮子底下有声有色地发展起来。

根据中华苏维埃政府指示精神：“无代价地立即没收豪绅地主阶级的土地财产，没收的土地归农民代表会议苏维埃所有，分配给无地、少地的农民使用。”[1]

这些原则和要求，保证了广大无地、少地的贫苦农民，乃至非富裕中农获得一定数量的土地。从而真正实现了耕者有其田的目的。然后，区乡苏维埃政府成立土地委员会，具体负责土改工作，进行土地分配。土地委员会依靠党团员和贫苦农民开展工作，召开各种会议，宣传土改政策，商讨实施办法，调查摸底，掌握本地农民的经济及土地状况按政策划分阶级，分配土地。一般分为土豪劣绅（地主）、自耕农（中农）、半自耕农（贫农）、无产阶级（雇农、赤贫），富农则称为“殷实户”“余田户”。按照县苏维埃政府制定的政策原则，土地分配以人口为标准，有耕种能力的男女可得全份，否则得半份，绝不能完全以耕种能力及生产工具为标准。

为了工作有序开展，下湾区相应成了伍家坪农会、龚家桥农会、贺家坪农会、王家山农会、茅草坝农会。农会会长由选举或区农会指定产生。在农会的组织下没收地主土地分配给农民。

最后，由土地委员会和农民协会代表同踩田界、分田插标、按户造册、落实到户。根据分田名单，各户农民到田间地头实地踏勘，确定所分田地、山林的地段，当场插上写有户主姓名及地界的竹片或木牌，在此基础上登记造册，发给土地分配证。土地分配证上面印有“巴兴归县苏维埃政府土地分配证”几个大字。内容是：兹有××（姓名），××（籍贯）。在××县

1 见1928年中共六大通过的《土地问题决议案》。

××区×乡分得土地×石×斗×升，特给此证，以递管理。计开×石×斗×升，东抵××，西抵××，南抵××，北抵××。一九三×年×月×日给。

1929年8月，高桥乡几乎每个保都有一个农民协会，最有成效的农民协会有下湾伍家坪、贺家坪、王家山、下湾农民协会。共产党员陈慎洲、曹志道、王会礼、吴志成分别担任农民协会委员长（后改称主席），陈慎洲为下湾区农民协会主席。区、乡、村农民协会的建立，标志着无政府状态的结束。农民协会有了组织保证，政策渠道畅通，按照章程办事，为下湾区苏维埃政府成立奠定了坚实基础。

## 农民协会一招制胜

作为区农民协会主席的陈慎洲，工作十分繁忙。农民入了会，分田热情空前高涨。他常说：我们中国共产党要依靠农民进行土地革命，要想革命成功从开始就要做几件农民看得见，摸得着的实事。

陈慎洲的第一招是禁赌禁烟。当时龚家桥骨牌赌场、鱼笼嘴扣木碗、周家山火花牌十分兴盛。大地主有一半吸食鸦片、赌骨牌，一批二流子赌博嫖娼、盗窃成性，把乡村搞得乌烟瘴气。

朱家湾有一个名叫张嘎贱狗子的人好赌牌，平时吊儿郎当，游手好闲，把一个好端端的家败了。“嘎”字在当地有着特殊的意义，常与畜生相搭配，有人故意叫他张嘎贱狗子，以便将他与张家划清界限。前不久，张嘎贱狗子为了在巴东峡门口乱搞女人，把朱家湾许家屋场的一头耕牛盗走了，与许家人结下了私仇。许家准备买凶杀人，据说再不动手把这个祸害除掉，可能要出人命。人们一听张嘎贱狗子，就恨不得啃他几块肉，农民协会决定将张嘎贱狗子作为第一要犯惩处。他的舅舅朱某冬月初一过八十大寿，农民协会安排了几个会员去为他舅舅做生，利用这个机会抓捕张嘎贱狗子。张嘎贱狗子一过朱家湾，突然冒出20多人，将其扑倒在地，用绳子捆了，拖到农协主席吴志成家里审讯。张嘎贱狗子也还算老实，把偷鸡摸狗的事一一交代清楚。有几个农民上前找张嘎贱狗子索要被盗的东西，张嘎贱狗子无力归还，遭到一阵痛打。最后农民协会决定由两个会员押着，让其拿一面锣，碰到屋场院子就打一阵锣，高喊“我是张嘎贱狗子，好打牌，好赌博，违背伦理纲常，奉劝乡亲莫学我”。

这次游行，起到了很大的警示作用，也得到了地方士绅的拥护。乡公所的人听说张嘎贱狗子受到当地农民惩处，也表示不再过问此事。有一个叫陈慎思的保长，还主动向农会示好，建议给这个赌徒立一块警示碑。农民协会就让张嘎贱狗子游行时再加一条内容“我张嘎贱狗子如果再打牌赌博，长包死，蹿岩死，跶水跟头死”。农民听了很好笑，为增加趣味，有人还建议把家族中做的坏事也展示出来，让打牌赌博者抬不起头。区农会发出通知：作奸犯科者游行不得加上人身攻击及侮辱性语言。张嘎贱狗子只游行了一天就叫停了。

各保农民协会雨后春笋般成长起来，每个协会都有很大的收获，捉拿盗贼8人，没收烟土50盒，烧毁骨牌20副、数点子木碗子12个。禁止打牌赌博对净化乡村文化环境起到了很大的促进作用。

由于种种原因，下湾区分田还不够彻底，还没有彻底铲除大地主吸食鸦片、剥削农民等事。国民党地方政府看见农民协会在维护治安、打击歪风邪气方面作用不小，也就对农协放松了警惕。

## 八、下湾区苏维埃政府的建立

1929年1月，巴兴归县委根据秋收起义后的指示精神，以湘鄂赣为中心建立革命根据地，实行武装割据。

当时下湾已建立了3个党支部，发展党员50多人，建立乡农民协会5个，发展骨干会员2000多人。80%的农民都加入了农会，革命热情空前高涨。巴兴归县委认为：秭归县城交通十分便利，国民党政府机构稳固，长江是县城的第一道防线，只能建立地下交通联络站。

下湾村地处秭归县最边远地区，而且属于一脚踏三县之地。下湾深受土豪劣绅盘剥，积怨已久，兵匪、棒匪屡次肆无忌惮侵袭这个边角地界，国民党县政府、乡公所、县党部对此置若罔闻，似乎习以为常。下湾区农会有力地打击了歪风邪气，深受群众拥护，部分共产党员将族田充公，分给了穷人，地主财产清晰，部分地主已减轻了课租，激烈的对抗情绪减缓，这为新政权的诞生奠定了基础。

县委派出党代表黄中立到下湾区指导工作，筹备成立下湾区苏维埃政府。要建立一个区级政府，一要有机构，二要有固定的办公场地，三要有经费来源。经过认真分析，下湾群众基础好，区农民协会主席、副主席都在下湾，陈慎洲、陈慎勤还是小知识分子，在农民自卫团中威望较高，早在几年前就学习过马克思的《共产党宣言》；曹友娣有亲戚在茅草坝，她的老表严昌奎早已参加了刘子泉的神兵队伍，并入了党，加上曹友娣头脑灵活，人又机智，适合担任巴兴归县委交通联络员；王发祥担任巴东县联络员，时刻保持着同巴兴归县委的联系。还有一批为革命敢打敢拼的猛将。经过一个月的筹备，县委同意并报鄂西特委备案，下湾区苏维埃政府终于诞生了。

“鬼谷子先生”陈庸盛，是当地远近闻名的江湖郎中，他游医东到兴山，西到巫山、巴东，北到神农架、房县，南到秭归，尤其擅长接骨斗榫、小儿科、麻疹、梅毒。除此之外，他还是一个很高明的兽医，劁猪骟牛样样都行。人病看人，猪病看猪，提着他的行医包东游西走。如遇红白喜事，他还择期算命卜卦。他人缘好，脚步也宽，每天都有忙不完的活。他与区苏维埃主要负责人陈慎洲、陈慎勤既是宗亲，又是同学，关系密切，知根知底。通过学习，他深刻认识到共产党是穷苦人的大救星。他走到哪里，宣传到哪里。穷苦人看到他参加农会，也跟着加入农会。有些人分了地主的田，不敢要，他就跟无田户说：“共产党和农会是我们农民的铁靠山，农会分的田我敢要，而且要种好。”当年他在贺家湾带头分了地主马某 8 亩田，一些胆小的穷苦人看到他要了地主的田，很快也在农会认领了部分土地。农民们尝到了甜头，跟着共产党革命的劲头更足了。共产党的宣传发动工作多种多样，但结果只有一个，就是都一心一意跟共产党走。

下湾如同大火烧红的铁锅遇到油就会燃，遇到水就会炸，农民革命运动如火如荼开展起来。宣传队用生石灰在老百姓墙上刷上了“一切权力归农会”“打土豪分田地”“热烈祝贺下湾区苏维埃政府成立”等标语。

1929 年 5 月的一天，下湾陈家老屋来了 100 多农民协会会员，穿破袄子的、留长胡子的、穿长布衫的、裹着小脚的妇女、拄文明棍的教书先生夹杂其中，他们满脸欢喜，聚集在陈家祠堂。几个青年农会干部打着绑腿忙进忙出，在陈家祠堂大门口摆着一个大台案，上面用红布一盖，放上几份文件和书本，台案两边站着两个赤卫队队员，一人背着大刀，刀柄系着红绸子，一人手持汉阳造的长枪。小孩跑上前去看大刀和长枪，人群里又议论纷纷起来：

“今后，我们是听保长的还是听区政府的？”

“我欠大地主陈慎维的债可不可以不还了？”

“我想要块脑脑田。”

还有人给几个长工单身汉出主意，“地主儿子娶了个标致女人，衣服一沓一沓的穿不完，也应拿出来分”。

凡能想到的问题都一股脑儿提出来，穷人浑身是劲，沉浸在一片遐思幻想之中。

“安静，安静！”大会主持人陈慎勤不怒自威，熙熙攘攘的人群停止走动，不再说话。他大声宣布：“下湾区苏维埃政府成立大会现在开始。首先请中共巴兴归县委领导黄中立、中共下湾区委书记陈慎洲就位。”黄中立、陈慎洲在一片掌声中落座。“下面请黄中立同志宣读鄂西特委及巴兴归县委决定。”

“我代表巴兴归县委宣布，下湾区苏维埃政府成立了。下湾区苏维埃政府内设财务处、秘书处、征缴处和妇委会。经过民主推荐，上级同意，任命陈慎洲同志为下湾区苏维埃政府主席，陈大斌、谭儒义为副主席，委员有陈慎勤、谭洪海、田祚开、宋文礼、周大山、曹友娣。下设四个乡苏维埃政府。龚家桥乡苏维埃政府主席田祚开，副主席田恒山、谭洪海，委员三人；伍家坪乡苏维埃政府主席曹志道，副主席严大孝，委员两人；贺家坪乡苏维埃政府主席宋洪洲，副主席陈华清，委员三人；王家山乡苏维埃政府主席吴志成。宣读完毕。”

黄中立带头鼓掌，下面掌声热烈，有一个小伙子还拿着一只铜耳锅子敲起来，声音格外响亮！在一阵鞭炮声中“下湾区苏维埃政府”的长条木牌挂在陈家老屋陈氏祠堂门前，成为下湾区苏维埃政府成立的标志。

陈慎洲代表下湾区苏维埃政府发表就职演说：

“我是一个五龙顶珠的人，我的兄弟姐妹都想把我供出来，从下湾到秭归都没把我供出来。在县城，大户人家天天家中油烟子香喷喷的，吃不完的好酒好肉，穿不完的丝绸缎子，他们吃不完宁愿倒掉也不施舍穷人和叫花子。真正印证了‘朱门酒肉臭，路有冻死骨’。我们这里有句俗话：龙生龙，凤生凤，老鼠下儿会打洞，蓑衣配斗篷，打杵子配背篓。按这种逻辑，我们就应该受穷。不，办不到。富人的财富是谁创造的？是我们穷人。他们喝干了我们的血，穷人为他们流尽了最后一滴汗。我们生来都是平等的。共产党来了，专为穷人谋幸福。共产党号召我们要敢于推翻一个旧世界，建立一个人民当家作主的新政权。你们同意不同意？”

群众欢呼不断，热烈鼓掌，高声喊“同意”。

“苏维埃政府就是为人民谋利益的政府。苏维埃就是俄语中的代表会议、委员会。共产党是代表人民的，人民就是政府的主人。人民当家作主，是不是每一个人的愿望都要得到满足呢？”

人们屏住呼吸，鸦雀无声。

“最近我在共产党员培训班上得到了一大法宝——《湖南农民运动考察报告》”，他举起手中油印本子，“我们就要按照这个报告来实行土地革命。有些人想把恶霸地主、土豪劣绅打倒在地，这是好事，主要是要教育他们改恶从善，而不是一棍子打死。有人提出分光他们的土地和财产，这是不现实的。甚至有人还想剥夺地主的婚姻和分地主儿子标致的堂客，这是不允许的。”

“今天我要公布下湾区苏维埃政府八不准：一不准私藏枪支，一切枪械要归公；二不准种植、贩卖鸦片；三不准打牌赌博，如有发现没收一切非法所得，赤贫户不分土地；四不准打击报复，公报私仇；五不准走漏风声，对走漏苏维埃政府秘密的坚决清理；六不准拉帮结派，另立山头，对无政府主义者坚决清理；七不准隐瞒财产，财产公开透明；八不准立场不稳，扮演老好人，做两面派。我们政府组成人员对上述八不准要率先垂范，以身作则。我陈慎洲自参加革命之日起，一心一意为人民谋福利，一心一意跟党走。要奋斗就会有牺牲，我愿为人民的事业、为下湾贫苦大众的事业、为共产主义事业牺牲一切。人在做，天在看，不达目的，誓不罢休！”

陈慎洲发表讲话后，各位副主席登台讲话。妇女联合会成立，曹友娣现身说教，召开妇女起来革命，号召打破包办婚姻，扔掉裹脚布，废止陋习。黄中立、陈慎勤还就筹备游击大队作了说明。第一届苏维埃政府发出了“铲除恶霸地主，打倒土豪劣绅”的倡议书，并将倡议书张贴在苏维埃政府大门口。

散了会，人们围着倡议书指指点点，议论纷纷。有人已伸出指头给地主算账，也有人准备向新政府告状。

陈慎洲的两个哥哥陈慎江、陈慎湖表现得极为活跃，请来一个杀猪佬把四百多斤的过年猪杀了，在猪头上挂一块红布，像儿子结婚过礼一样，请锣鼓班子吹吹打打送到了区政府。

有人问他：“陈慎湖，看到你这样高兴，到底是发的哪门子邪？”

陈慎湖笑着回答：“今天一不是儿子结婚，二不是女儿出嫁，而是穷人有了说话讲理的地方——我们有了新政府，图个高兴。这比年轻人结婚还幸福，图个高兴，图个高兴！”从此这里便流传着这样一个俗语“陈慎湖杀猪——图个高兴”。

下湾区苏维埃政府刻有木质方印，制有镰刀斧头旗，各级政府成员多系主席指派。区里有固定的伙食团，炊事员一名，平时只留秘书一人值班，处理日常事务，其余人员参加群众运动和筹建游击队（最初叫农民自卫团）。

下湾区苏维埃政府的建立，标志着鄂西革命根据地第一个区级人民政府成立。

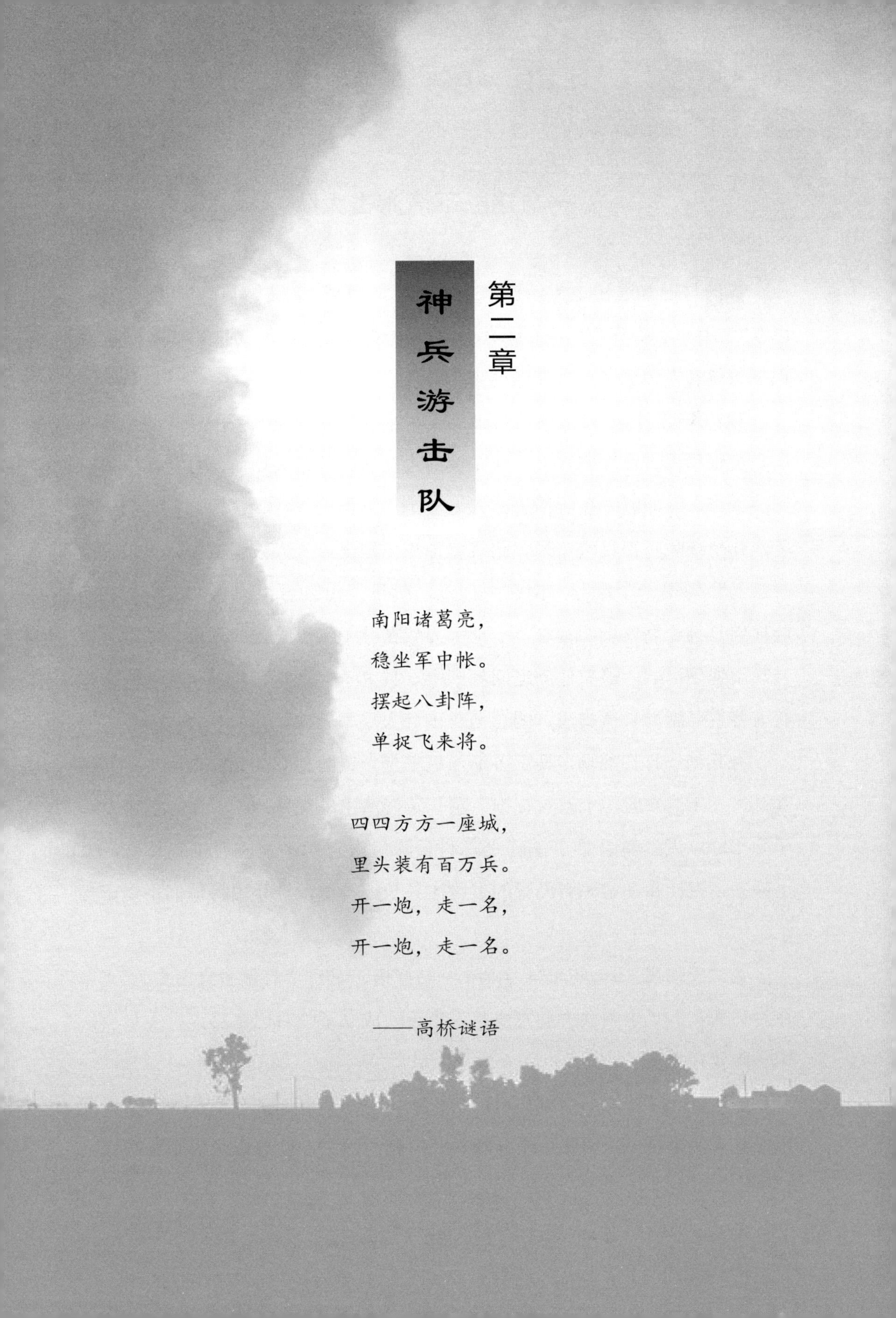

# 第二章 神兵游击队

南阳诸葛亮，
稳坐军中帐。
摆起八卦阵，
单捉飞来将。

四四方方一座城，
里头装有百万兵。
开一炮，走一名，
开一炮，走一名。

——高桥谜语

## 一、建立下湾游击大队

下湾与巴东连田地界，巴东一有消息，只要一天时间就能传到下湾。巴东“三月杀官夺印”的革命暴动，更是被传得有鼻子有眼，还有人私下说“我们下湾就有人参加了杀官夺印的事”。

1928 年 3 月 18 日，中共兴山县委军事委员刘子泉率兴山神兵与巴东共产党员张华甫、黄大鹏等人，从东瀼口过江一路杀进县衙门。县长高安圻听到呐喊声，立即派人探听消息，人还没走出县衙门，神兵已挥舞着大刀进来了，几个喽啰吓得目瞪口呆，脑袋就掉在了地上。一人拔腿就跑，早被神兵一个马步勾得一个踉跄，倒在大门上，嘴里发出哀号声。硕大的脑袋和满脸横肉是县长高安圻的标志，一把大刀架在脖子上，吓得高安圻不敢动弹。神兵用绳子绑着，逼着他倒退回到家中。县吏王行之、科长陈祖庆、邮政局长兼警察局副局长黄尚清、团总马哲山等人乖乖就擒。

神兵当场打扫战场，搜出苏浙丝绸三捆，银圆 10000 元，银票 10 万元。真是“三年清知府，十万雪花银”啊！黄尚清主动交枪 30 支，拉炮 20 发，子弹 10000 发。莫看县吏王行之、科长陈祖庆官职不大，但位置特殊，欺上瞒下，诡计和勒索民脂民膏的手段比县长还毒辣，神兵也将他们用绳子捆了。

第二天清晨，暴动队伍上街游行，贴标语，高呼：“打倒贪官污吏！”“革命为穷人！”“中国共产党万岁！”当天，成立了临时巴东县人民委员会，宋一陶代理委员长。

3 月 20 日在城关召开群众代表大会，当众斩首高安圻等人，宣布成立巴东县人民委员会，由张华甫任委员长，标志着共产党夺取了巴东县政权。

兴山神兵所向无敌，鄂西、川东、湘西一片肃然。上海《申报》1928年4月17日在《鄂西神兵之起源及现状》[1]一文中惊呼：“最近巴东县城，被神兵占据，将县长高安圻及署中人员，皆行杀毙。闻此股神兵首领，即系共党领袖，长此以往，若不设法解散，则黄巾赤眉，不难再见。”

国民党反动派当局十分恐慌，急令国民党独立第五师对共产党巴东县政权进行“清剿”。独立第五师师长刘和鼎、副师长马馨亭分别任清乡正副司令，率兵纠合巴东罗溪坝团防头子张家彩，对县人民委员会进行反扑，采用清乡政策，大肆残酷杀害共产党员和革命群众。不到一个月时间，巴东暴动宣告失败。

失败的原因有两条：一是没有一支固定正规武装队伍，没有彻底剿灭反动势力的余孽，县、乡团练队伍余党死灰复燃；二是没有很好地发动群众，建立革命根据地。

下湾现在有了革命根据地，群众基础好，自卫团成员大多是四十岁以下的青壮年农民，一部分自卫团成员已有与棒老二斗争的经验，一部分农民曾参加过神兵。自卫团的武器仅仅是大刀、长矛、飞刀、匕首等，还有十多支狩猎的火铳。如果遇上国民党正规部队，还不是鸡蛋与石头碰？陈慎洲、陈慎勤、陈大斌都有打猎经验，认为有了枪就拉得起队伍，有了地方武装力量，才能不重蹈杀官夺印暴动最终失败的覆辙。

提起神兵，人们还记得佛堂设在贺家坪大白果树下，中间垒一个大土台，旁边用木板搭一个能容百人的大舞台。舞台正中竖一根柱子，柱子上横捆九把砍刀，刀两边系上一尺来长的红飘带。土台上架一口直径八尺的大铁锅。老早就听说请武当山易年溪真人来开堂，易真人自称已有三百岁，得到过张三丰的真传，其功夫是刀枪不入。

1 见《中国共产党兴山历史》第一卷第71页。

选定黄道吉日，开堂当天，蓝天白云，艳阳高照，贺家坪一片金黄。台上锣鼓齐鸣、唢呐高奏。几个壮汉把土台灶膛填满白炭，火苗蹿出尺把高，丈余外有火烤灼痛之感，大铁锅内倒进四大桶菜油，整个贺家坪弥漫在菜油的香气之中。观众里三层，外三层站了一大坪，锣鼓打了一阵又一阵。急得看热闹的人如热锅上的蚂蚁，烦躁不安。台后突然高喊“天地开张，日吉时良。太上老君、西天佛祖、武当山道人张三丰真传弟子驾到——”。话音刚落，20多个上身赤裸的健壮男子，头系红头巾跳上台，齐喊“嘿、嘿”，嘴里念念有词，手上掐着诀。这时身着白长袍，头系蓝带，长发飘飘，仙风道骨的易真人从空而降，如天外来客，又如一道闪电，瞬间舞台变得玄幻起来。易真人先将三块银圆传递给徒弟，徒弟传给台下观众，观众再传到台上，选择一个胆大的观众把三块银圆丢进油花沸腾的大油锅里，真人把上衣一扯露出发达的胸肌，绕台疾走一圈，向观众拱拱手，向锅内伸了三次手都因热浪翻滚而缩手。法师高喊：“仙女山峰高不高？”

“定叫仙女折断腰。”众徒弟齐答。

“火焰山里热不热？”

“天上下冰冷如铁。”众徒弟声音气吞山河。

易真人问完之后，高举双手亮相，证明两手空空。只听法师一声“嘿”，一个马步站在锅边，双手在油锅里搅拌起来。顺手取出三块银圆。众人一阵激烈的喝彩声。接着又将二十把小刀扔进锅里，法师轻轻取出来丢给徒弟们，徒弟接过飞刀，张开嘴，将刀插进嘴里吞掉。众人又是一阵激烈的掌声。

下一步是真人赤脚上刀山。真人打着赤脚，攀爬木柱上的九把锋利的刀，真人轻易攀爬上顶，又轻易地取下九把锋利的砍刀。当众轻轻一抛，砍断台下一根白果枝。

青年们看了神兵这套演练，佩服得五体投地。接着众徒弟的领班刘子泉除表演上述节目外，还表演了赤脚穿火皮鞋，即将一张铁铧放在火里烧红，双脚穿着走路，看到肉烟冒火，青烟从铁铧中钻出来，但他还轻松行走，最后甩掉铁鞋，脚却安然无恙。

广大青年大开眼界，陈慎洲、陈慎勤、陈大斌、杨直亮、蒋英才、严大志、田祚开、桓兆斌、陈庸乾、陈庸斌、宋开富、龚世德、吴志兵等数百名青年纷纷报名参加神兵。

这次神兵演练让青年人深信有神的力量保佑，他们就会刀枪不入。许多青年要求加入刘子泉的队伍，刘子泉说："养兵千日，用兵一时。你们参加了神兵，总有一天会起作用，用兵之日我会带队伍来找你们。"

人们议论纷纷，怪不得巴东县县长高安圻掉了脑袋，县太爷搜刮民财、男盗女娼、溜须拍马是好手，要说武功三两灯草都拿不起，哪里是神兵的对手？

神兵越传越神，徒弟越来越多，高桥部分神兵后来成为红四十九师战士，绝大多数成了游击队队员。

有了队伍，但没有枪，这让陈慎勤十分着急。当时高桥乡公所有四支枪，每个保长都有枪，枪最多的是巴兴归三县大财主之一贺家坪的陈慎战。他家在贺家坪有宽敞的庄院，四个天井屋相连，飞檐画廊，一派衙门景象。因为祖上是武状元，其曾祖父靠做瓦和烧窑货，坛坛罐罐销往湖南、江西、广州、四川等省，很快就成了巴兴归的富豪人家，在宜昌、恩施都设有商铺，巴兴归有 3000 石的课租。陈慎战做生意讲究仁义礼智信，很受佃户欢迎。他家有 10 多个家丁，每人一支枪，无事对着天空放两枪，到了狩猎的时候还帮佃户打打野猪。

陈慎战与陈慎勤私交很好。最近陈慎战在平阳坝的 30 多个课租户多次上门请求他派人打击棒老二和二郎神（抢犯），陈慎战派人守了一段时间，一个棒老二也没抓到。陈慎勤利用陈慎战痛恨棒老二扰民伤财的心理，对陈慎战说："兄弟，我们农民自卫团知道棒老二的下落，如果有三支枪定能把棒老二捉两个活的献给你。"

陈慎战听说农民自卫团要活捉棒老二，顿时眉开眼笑，打着响哈哈说："莫说活捉棒老二，只要打死一个棒老二，我就借给你三支枪。"

陈慎勤趁热打铁，当即发誓："只要借三支枪，十天内保证给你捉一个棒老二回来。"

如果能借自卫团之手铲除棒老二，除去心头之患，何乐而不为？陈慎战当即答应借三支枪，条件是十天内捉一个棒老二或打死一个棒老二，就把三支枪送给自卫团。十天内没有抓到棒老二，枪归原主。

当天，陈慎勤带着三支步枪、三十发子弹兴高采烈地回到了下湾区苏维埃政府。有了三支枪，自卫团大受鼓舞，关键是如何在十天内抓住一个棒老二？有小道消息说，上次来袭扰的棒老二是平阳坝张三阳的家丁所为。

张三阳骄横跋扈，外号张三鬼。农民们给他取了个绰号"磨拐子伸到坟茔里——拐死的"。张三阳堂兄张家彩是巴东罗溪坝团防头子，与大恶霸地主陈柱九沆瀣一气，残害共产党人。这个张三阳还参加过张家彩的队伍杀害过共产党人黄亚先等人，张三阳还是巴东县国大代表。国民党就把兴巴交通哨卡设在张三阳家中，要想到平阳坝、过沿渡河上巫山，张三阳家是必经之路。他横行乡里，甚至波及下湾、龚家桥。

黄中立听说有了三支枪，提议组织自卫队偷袭张三阳，一来可以为死去的哥哥黄亚先报仇，二来可狠狠打击巴东县还乡团反革命嚣张气焰。

黄大鹏带着县委配发的两支汉阳造，连夜赶到下湾。有了五支枪三十发子弹，大家信心百倍。

除了陈慎洲、陈慎勤、黄中立会使汉阳造，陈大斌会使火铳以外，其余人都没摸过枪。黄大鹏既是领导又是教官，打靶场设在淹水垱，隐蔽而保密，训练了一天，有10多人会使用步枪了。子弹上膛，下湾区第一次武装斗争即将打响。

1929年8月的一天深夜，陈慎勤、陈慎洲、陈大斌、杨直亮、王发祥、吴志成带领30多人来到平阳坝张三阳的家中，用药毒死了张家的看家狗，自卫团成员兵分三路包抄张家，有人翻墙跳入院中，有人上前敲门，张三阳在睡梦中惊醒，骂骂咧咧地叫道："哪个不要命的吃了豹子胆，敢砸老子的门？"三个家丁跑出门来，没了声音。张三阳预感不好，要出乱子，来不及点灯，穿着裤衩从卧室里跑出来，顺手拎把钉耙拉开门闩往外冲，头刚伸出门，就遭到一闷棍。人还未倒地，早已被等待多时的陈大斌抓在手里，拳头、枪托直捣其身，打得张三阳晕头转向，眼冒金花，倒地求饶。战斗瞬间结束，点上灯，一看都是生面孔。自卫团成员找来绳子把张三阳和三个家丁像捆烟把子似的捆起来，拖到堂屋里审讯。张三阳家人看到大刀长矛还有步枪，早已吓得魂不附体，话不成句，两条腿如筛糠难以站立。自卫团成员当即搜出银圆10000块，烟土20盒，步枪5支，火铳5支，大刀2把，铡刀1副。

这时天已大亮，周围群众赶来看热闹，没想到张三阳家出了大事。自卫团成员蒋英才找来一面铜锣，站在稻场坎上一阵猛敲。兴巴交界有一种习惯：村里要集合，敲锣；村里死了人，要打断气锣；山上失火，要打抢火锣。锣响之后，人们潮水般从四面八方涌来。黄中立大声告诉乡亲们，有冤的申冤，有仇的报仇，张三阳平时搜刮老百姓的东西物归原主。

平阳坝后沟宋老三见面就给张三阳三巴掌，号啕大哭，直呼女儿死得惨。张三阳是个好色的主儿，有一次到后沟，看见一个水灵灵的姑娘在河边洗衣服。张三阳觉得姑娘生得端正，半截膀子如玉笋，在搓衣服时两只乳房好似要挣脱笼子的兔子活蹦乱跳，看得张三阳眼睛发直，口舌发干，粗气横喘，语不成调含糊不清地说，“妹，弄一个”。伸手去摸姑娘胸口，姑娘丢下衣服，攒足劲抡起巴掌，“啪”的一声打在他淫荡的脸上，张三阳似乎清醒了许多，气急败坏地吼道：“你敢打我？兄弟们，帮个忙，老子今天要开苞！”几个喽啰拿绳子绑了姑娘手脚，丢在石板上，张三阳在光天化日之下强奸了这个姑娘。姑娘受侮辱，痛不欲生，当即跳水自尽了。宋老三觉得不解恨，又找来一把挖锄要去敲他的天灵盖，当即受到阻止。许多群众一拥而入，把张三阳的家翻了个底朝天。

自卫团成员持枪站岗放哨，召开公判大会。陈慎洲、陈慎勤、黄中立分别讲话。黄中立说：“张三阳虎霸一方，坑害人民，谋害忠良，理应千刀万剐。今天，我要为受害的人民群众讨回公道，代表巴东县人民委员会对张三阳进行公开宣判，初步厘清张三阳四大罪状：一、私藏倒卖鸦片；二、强奸妇女；三、枪杀无辜群众；四、为国民党反动派通风报信，杀害共产党员五人。四条罪状枪毙他一百次也不算重。”

陈慎洲向台下询问道：“大家说一说，这样的人怎么处置？”

“杀！杀！杀！”台下的群众欢呼雀跃，杀声连绵不绝。

处决了张三阳，这个大快人心的消息当天就传到陈慎战耳朵里，陈慎战高兴万分，认为铲除张三阳比抓住棒老二功劳还要大，当即表态，三支枪送给自卫团，外加500块大洋。

陈慎战给自卫团成员送了枪，下湾区苏维埃政府决定暂不没收他的财产。

这次出其不意的行动，极大地鼓舞了士气。从此将下湾自卫团改为下湾游击队，宣告下湾游击队成立，陈慎勤为队长。过了10天，接到巴兴归县委指示，成立“下湾区苏维埃政府游击队”，陈慎洲任指导员、陈慎勤任游击队队长。游击队办公地点设在区政府。

1930年5月，根据巴兴归县委指示，将下湾区游击队改为下湾区游击大队，陈慎洲为指导员、陈慎勤为大队长、谭儒义为副大队长。下设四个中队，宋文礼、蒋英才、王发勤、田祥银为中队长，杨直亮、宋洪洲、陈大义、陈本义、王承香、秦学义任副中队长。游击大队共有300多人。

游击大队成立后，将淹水埫设为军事训练基地，红军排长雷先聪担任军事教官，主要练习打靶、投掷手榴弹、埋设地雷、自制洋硝和土炸弹。

下湾区游击大队成立后，制定了三大纪律：即一切行动听指挥，一切缴获要归公；一切利益归农会。还自制了一面写有“下湾区游击大队”的旗帜。

## 二、铲除恶霸和劣绅

“打倒土豪劣绅”“一切权力归农会”“农民拿武器，减租又减息”“实行新土地法大纲，铲除罪大恶极者”“支持农会是出路，抗拒农会是死路”，一夜之间这些标语口号遍布高桥，土豪劣绅们恨得咬牙切齿，看到农会会员还要装出一副皮笑肉不笑的样子。

1930年初夏，红四十九师发出告示：凡不与红军为敌的地主豪绅，愿向红军交纳自己收取地租40%的，可谓对革命有功，既往不咎；凡违抗此令者按对抗红军论处。这些规定在生活极端困难的战争岁月，为解决部队给养起到了重要作用。大地主陈慎战带头捐献谷物100石，粗布100丈，大肥猪3头；谭振勤捐献玉米20石等。红军对其秋毫未犯。但也有拒交粮食的，陈孔裕就是其中一个。

陈孔裕家大业大，有水田30多亩，旱田70亩，山林400多亩，且大多为头等良田。这些田地分布在陈家湾、马家湾、金竹园、茅草坝。茅草坝的水旱地以高价卖给了佃户。

陈孔裕一家有 16 口人，老少三代聚一堂，其内部分工明确，家中设有私塾学堂。有人戏称陈孔裕是《儒林外史》中的严监生。传言，有一次他到龚家桥办事，走到徐家沟内急得厉害，在沟边大便，走了几步，觉得丢了可惜，又怕拾粪者拾走，他立即从桐子树上摘下几片桐叶，将大便包起来，藏在石缝里，晚上提着桐叶包回家，当着子孙们的面，将拾得的粪便倒进茅厕里。还不忘教育儿女们，“庄稼一枝花，全靠肥当家”。要学会当家，要时刻记住“肥水不流外人田”“猴子相火往胯里扒”。

洛坪一带春荒借粮食有一个规矩：平斗出，流斗进。借给他人粮食是一平斗，还粮时就要一流斗，要把斗装满下流为止，一般一斗粮食要多出 3 斤左右，算是给东家的利息。陈孔裕家中有两只形似一模一样的斗，一只斗装 27 斤，一只斗装 25 斤。春荒给穷人借粮食用 25 斤的平斗，穷人归还粮食时就要用 27 斤的斗，加之流斗之规矩，他每斗要多收穷人 3 斤到 5 斤粮。佃户明知吃了亏，可又毫无办法。一个佃户在还粮时故意将借粮的斗摔在地上，让斗损了一只角，还恭恭敬敬给陈孔裕赔礼道歉，临出门时丢下一句话“我这次算是认得这只斗了”。从此以后，陈孔裕才不在斗上做文章了。

“堤内损失堤外补”，每年秋季，他带上“三虎将”儿子上四川走私食盐和鸦片，他的家境更是肥上添膘。

红四十九师派出红军连长雷先聪带领一个排的红军战士进驻下湾区帮助开展土地革命工作。雷连长在下湾区苏维埃政府召开临时会议，决定啃下陈孔裕这根硬骨头。

第二天，副主席陈大斌身背大刀，腰里扎根皮带，威风凛凛地同蒋英才、杨直亮来到陈孔裕家，向他宣讲红军征集给养政策。

陈孔裕身材高大，面色红润，下颚留着一撮三寸长的胡子，胡子黑白相间，透露出一股硬朗角色的神气，时不时地用手捋着胡子，手拄文明棍，摆出一副书生姿态，满嘴的“无君子莫治野人，无野人莫养君子。劳心者治人，劳力者治于人”。陈孔裕一阵之乎者也，把苏维埃政府领导弄得不好答话，他觉得还不尽兴，接着又念道：“舜发于畎亩之中，傅说举于版筑之间，胶鬲举于鱼盐之中，管夷吾举于士，孙叔敖举于海，百里奚举于市。故天将降大任于斯人也，必先苦其心志，劳其筋骨，饿其体肤，空乏其身，行拂乱其所为。”大伙心知肚明，他嘴里的君子是指他自己，小人、野人指的是农民和红军，同时还向人表明他的志向。

陈大斌严肃地说：“陈老先生，我不懂你说的君子小人野人，明人不说暗话，你到底是给还是不给？”

陈孔裕将长布衫一摆，在堂屋里走来走去，文明棍在地上发出咚咚的声音。突然将脚步一停，站在屋中央说道 ：“我的粮食是给君子吃的，不是给小人的。”

“不准你侮辱红军和苏维埃政府。”杨直亮上前举起了拳头，陈大斌制止了。

陈大斌严肃地说：“陈老先生，我今天专门来向您宣讲政策，希望您支持土地革命。目前我们的队伍要吃饭，要穿衣，更要与敌人真枪真刀地干，随时有掉脑袋的可能。人是铁，饭是钢，万望支援。”

陈孔裕目光咄咄逼人厉声道：“你叫陈慎洲、陈慎勤来，有本事当面来，有本事你就来搜！我不跟你们几个差狗子计较。”

陈大斌非常生气，蒋英才、杨直亮再一次握紧拳头，恨不得揍他，但还是笑脸相迎：“陈老先生，红军给养有困难，你能给多少给多少！我们是共产党的干部，不是什么差狗子，更不会把个人恩怨带到革命队伍中来。

下湾区苏维埃政府主席陈慎洲、游击大队大队长陈慎勤都是您本家，革命一视同仁。不信您跟我们到区苏维埃政府走一趟，让您的侄儿子亲口给您讲。”

“有本事，你叫陈慎洲、陈慎勤来提我的脑袋，我早就警告过他们不要搞打家劫舍的事，我宁愿把粮食送给庙埡子的和尚也不送给你们。”

陈大斌考虑再三，厉声道：“陈老先生，限你两天时间，到区政府把拒绝征粮的事说清楚，到时不去，我们真要动手了。”说完头也不回地返回了区政府。

当晚，下湾区召开临时会议，区苏维埃政府主席陈慎洲、副主席陈大斌和谭儒义、游击大队大队长陈慎勤、妇女委员曹友娣、红军连长雷先聪参加了会议。雷先聪就走访群众、征集红军给养作了汇报：部分恶霸地主采用消极对抗和顽固对抗两种形式对抗苏维埃政府。雷连长拍了桌子：“对地主顽固分子不能放松，叫他们自觉行动。”会议决定：苏维埃政府成员、共产党员、农会主席要带头革命，首先革自己与红军道路不相适宜的命，凡对抗红军和苏维埃政府者一律从严惩处。

陈孔裕为逃避红军征集给养，暗地里转移财产，深夜带着三个儿子将家中的银圆请长工用背篼背到了淹水埫岩屋里埋藏起来。

第二天中午，陈孔裕带着一股怨恨来到区政府，当他走到大门口迎面碰到陈慎洲、陈慎勤。他举起拐杖，便要开打，早被陈慎洲当面夺下。陈慎勤笑着说：“敬民叔（陈孔裕，字敬民）息怒，我们主要是找您商量拿一部分土地给无田佃户种，红军是人民的队伍，您作为大户人家，当然要带头捐款捐物，您一石两石，只是水牛身上拔根毛，何须发这么大的脾气？”

“你说给红军捐款捐物，你捐了多少？”陈孔裕怒目圆睁，用拐棍敲着大门。

“我把父亲分给我的土地已全部充公，还捐献银圆 500 块，在苏维埃区政府工作也是一分报酬也没有。”

“人不为己，天诛地灭。猪就没得你这么高的腿，想骗三岁小孩呀？”

“这是事实，不信你看。”红军连长雷先聪翻出所辖区域地主捐款捐物的簿子，指给陈孔裕过目。

“败家子！”他从鼻孔里喷出三个字。

“敬民叔，您名字敬民，但行动一点也不敬民。您骂我们是败家子，牺牲个人小家利益，这怎么能说败家呢？如果您真有困难，区政府也会给您解决的。如果抗拒不交，我们是要用新《土地法大纲》兑现的。您的收入我们是有本账的。再说，您三个儿子，人称‘三虎将’，经常与恶霸地主陈慎柱交往，被人称为‘四蛟龙’，拦截红军财物，已是死路一条，您还不收敛，还想把下湾搅成一潭浑水，我们还没找你们算账呢！”陈慎洲说。

看着雷先聪手里的账本，想到儿子们的恶行，陈孔裕知道，好汉不吃眼前亏，他当着红军连长和区政府主席的面承诺，明天就把 20% 的租金全部交上来，还在保证书上画了押，按了手印。

陈孔裕知道，儿子作恶多端，曾在田家坪伙同陈慎柱拦截红军炊事班班长，扣下 300 斤大米，这已是死罪。要想活命，只有“先下手为强”。他回家后，连夜给大地主、国民党团总陈慎维送了几十两银子，告状说：“陈慎洲、陈慎勤反了，跟着共产党闹革命，请求国民党团总以迅雷不及掩耳之势消灭苏维埃政府，消灭这里的共产党。”陈慎维听后，感到问题十分严重，叮嘱陈孔裕：注意动向，命“三虎将”暂时躲藏，红军给养，拖延了事，待时机成熟反扑。

陈慎维连夜跑到国民党秭归县政府，找到县保卫团团长皮秋宾告状——下湾共产党在闹事。皮秋宾听完陈慎维的汇报后说：“山旮旯里小打小闹是有的，穷蛇蚤革命——瞎跳，把火烧起来，让穷蛇蚤在锅上跳。”

陈慎维给皮秋宾送了50两银子，从县城回来，立即纠集十几个团丁在陈孔裕家住下来，故意制造声势，有时还对天连放一阵枪，以壮声威。还用一条恶狗守在大门口，若有人来，便是一阵激烈的狂吠。

“三虎将”陈慎位、陈慎修、陈慎俊整天喝酒吃肉，好不热闹。

雷连长掏出本子查看陈孔裕的保证书，已逾期半个多月了，原定的20%租金连影子都没有。

苏维埃政府决定，由红军连长雷先聪带着十几名战士抓捕“三虎将”。

子夜，雷先聪带着几名战士和十几个游击队队员在陈孔裕家前后左右埋伏下来，副主席陈大斌直接敲门，高喊“请陈老先生跟我们走一趟”，连喊几声也无回应。恶狗在屋前狂叫不止，陈孔裕感到大事不妙，哆嗦地点灯拉开门。红军战士和游击队员一拥而入，立即展开搜捕。将所有人集合在堂屋清点，家中除陈孔裕外，只有妇女和孩子，唯独不见“三虎将”。追问陈慎位、陈慎修、陈慎俊的下落，陈孔裕反咬一口：“我儿子被你们抓走了，我正要找你们要人呢！”老家伙吆吆喝喝怪喊：“我这老命怎么活哟，我要与你们拼命。”说完就要往红军战士身上撞，红军连长郑重警告，方才罢休。

不久，贺家坪乡苏维埃政府把横行乡里，欺压百姓，在周家山堰塘湾袭击共产党活动的大地主陈慎柱抓了起来。陈慎柱做梦也没想到在他六六大寿的夜晚，被乡农会五花大绑捆起来了。[1]

王家山农会当天也传来捷报，抓获了为巴东县国民党政府收集情报的大地主王发香。王发香，看起来十分憨厚，表面不与乡亲结仇，但他从骨子里仇恨共产党和农会，人们给他送了一个绰号“老蛇春”，农会分了他的田，清算了部分田产。这个装得十分巧妙的人也没逃脱人民群众的巨手。

“恶霸地主陈慎柱被抓起来了”，当人们听到这个消息，一些农会会

---

1 六六大寿：即三十六岁生日。

员敲锣打鼓庆贺。陈慎柱为阻挠农会分他的田产，在平阳坝搬来陈柱久一帮人殴打农会干部，逼迫农会干部更改财产清单。有一位曾给他当过长工的农会会员，被他打成重伤，并被关进厕所里，用粪便涂抹他的嘴巴。

陈慎柱还邀约“三虎将”在茶园、堰塘湾勾结地方大地主组成自卫团，两次阻碍刘子泉所带领的神兵前往羊角尖取道甘坪计划。陈慎柱的落网，真是大快人心。

这些消息像长了翅膀，很快传遍了龚家桥。一些地主如热锅上的蚂蚁，躁动不安，有人故意制造谣言：张三被李四杀了，李四与王五有仇，用钱买通下湾共产党的队伍把某人灭了。这些谣言对革命危害极大，动摇了民心，令地主阶级更加仇视共产党，他们有靠山的找靠山，能搬兵的搬兵。“三虎将”是不是也跑进了县城去了呢？通过内线发现陈氏“三虎将”在暗地招兵买马，准备报复苏维埃政府。红军排长朱乾本化装成棒棒客搜捕“三虎将”，后来得知“三虎将”陈慎位、陈慎修、陈慎俊隐藏在陈大伦（居官田）家。

陈大伦家背靠森林，三面良田环绕，居高临下，下湾、贺家坪、长冲方向稍有动静，都能及时发现。正因为有这样得天独厚的条件，他们连守几夜，站岗放哨，稍有动静就躲进山林，顺利逃脱。“三虎将”还用谣言蛊惑人心，散布“庙垭子的和尚就被红军撵跑了，其目的就是要那几亩田”，最恶毒的是咒骂红军“吃肉不吐骨头”。官田岭一带的群众看到区苏维埃的干部就有种恐惧心理，能躲则躲，能跑则跑。三虎将采用“你进我退，你退我扰”战术与区政府对抗，化装成蒙面人，袭扰杨直亮的妻子，故意抽掉厕所板子；敲开蒋英才的家门，暴打其父母，还给陈慎勤、陈慎洲家送了恐吓信。种种迹象表明，三虎将反扑提前，再不抓捕，后果不堪设想。

一日傍晚，十几个红军战士在太阳落山前就进入陈大伦家房屋周围，设法埋伏起来，对陈大伦家形成铁箍式包围。是夜，月朗星稀，树木房舍一览无余。陈慎洲、陈慎勤、陈大斌带领游击队队员手持长枪、大刀站在各个路口，布下天罗地网。

丑时，红军排长朱乾本上前敲门喊话，“陈慎位、陈慎修、陈慎俊，你们已被包围了，快快出来投降，抵抗送命，缴枪不杀”。连喊三遍，没有动静。

朱排长鸣枪警告，屋中方有答话：“我是陈大伦，我家根本没有什么陈氏三虎将，不信，我打开门，你们来搜。”说完，家中亮起灯来，陈大伦大摇大摆地打开了门，门口的战士闪进门，控制各个要道。

陈大伦表面镇定，内心空虚，三虎将事先商定，由陈大伦出面稳住屋内搜捕之人，他们从望楼左侧山墙上跳楼逃跑。只见侧檐屋顶冒出一个黑影，猫步向前，接着又冒出第二个、第三个黑影，端着枪，拿着刀，准备从后檐夺路而逃，这一切早被陈大斌尽收眼底，三个人还没站稳脚跟，早已被埋伏在这里的红军战士如抓小鸡一般抓在手里，身上被绑上了绳索，嘴里发出呜呜的叫声。

清晨，苏维埃政府的人以及数百农民协会会员包围了陈孔裕的家，陈孔裕束手就擒，从陈家搜出大量财物，晒了一地，缴获火铳 2 支，火药 10 斤，银圆 1600 元，鸦片若干。还根据农民协会会员举报，在淹水塝起获一箩筐金银细软。财物清点结束后，红军战士将陈氏“三虎将”押回家中，陈孔裕大惊失色，怒目相向，抗拒清算，还咒骂红军和共产党“吃肉不吐骨头”，引起了极大公愤。

红军战士将陈孔裕及“四蛟龙”押回下湾区苏维埃政府，召开 500 多人的群众大会，群众燃放鞭炮庆祝。大会由中共下湾区委书记、区政府主席陈慎洲主持并作重要讲话，游击大队长陈慎勤宣布逮捕决定。陈大斌、蒋英才分别讲了话，红军连长雷先聪宣读了《誓与反动势力干到底》的动员令。

动员群众起来革命，发动群众揭露地主阶级的压迫和剥削。当即就有五名长工上台控诉陈孔裕及“四蛟龙”欺压百姓，鱼肉乡里，勾结国民党反动派“围剿”苏维埃政府和红军队伍等反革命罪行。在铁的事实面前，专横跋扈的陈孔裕及“四蛟龙”低下了他们罪恶的头。

根据红军纪律和苏维埃政府规定，下湾区苏维埃政府立即成立特别法庭，对犯罪分子进行公开审理。中共下湾区委书记、苏维埃政府主席陈慎洲担任审判长，区游击大队大队长陈慎勤担任副审判长，杨直亮担任书记员，区苏维埃政府副主席陈大斌、红军连长雷先聪、排长朱乾本担任判决验明正身官。

“陈孔裕，你违抗命令，转移财产，唆使儿子邀约陈慎柱对抗红军，伏击红军，红军三人受伤，拦截粮食是不是事实？”陈慎洲审问道。

“是事实。”

“陈慎柱、陈慎位、陈慎修、陈慎俊，你们在茶园、茅铁山袭击红军，抢劫粮食是不是事实？”

“四蛟龙”已变成了“扫地龙”了，瘫坐在地上，如捣蒜般连连点头。

会上证人出庭作证，他们的罪行昭然若揭，群众义愤填膺。人群中发出“杀！杀！杀！”的呐喊声。

特别法庭当场宣布处决陈孔裕及“四蛟龙”。下湾区委书记、区苏维埃政府主席陈慎洲宣读布告：“兹查豪绅陈慎柱为富不仁，悭吝刻薄，虐待长工，私藏枪支，对抗红军，特判死刑，切切此布”。接着宣布“兹查豪绅陈孔裕为富不仁，悭吝刻薄，虐待长工，私藏枪支，唆使儿子陈慎位、陈慎修、陈慎俊殴打无辜，伙同地方恶势力对抗红军，拦截军粮。陈慎柱袭击、打伤红军，抢劫军粮，作恶多端。特判陈孔裕、陈慎位、陈慎修、陈慎俊、陈慎柱死刑，切切此布”，杨直亮领喊“打倒恶霸地主阶级，打倒土豪劣绅，铲除封建迷信”。口号声一阵高过一阵，红军将五名罪犯拖赴刑场，执行枪决。

当即有农会会员要求节约子弹，用大刀解决。农会会员将陈孔裕父子五人拖至其经常殴打农民的大水田坎外，一一斩首。陈慎柱咒骂不止，游击队队员手起刀落，脑袋如同西瓜从脖子上掉了下来。

陈孔裕、陈慎俊、陈慎位身首异处，陈慎修面如土色，全身瑟瑟发抖。陈慎修全家 10 多人齐刷刷地跪下来求情，高呼，“陈家叔叔救命，红军万岁，刀下留人”。陈慎洲说：“早知今日，何必当初。法律面前人人平等，谁人犯法，谁人顶罪，绝不株连。陈氏后代，仍可革命。”命令两个红军战士将其拖赴刑场。

刚刚处决完陈孔裕、陈慎柱、陈慎位、陈慎修、陈慎俊五个恶霸地主，人民群众中有人高呼“斩草除根”，随之众人高呼“斩草除根”。陈孔裕家妇女和孩子都在现场，当场吓晕一人，其余全部哆嗦起来。陈慎修十一岁的儿子壮举挽起衣袖跑步上前抱着陈慎洲妻子黄世杰大喊：“妈妈，救命！”黄世杰抚摸着孩子的头，用目光征求区领导意见，这孩子又灵机一动抱住陈慎洲的大腿左右摇动，满脸泪水地喊道：“爹，救命。”（本地按辈分排列，长一辈的男性可称爹）磕了一个响头，他又跑到陈慎勤身边，抱住他腿子哭喊：“我爹死了，我就成了无爹的孩子了，您从今天起就是我爹。”陈慎洲低头一看，壮举已是满脸泪水，众人皆扼腕叹息。紧接着，这一大家男女老少向父老乡亲连连磕头谢罪。陈慎洲认为这是教育家属的好时机，要变消极因素为积极因素，要化敌为友。与区领导简单开了几分钟会，陈慎洲面对陈孔裕家属和全体人民群众又讲了一番话：“法律面前人人平等，谁人犯法，谁人顶罪。现在不是帝王将相时代，不搞株连九族之恶法。陈氏后代，只要愿意参加革命，我们随时欢迎，做到既往不咎……你们也可以跟着我们拿起武器去打敌人。”陈孔裕的子孙们没想到，共产党还有如此宽大胸怀，宣布其子孙无罪，陈孔裕家老少妇幼恐惧阴霾全扫。父老乡亲鼓掌表示原谅其家人。

事后，陈慎洲夫妇怜壮举无父又不能自食其力，当即收为义子，也算是给孩子一条活命的出路。

## 三、歃血为盟两不立

陈慎洲、陈慎勤刚从甘坪开会回到区政府，就见私塾先生陈慎独站在门口，热情邀请他俩明天去他家过端午节。

先生前脚走，学生后脚跟，观先生神态有些不自然，陈慎洲望一望陈慎勤，两人相视而笑："该不是什么鸿门宴吧？"

不怕一万，只怕万一。他俩商定：带上家伙，前去赴宴。

先生的家离庙垭子只有100米，南北环山，东西通达，环山成一个"口"字形，"口"字形中间再修一栋四合院，按先生的话说"又是一个'口'字形"，两"口"叠加成一个"回"字，暗示财不外流，家庭稳固，这是一块标准的风水宝地。此处依山傍水，绿树成荫，缺口处三根桶粗的柳树枝繁叶茂、摇曳多姿，形成天然屏障，牡丹花开，蜜蜂自来，闲情逸致，好一处"圣贤斋"！

陈慎洲、陈慎勤还没走进院子，先生已在路口迎接，当然少不了"光临寒舍，蓬荜生辉"的客套话。陈慎洲立即回答："天下穷人，都住上您这样的寒舍，那就是'大庇天下寒士俱欢颜'啦！"

进得屋来，族间房长[1]陈慎思正中落座，手拿一根马棒悠闲地吸着烟，看到陈氏兄弟进屋，眼睛皮子往上一翻又迅速地收拢眉毛。陈慎思平时不抽马棒，突然改变装束，陈慎勤顿感头皮一麻，打个寒战，房长装作很意外

1 房长：一个族最大的管理者为族长，族长下面设房长，管理家族支系事务。

惊奇的样子，拉长声调满脸堆笑，“主席兄弟大驾光临，真是太阳从西边出来啦！”一边打躬作揖，一边示意分宾主入席落座。陈慎思当时已是个人物了，在家族他是第三房房长，据说马上要当族长了。混社会，他已是第三保的副保长了，保长与乡长分赃不均早已有了隔阂，乡长已把保长晾了半年，其实保里的事全落在他这个副保长头上。当保长已是鸡蛋掉碓窝子里——稳当当的事了。

厨房里散发的油香撩拨得鼻子痒痒的，而先生只顾说话，久不开席。当然说得最多的是苏维埃政府分田分地，理应照顾陈氏宗亲，坚持“一个野鸡也要顾三条岭”的习俗。陈慎洲、陈慎勤认真给他宣讲分田的政策，并举例阐释，他们好像没多大兴趣，先生问：“穷教书的那几十亩薄田是不是也要拿出来分呀？”这时，一阵狗吠狂叫得激烈，人没到，声音早已传进门来：“哈哈，择日不如撞日，先生在家设宴也不喊我，我这鼻子真灵。”一个身穿长衫拄着文明棍的大个子往门口一站，挡住几分光线，只要一听“哈哈”一笑的声音，就知道他是方圆百里人人熟悉、个个害怕的陈家头面人物陈慎维。

这人眼尖，一眼看到桌上的陈慎洲、陈慎勤，双手抱拳：“彩平、精堂都在，你我都是先生的学生，同侪同侪，幸会幸会。”

陈慎洲抱拳还礼：“同侪不同山，同窗不同道，近在咫尺，今日同席，力争同道。”

陈家大人物毫不推辞，直奔首席。陈慎勤抢先一步坐了首席，笑着说：“精堂不精，敢为人先，先生早已有约，首席自不推辞。”陈慎维已有愠色，此时好像突然想起一个人来，伸出手与族间房长陈慎思握手言欢，依席而坐。

端午，要喝雄黄酒，据说喝了雄黄酒，一是驱邪，二是可以根治百病。当地有句歌谣：“男人不喝雄黄酒，百病缠身鬼不走。男人喝了雄黄酒，只要吆喝一声吼，妖魔鬼怪一起走。”陈慎独年龄最长，举杯相邀，“慎维、慎思、慎洲、慎勤，端午小聚，兄弟同心，其利断金。五兄弟来一个五子登科”。慎洲、慎勤互递眼色，三杯烈酒下肚，装出几分醉意。

陈慎维借故说，“先生没有邀我，我不请自来，先自罚一杯，算是赔礼道歉”，说完率先喝下一甩杯酒，把杯子往桌上一掷：“先生刚才说兄弟同心，其利断金。上个月，我在秭归就听说有些兄弟刀枪相见，还剁掉了四个兄弟人头。彩平、精堂，有此事吗？”

这次真是缠上事了，既然对方设了局，我们就要打开天窗说亮话。陈慎勤回答道：“有此事，但不是我们兄弟相向，而是苏维埃政府把他们的头颅拿下来了。”

“谁与苏维埃政府作对，我们就拿谁的头。”陈慎洲说。

“我作为族间房长，没见过如此革命，首先革了自家兄弟的命，按你们这种搞法，说不定哪一天我这个脑袋也要被你们拿去当葫芦瓢。”房长陈慎思附和说。

“革命首先就是要革自己的命，革思想上的命。凡是与人民为敌的人都是我们的敌人，我们就要坚决地革他们的命。你们国民党视共产党为仇人，当面一套，背后一套，阳奉阴违，两面三刀，绝没有好下场。路遥知马力，日久见人心，不信，走着瞧。”陈慎洲眼睛发红，说完，将一大杯雄黄酒一饮而尽，把杯子重重地往桌上一掷，自拿酒壶每人斟了一满杯酒。陈慎勤举起杯子与各位一碰，仰着脖子让酒拉成长长的一条线，一滴不漏地倒进了肚子。先生看到这剑拔弩张的样子，已有几分胆怯，立即转移话题：“酒要一口口地品，饭要一口口地吃，兄弟相聚只话手足情谊，酒桌上不谈政事。”

“不，正好，今天既是家事，又是政事。我与慎洲都是共产党员，慎维、慎思都是国民党员，而慎维还是县国大代表、县保卫团副团长，身份显赫。慎维、慎思虽在我们革命的时候，给苏维埃政府捐过三石粮食，这只是墙上泼水——一面不相湿（识）。墙上打湿水，说明我们只相识了一面，另一面还藏着呢！”陈慎洲越说越激动，恨不得把他两面派的做法翻出老底子来。

“陈孔裕身为长者，你们在众人面前批斗他而且还砍了他的头，陈慎柱、陈慎俊四兄弟何错之有？俗话说‘一只羊子顾一架山，是个麂子也顾三条岭’，你们搞得好，他们的头如割韭菜一般被你们割了，你们愧对祖宗啊！”陈慎维露出一副宗祠头人的神态。

陈慎勤感到事情不妙，对其韭菜一说感到话中有话，韭菜割了立即会长出新芽，意为他们还要反扑。陈慎勤斩钉截铁地说：“这不是割韭菜，这是公开审判，是苏维埃政府的审判。”

陈慎维公然为恶霸地主陈孔裕鸣冤叫屈，让陈慎洲、陈慎勤十分气愤。共产党领导穷人闹翻身求解放，有些人却要百般阻挠，看来今天这顿饭是一场你死我活的交战。

陈慎洲说：“子曰，勿以善小而不为，勿以恶小而为之。陈孔裕作恶多端，咎由自取。如果革命认同祖同宗，那么就只能是张姓革李姓的命，王姓革陈姓的命，其结果就会山头林立，成何体统？我们是共产党领导下的苏维埃人民政府，要保护劳苦大众，革那些顽抗对待红军和人民的人的命。”他一拳砸在桌上，几只杯子同时跳起来落在地上，酒水四溅，杯盘尽裂。陈慎思上前相劝，陈慎独重新斟酒，桌上局势得以暂时缓和。

陈慎维剑眉倒竖，目眦尽裂，拳头紧攥，敲打桌面，摆出一副绅士的架子冷笑着说：“看在同宗同族的分上，我今天当着先生的面提醒你们，识时务者为俊杰。你们饱读诗书，跟着共产党劫富济贫，看似革命，实则徇私报复。黄中立在巴东混不下去了，他跑到我的地盘搬兵救驾，结果满门抄斩，他是报私仇，拉你们当炮灰，这叫燕子跟着盐老鼠[1]跑，你们自己没有主见。

1 方言，即蝙蝠。

你们再这样下去，黄亚先的昨天就是你们的下场！你们如今回头是岸还来得及。”

陈慎维“慈悲”的脸转而透露出一股杀气，三条抬头纹扭成一条绊马索，嘴两边多余的肌肉横拉成一个扣子样的小疙瘩。

陈慎洲针锋相对地驳斥：“你与我同祖同宗，但道不同，不相为谋。我们共产党为穷人翻身当家做主闹革命，这是正统；你可知道‘水能载舟，也能覆舟’，水舟之理，已顺千古百年，这是正统。黄中立是巴兴归县委派来的领导人，他为革命失去亲人，失去同胞兄弟，是真正的男子汉。他拒绝与国民党同流合污，取义正道，顺应历史，理应支持，这是正统。铲除恶霸张三阳，人人拍手称快。恶有恶报，善有善报，不是不报，时候没到。”一席话说得陈慎维哑口无言。

陈慎维说：“我今天奉劝你们二位浪子回头，我尽到了责任，无愧于祖宗。你们弃暗投明，飞黄腾达指日可待。想当初，你们五龙顶珠、发愤苦读是为了什么？我请人算了命，共产党最长寿命三年，三年内必然完蛋。迷途知返，方为君子。如果你认定死路，到时候休怪我大义灭亲，你们必死无疑，不信可以立誓。”

陈慎洲在摔杯子时被瓷瓦子划破了手指，指着陈慎维的鼻子说：“自从共产党一诞生，就注定要为大多数人谋利益，你们那套‘顺我者昌，逆我者亡’已经失效，你迷途知返是活路，一意孤行是死路。我愿意为人民抛头颅，洒热血，定会青史留名，你狐假虎威，迫害人民，遗臭万年。共产党不是短命鬼，恰恰那些与人民为敌的人是短命鬼。再过三五十年，你就是人民的罪人，人民会把你押上历史的审判台，把你钉在历史的耻辱柱上。我愿意为誓。”说罢将中指放进嘴里一吮，挤出血来，滴进酒杯。

陈慎维怒骂道：“世上没有后悔药哟！三三见九你不依，二五一十见高低，人牵不走鬼牵走，不许忠良见白头。大路朝天，各走一边，愿为誓。”中指在背后墙上钉子上一刺，挤出血来，滴进杯子，仰着脖子，张开嘴巴，一甩而尽。

陈慎洲、陈慎勤交换酒杯一碰，说道：“好男儿志在四方，为穷人闹翻身求解放，是一条通天大道，我愿走。共产党不仅要解放全中国，还要解放全人类。在座的人可以作证，舍得一身剐，敢把皇帝拉下马。为人民肝脑涂地，马革裹尸，死而无憾，愿意为誓。”血红的酒同时流进两人的喉咙，两人眼里涨满了泪水。此时的酒是一束燃烧的火苗，把两人的胸膛燃得通红；此时的酒是一种力量，它在血液里奔跑，推动四肢奋力向前。两双手紧紧地握在一起，从此以后，你中有我，我中有我，注定为理想为信念战斗。生命不息，战斗不止。

陈慎洲佯装酒醉，起身如厕，陈慎勤陪同而入，瞥见陈慎维的家丁鬼鬼祟祟地跟踪。

三十六计，走为上计。陈慎洲、陈慎勤从厕所翻窗进入山林，径直往蒋家河奔跑，身后传来了几声枪响。

从此，陈氏家族内部分化为两派，一派以陈慎洲、陈慎勤为代表的共产主义派，一派以陈慎维为代表的青天白日派，陈氏兄弟矛盾由幕后变为台前，由遮遮掩掩变为剑拔弩张。

## 四、白幡啼哭运枪械

鄂西特委副书记万涛在黄中立的陪同下，从巴东走陆路到兴山视察工作。第一站来到下湾区苏维埃政府，了解当时的斗争形势及首要解决的问题时指出，“近 500 人的游击队伍只有十几条枪，仅靠挖锄、大刀、长矛、斧头是不够的，我们要自己造枪，我们要想办法从土匪和地主豪绅手中夺枪，从外地买枪，争取游击队员队人人有枪。”

游击队员开始自制火药和炸弹，分别在羊圈、陈家寨、向家寨、死人洞等岩屋里熬制土硝。硝是制造炸弹的重要原料，炸弹由土硝、木炭、硫黄三种原料组成，为增强杀伤力，还将炸弹里装上铁屑、碗碴子和碎玻璃。熬制土硝是一项技术活，先把岩屋里的硝芽子从岩石上铲下来，放进大铁锅，架上大火，放水熬成粉末，火候极其重要，如果掌握不好，容易燃烧或成哑弹。土硝熬成后兑上一定比例的硫黄和少量木炭，放进铁屑或瓷瓦子，进行捆绑包扎，或用瓦罐、坛子等，用火药做引线，便成了炸弹。成功做出了坛子炮和炸弹，每支队伍还配备了 5 支火铳。

高桥人有很高的自制炸弹和火铳的手艺，配齐材料，一个晚上，可做十支火铳，制造炸药和火铳的方法一直沿用到 20 世纪 70 年代末。

1930 年 2 月，香溪码头，惊涛拍岸，寒风呼啸，峡门口吹进来的风将香溪码头上的吊脚楼门板拍打得啪啪直响。

宜昌上来的船只行程很慢，像一个小白点在狭窄的江面上抖动。

小白点刚过峡门口，岸上的八个壮汉抬起一口红色的棺材静静地等在河边。曹友娣、龚老幺（龚国贞）两个年轻的女人站在一块石头上眺望着木帆船，焦急地等待着。老远望去，木帆船如一片柳树叶儿艰难地向上移动着，好不容易靠了岸，船老大在船上将双手拢在嘴巴上喊了一声“哦喝——”，严昌奎才从船上钻出来。曹友娣和龚国贞双膝跪在沙滩上，扯起嗓子放声痛哭，口里念念有词：“我的姊妹呀（高桥本地人死了配偶在哭丧中都称姊妹），你的命怎么这么苦啊，要过年了，你也挨不过去呀。”几个大汉从船上搬下白布包裹着的“尸体”，收好入殓。放了一阵鞭炮，丢下冥币买路钱，两个女人披着孝衣，举着长长的白幡，上书“鸾飞镜里悲孤影，凤立钗头又只身”。明眼人一看，这是一对姑嫂，姑娘死了哥哥，嫂子死了丈夫。两个收税人看了一眼，也懒得去检查，自叹人生无常。

送葬的队伍刚起坡，一个穿长布衫戴着礼帽的瘦老头带着两个枪丁拦住了去路，他是香溪镇的王保长。他眼里放出几道贼光，在过往人群中扫来扫去，当看到曹友娣披着孝衣从身边路过时，从鼻孔里哼一声，“什么人，到哪里去？”

曹友娣立即跪下连磕三个响头：“大爷，行行好，孩子他爹没了。”

“你是哪里人？”

“我是秭归龚家桥的，老公在船老大家学艺打船，得了伤寒，前天断了气，今天要把他接回家。”曹友娣对答如流。

“莫不是在河对岸梅老大家学艺的龚师傅？”

“是的，是的。”

王保长人称“花保长”，哪家男人犯了事，他能把小事说成大事，大事说成要命的事，要命的事说成株连九族的事，吓得没有见过什么世面的女人六神无主，求助保长帮忙，他立马假惺惺地帮女人想办法，顺便占女人的便宜。王保长一对色眼老在曹友娣身上扫荡，觉得这女子水色清纯，眼睛明亮，又很年轻，比以前那几个有姿色多了，打勾扯的兴趣陡然高涨。王保长不仅没有刁难她，还给了她三块大洋，问了详细地址，以便联系。

棺材抬到五童庙时，太阳已经落山。这里山势险峻，森林茂密，容易藏身，大家如释重负，取出藏在棺材里的20支步枪。严昌奎与曹友娣商议，红军连长张光乾家就在附近，到他家歇歇脚，一来把棺材安置好，二来弄些食物充饥。

严昌奎先去探听虚实，刚到院子外，就听见皮鞭啪啪作响，夹杂着气急败坏的骂声："老不死的，还嘴硬，今天要是不说出你儿子的下落，就把你打得皮上开花，撒上盐，让你生蛆。"

"求求你们，儿大不由爷，今天你们就是抽了我的筋，剥了我的皮，我也不知道张光乾跑哪里去了。"

严昌奎踮起脚尖，看到三个保卫团的人把张光乾的父亲捆在门板上抽鞭子。严昌奎折回身，与曹友娣等人商量把那三个王八蛋一锅端了。严昌奎、曹友娣等七个人冲进张光乾家的堂屋，左右几棒槌打得三个保卫团成员鬼哭狼嚎，严昌奎厉声吼道："缴枪不杀。"三个浑蛋乖乖地举起双手缴了械，打躬作揖连喊"好汉饶命，好汉饶命"。严昌奎向他们亮明身份，"我们是下湾区游击大队。"三人一听下湾游击大队，自叹命苦，全身一凉，不觉吓出尿来。

三人黄皮寡瘦，一看就是穷苦人。严昌奎不明白，张光乾为穷人闹翻身求解放，其家属还遭此罪，其中肯定有蹊跷。在他们身边绕了一圈，对他们说："一看你们都是穷苦人出身，为何要跟国民党反动派卖命。跟他们干是死路，干的时间越长，罪过越大，不如回头是岸。"

"大哥饶命，我是黄家堑人，本不想干，无奈上有老下有小，家中只有我一个硬劳力，我一出门，家中就要打饿肚。他们两个是我表哥，也是吃了上顿没下顿的人，就加入了贾显卿的队伍混口饭吃，他说捉到张光乾赏 20 个大洋，捉到他爹给 3 个大洋，我们一时财迷心窍，才做出这短阳寿的事来。您大人不计小人过，好汉饶命。"领头的磕头如捣蒜，浑身发抖。

"贾显卿在什么地方？"严昌奎问。

"在百羊寨，有 60 多人，准备三天后到伍家坪捉拿严昌奎、严大志。"

"此话当真？"

“有半句假话，我长包死。”领头的说完就赌起咒来。

严昌奎和悦地说，“我就是红军连长严昌奎”。三个保卫团成员吓得连连抽打自己耳光。

曹友娣对他们说：“都是穷苦百姓，咱谁也别为难谁，只要你们不再跟着贾显卿干，今天就放你们一条生路，如果你们也想参加革命，我们欢迎，三天以后到下湾游击大队找我。”

三个保卫团成员感恩戴德，趁着夜色一步一回头地跑回了家。

大家在张光乾家简单吃了点东西，带着 20 支枪和缴获的 3 支汉阳造，顺利地回到了下湾区游击大队。

## 五、浓烟暗号歼恶敌

三个保卫团成员发财不成，反而丢了枪，让贾显卿大为恼火。

贾显卿立即联络秭归县保卫团共同“围剿”归兴巴交界的共产党和下湾游击大队。而秭归县保卫团团长皮秋宾推托说鞭长莫及，要求各司其职，也就是说你贾显卿不要借人之手为你复仇，你管你的事，我管我的事，秭归只负责秭归的事。张光乾是白沙河人，严昌奎、曹志道、曹友娣、严大孝却是伍家坪人，都属你兴山管辖。这些硬骨头归你贾显卿。

贾显卿吃了闭门羹，在百羊寨组建一支敢死队，给 30 名敢死队队员各发两块大洋，另招募 30 人配合保卫团作战。为做到万无一失，还做了演习，把 10 人扮成假想敌躲进山林，命 50 人搜山。制订了石攻火攻计划。出发前，还请张半仙看期择字算命，定的日子是一个黄道吉日，一定能大获全胜。

下湾区游击大队获悉贾显卿要报夺枪之仇，大队长陈慎勤做了缜密安排，在滩坪放出眼线，沿途设置岗哨。第一道岗哨设在烟灯垭，第二道岗哨设在营包，第三道岗哨设在樟树沟，第四道岗哨设在黄芽子树。为不引起敌人注意，眼线大多由女游击队队员担任，警戒任务总负责人由区妇联主席曹友娣担任。

贾显卿带着队伍从百羊寨过三里荒、从万朝山腰直插烟灯垭，派出三个探子找到伍家坪的严长学，了解游击队的动向。严长学是个二流子，看到长得漂亮的曹友娣等人，总想上前借故摸一把，曹友娣曾打过他的嘴巴。他伙同他人抢劫，在小溪沟被严昌奎抓住，狠狠地挨过揍，从此结下冤仇。三个探子找到严长学，了解他的邻居严昌奎的动向。

严长学听来人说要“清理”严昌奎、曹友娣，心里好像六月天吃西瓜，那叫一个爽啊！他张口就要信息费五块大洋。探子说，只要找准严大孝、严昌奎、曹友娣的家，莫说五块，六块都成。严长学带着探子，给他们一一指路。探子绘了地图，作了标记。

是夜，严昌奎家火光冲天，两间瓦屋和猪栏牛栏化为灰烬。

敌人没有抓住严昌奎，却抓住了他父亲，许愿只要他动员儿子改过从良，过错一笔勾销，还可帮他到县保卫团谋一份差事。无论他们如何拷打，严父都不言半字，他们恼羞成怒，却又无计可施。贾显卿派人抢走了严昌奎家一头大肥猪、三只羊、十几只鸡，抬到龙洞桥做了他们的下酒菜。

第二天，曹友娣、严大孝家同样遭了殃。

区游击大队对贾显卿的暴行非常气愤，要与敌人决一死战。区领导指示：加强警备，内紧外松，引敌上钩，一举歼灭。

过了两天，贾显卿的先头队伍耀武扬威地过了烟灯垭、樟树沟，没有发现岗哨。中午过后，肚子里咕隆咕隆作响，县团练二拐子（副手）杨得三高声朗笑地对喽啰们说：“共产共产，一把锅铲。我们烧了他们的屋，打了他们的爹，吃了他们的肉，他们无动于衷，悲哀呀悲哀！”进入伍家坪如过无人之境，敌人找到陈大义的屋，问共党分子到哪里去了。陈大义是曹友娣婆家人的亲戚，佯称道：“你们的队伍谁人敢惹？共党早就吓跑了！”

大山死一般寂静，看样子共产党游击队早吓跑了。人是铁，饭是钢，保卫团干脆大摇大摆地在陈大义家做起饭来。

陈阳春、龚国贞头顶花手帕，提着筐筐在对面坡上寻猪草。发现大兵，装作很害怕，连忙往树林子里跑，士兵追进山林，她们吓得杏脸桃腮瑟瑟发抖，士兵把她俩押过来交给二拐子杨得三。二拐子问：“共产党的队伍你们看见没有？”

两个女人假装吓得瑟瑟发抖，弱弱地说：“他们早吓跑了。”二拐子信以为真，就命令她俩帮忙做饭。

陈阳春、龚国贞做饭速度很快，很快煮了一斗米、两桶肉，还把田里的白菜煮了一些，放足作料，菜色泽亮丽，香味扑鼻。即将开饭时，陈阳春抱了一大抱湿柴放进灶膛，顿时烟雾弥漫，熏得人睁不开眼睛，喉咙干咳。躲在山林里的100多名游击队员得到暗号，从山林中冲出，一时间杀声震天，枪炮齐鸣。二拐子杨得三吓得脑袋一片空白，不知东南西北。顾不上指挥，逢坎蹦坎，逢沟跳沟，向烟灯垭方向仓皇而逃。其他的人来不及子弹上膛，有的就做了刀下鬼，有的大喊饶命，仅十多分钟就结束战斗。

陈阳春、龚国贞摆好桌子，放好碗筷，请游击队队员入席。队员们风趣地说：“贾显卿想得真周到，从县城跑到这里来做这样丰盛的饭菜招待我们，太客气了！”

## 六、把旗帜插上营包

听了杨得三的汇报，贾显卿气得胡子上翘，手指颤抖，从椅子上弹起来，气急败坏地大吼：集合队伍，袭击营包。

营包地处伍家坪南侧山顶，营包设有哨口，站在山顶，伍家坪尽收眼底，连只麻雀也能看清楚。左有小道直通烟灯垭，右有小道连接柳树垴，通过树木做掩体，对滩坪方向之敌看得一清二楚。进可攻，退可守，是一个“一夫当关，万夫莫开”的天然哨所。哨口周边预埋了土雷和铁猫子，还挖了陷阱。放哨人带有一面游击队旗帜，上书“下湾区游击大队”，如遇战事或敌情，游击队队员就会把红旗插在东边的大树上，平安时就插在营包上，山下的人就凭红旗的位置作出出兵或休整的指令。

贾显卿的人在滩坪休整了一天，趁着夜色零星地潜伏到曹家大屋场旁边山沟里，尖刀班的12人身上插着树棵子和丝茅草，像猎狗一样钻进了山林，慢慢地向营包靠近。

山下的鸡子迎接黎明的叫声此起彼伏，林中的鸟儿也叽叽喳喳地传递着晨露的信息。突然“咔嚓”一声，一个敌人掉进陷阱里去了，接着又被铁猫子死死地咬住了脚，他越是想挣脱，铁猫子咬得越紧，逼得敌人发出“嗷嗷”的惨叫声，山顶哨兵警觉起来，知道敌人已进入预设阵地，山上吹响了集合号，自制土炸弹连连引响，两名战士开枪射击。敌人一死一伤，敌人惊慌失措，在山上一阵狂乱奔跑，撤出了阵地。

山上红旗插到了大树上，山下敌人，潜入山林。

敌人的尖刀班弄清楚了山顶只有两个哨兵和简单的军事设施。贾显卿听说只有两名哨兵，也弄了一面青天白日旗，下达了作战命令：“今天中午，我们一定要把青天白日旗插上营包，把这里的共匪游击队消灭干净。”

敌人集合100多人的队伍在烟灯垭先用坛子炮封锁路口，扛着旗子向营包上进发。刚走进山林大约300米，就遇上了游击队，两支部队短兵相接。厮杀声、枪炮声连成一片，山林弥漫起一股股浓烟，呛得人咳嗽不止，睁不开眼睛，敌人乘机撤退至烟灯垭。

伍家坪乡苏维埃主席曹志道手持大顺刀，站在队伍的最前列，召集王大贤、王贤召、许昌龙、樊明奇、陈大志、陈大用等七人组成突击队，王大贤任突击队队长。突击队为第一梯队，排在阵地的最前沿，田祚开、严大孝、田恒山带领30名游击队队员为第二梯队。游击队队员没吃中饭就进入了阵地，准备消灭来犯之敌。

时隔两个钟头，敌人分三路走小路包抄扑向山顶，实行打援结合，团团包围的战术。游击队员大多集中在左边山峰，敌人在右边向游击队猛烈扫射，而左边只有五六个人值守，导致寡不敌众，丢了阵地。敌人逼近营包，将树上的红旗扯下来，插上了他们的青天白日旗。队员们看到游击队的红旗换成了青天白日旗，心如刀绞。

王贤召、郑龙昌主动请战，誓死要把红旗插上山顶。

游击队加大火力掩护，王贤召就和战友郑昌龙冲上了山顶，与敌展开拉锯战，终于将青天白日旗扯下来，插上了游击队旗帜。敌人看见青天白日旗掉下来了，发了疯似的加大火力压制，连扔出五颗手榴弹，炸得地动山摇，树木乱颤，密密麻麻的子弹把游击队队员压在左边山峰下不能动弹，敌人第二次又把青天白日旗插上去了。两个敌人背靠背成一个圆圈式的扫射，敌人放坛子炮、三眼炮，封锁路口，增援游击队无法靠近山顶。

王贤召、郑昌龙趁着敌人扫射形成的空当，通过树木作掩体，分开行动，王贤召扔出一颗手雷，形成一道屏障，郑昌龙跃进弹坑，三发点射，三个敌人一命呜呼。敌人30多人抢占有利地形，形成一个半包围圈，王贤召、郑昌龙腹背受敌，敌人的旗子还没有倒下，情况十分危急。在这紧要关头，王贤召扔出最后一颗手榴弹，高喊“同志们，冲啊”，敌人不知是计，听到喊声掉头就跑，跑了100多米，却不见追兵，这个时候，郑昌龙已把游击大队旗帜升起来了，敌人知道上了当，立即反扑。这次枪声更密集，炮火更猛烈，整个山包笼罩在硝烟弥漫之中，郑昌龙将敌人的旗帜撕了个粉碎，并付之一炬。一发炮弹正中郑昌龙的肚子，肠子溢出体外，他将肠子塞进体内，一手按着伤口，一手拿着手雷，在山顶奔跑了十多米，冲进敌人阵营，只听“轰隆”一声巨响，郑昌龙牺牲了。敌人再次冲了上来，眼看刚插好的红旗又要被扯下来，王贤召所带子弹已全部打光。只见他挥舞着大刀冲上前去，一阵砍杀，连削两个人头，敌人从掩体中射出一梭子弹，击中王贤召的胸部，王贤召一个趔趄，忍住一口气，爬向游击队队旗，一步，两步，三步……身后留下一串长长的血迹，但他紧紧地护住了旗帜，寒风吹动旗帜猎猎作响，鲜血染红了他的全身，他的脸上却露出了幸福的微笑。

红军一连连长张光乾、二连连长严昌奎带领增援部队及时赶到，一连从山前进攻，二连从后面包抄，山中炮火连天，尘土飞扬，杀声震天，敌人鬼哭狼嚎，红军以排山倒海之势压制住敌人数次反扑，仅用半小时就结束了战斗，下湾游击大队队旗随风飘扬在营包上。

营包之战，歼灭敌人20多人，缴获枪支40多支。

傍晚，人们满含悲伤的泪水收殓烈士遗体。郑昌龙肠子断成两截，腹部露出拳头大的破洞，怒目圆睁成了他最后的形象。王贤召，几乎是一个血人，左手被炸裂，微笑成了他生命的最后姿势。人们回头一望营包的红旗还在迎风飘扬，100多人放声痛哭……

## 七、金钻子饱吃鹅卵石

贾显卿在高桥吃了败仗，退回响滩，几十个伤兵抬着几个重伤员上了船，二不挎武的样子早让等在渡口的巴兴归“剿共”团副总指挥金泰和看得心烦，人还没拢身，就挨了金泰和几巴掌，直骂他是“猪脑袋”“草包”“饭桶”。贾显卿气急败坏地说：“你以为别人都是草包、饭桶，是骡子是马拉出来遛遛。”其实贾显卿也没把金泰和放在眼里，早就恨不得取代金泰和，吃了败仗，只能哑巴吃黄连——有苦说不出。

金泰虎、金泰豹、金泰英、金泰雄被称为“四大金刚”，他们看到贾显卿轻视了金泰和，恨不得把贾显卿拉出来狠狠地揍一顿。贾显卿看这阵势，马上笑脸相迎，算是打过招呼，低下头，背着手走了。

四大金刚给金泰和献计说：“打仗要避实就虚，乘虚而入，知己知彼，才能百战百胜。难道赤匪游击队是天上飞的，水里跑的？麻雀子过身有个影子，蛟龙走蛟留个印子。难道龚家桥下湾是一个针插不进、水泼不进的地方？那里的老百姓都是一些苦瓜皮，才跟着赤匪闹革命，其实是在凑数，混个快活，鸡蛋经不住鹅卵石拌。大哥，给我们金氏兄弟一个机会，我们保证两天内摸清对方人数、枪支弹药和增援情况，我们也让贾显卿看看‘是骡子还是马’。”

俗话说得好，打虎还得亲兄弟，上阵还得父子兵。金氏四大金刚以勇猛著称，特别是金泰虎“下手快、下手狠、下手准”，仗着金泰和的势力在金家湾独霸一方，逐渐把势力范围扩大到城关，后来干脆在县保卫团谋了个差事，成了名副其实的二当家。金泰和批准了金氏四大金刚的请求，委任金泰虎为头人，即兴山县“剿共”特别支队司令，派发 20 块大洋，让他收买奸细，弄清游击队布阵兵力、装备和增援情况。要求他们做到来无影去无踪，务必在两天内完成任务。

金氏兄弟吃罢早饭，放弃大路，绕道万朝山方向，在伍家坪上方转悠。他们在山林中蹲守了一个时辰，下山经烟灯垭登上寨包对樟树沟和王家垭进行窥探。

在寨包左侧的游击队发现了他们的可疑形迹后，把枪支藏起来，化装成两个挖药的人，面前堆了一些独活、党参、柴胡、天麻等。山上有烟，引起金氏兄弟注意，他们指派四个兵端着枪，摸到岗哨处，突然将黑洞洞的枪口抵着游击队岗哨的背，审问道："神兵（红军）在什么地方？游击队到哪里去了？"游击队岗哨回答说："我一个挖药的人，不知道什么游击队，只听说过刘子泉的队伍叫红军，更不知道神兵去向。"四个兵看看他们面前的药材，又看看烘烤吃剩的浆粑粑，相信他们是两个药叫花子。一个"药叫花子"说："听说刘子泉的人早已跑到木马凳去了。还说是神兵，我看黄皮寡瘦，估计连枪都拿不起。"金泰虎的四个兵打心眼里笑了，乐呵呵地回去汇报。

岗哨在山上烧起了一堆火，烟子从山顶冒起来。守在岚垭大樟树下的女游击队队员接到信息后，立即着手安排，进入阵地。四大金刚只有金泰虎来过龚家桥，其他三人不熟悉路径。四大金刚及四个兵摇摇摆摆地走到风斗口，一个说走小路，直插小溪沟；一个说走大路，方便一些。最后他们商量决定：为避开众人耳目，走小路到小溪沟。这条小路是打柴人留下的羊肠小道，有多处还要靠绳索攀援，这里山高路狭，相对安全一些。这可急坏了两个游击队队员，敌人不走岚垭了。两个女游击队队员穿了套新衣服，迅速抄近路走在四大金刚前面山沟边，故意让他们发现，装着看见陌生人很害怕的样子躲进一片树林子。金泰虎大声高喊：站住，站住！他们冲进树林子，两个年轻的姑娘看到四个大兵站在眼前，装作吓得浑身发抖。金泰豹是个见到姑娘腿子走不动路的人，立即淫心荡漾，就想用手去摸两姑娘的脸，两姑娘立即往岚埡方向跑，他们立即在后面追，煮熟的鸭子难道让它飞了不成？金泰豹撵得上气不接下气，一边跑一边喊，“不要怕，只要你们说出共产党游击队在哪里，不伤你们皮毛”。敌人跑得快，她俩也跑得快，敌人跑得慢，她俩也跑得慢，像用绳子牵着四条倔强的水牛在山坡上奔跑，又像是四只猎狗在追赶两只野兔。不知不觉追赶到王家埡的下方，姑娘们才放慢脚步，累得上气不接下气，靠着树干歇息。

“你们的家在哪里？”敌人连忙嬉皮笑脸地问道。

“住在槐树沟。”

“槐树沟离这里多远？”

“翻过这座山就到了。”姑娘们装出一副可怜巴巴的样子，自称她们是两姑嫂，家中两个男人一个在巴东打仗死了，一个跑到游击队去了，只有两姑嫂带两个孩子，还有一个卧病在床的公公。

四大金刚信以为真，好色心切，谎称快中午了到姑嫂家吃顿中饭怎样。两姑嫂起初不答应，说家中没男人不方便，还说公公看见了不好。四大金刚说：“你们沾上我四大金刚的热气，谁还敢低眉看你们？谁这样看你们就是狗眼看人低，你那碍眉碍眼的公公老头儿，我三两下给消灭了，让你独自快活。”小姑子听说要消灭她的父亲，马上就跑，弄得四大金刚慌了手脚，用手打自己的嘴巴，连忙高喊“只要搞顿饭吃，保证不伤你们姑嫂皮毛”。

一路上四大金刚争先恐后地夸耀自己的能力，自夸他们是县保卫团的“金钻子”，金泰虎为了显示威风，多次使眼色，让三位小兄弟叫他“司令”。随后三人一口一个“司令”地叫，叫得金泰虎笑得像个罗汉，还再三强调自己是县保卫团特别支队司令。

“你这官真当得糊涂，是县保卫团大，还是你特别司令大？”两姑嫂问。

“都大，都大，你们女人真是头发长，见识短。”

“哎呀，我们今天算是傍上军爷了，以后再也不会有人欺负我们了。舍不得金蛋子，打不到巧鸳鸯。”嫂子说。一会儿就翻过王家垭，来到老林中间的一户人家门口。

“军爷，你们都是大人物，我们穷家小户没什么好招待哟！”小姑子说完，还露出几分羞涩。

“家中有什么好吃的？”

“金包银的饭你们吃不吃？不然只能吃面疙瘩。”

“我们喜欢吃金包银。”四大金刚做着喜形于色的美梦，似乎面前有一大碗玉米面掺米的饭。

四大金刚跟姑嫂俩一路打情骂俏，跟着两名女游击队队员刚进家门口，小姑子就摔了一跟头，四人争着去扶，只听耳边呼呼作响，还没回过神来，头上就重重挨了一下，当即一个兵倒地，像猪一样，脚一伸，眼睛一翻，断了气。四大金刚还没拉开枪栓，就感到头上闷响，手脚发麻，不省人事。还有两个随从美梦没醒就直接做了黄泉客。金泰虎、金泰雄没来得及抵抗，身上就被绑了绳子，嘴里塞进又脏又臭的缠脚布，脑袋摇得像拨浪鼓，想吐吐不掉，臭气熏得连连作呕，嘴里发出嗷嗷的叫声。

六名女游击队队员哈哈大笑，抱成一团。缴获步枪三支，手枪一把，兴高采烈地说：“金钻子，我请你们吃金包银。不，吃的金疙瘩、银疙瘩，实际上吃的是鹅卵石和土坷垃！”

打扫战场，发现金泰英死了，金泰豹在山林中拖着伤腿跑了。游击队员对金泰虎、金泰雄进行审问，得知他们在保卫团团长金泰和面前夸下海口，来探听虚实的。女游击队员给金氏兄弟说：“今天不要你们的命，你给金泰和、贾显卿带个信：与人民为敌的人没有好下场，奉劝他们改恶从善，放下武器。我们这里到处都是游击队，到处都是红军。你们胆敢来侵犯，来一个打一个，来两个打一双，定叫你们有来无回。”金氏兄弟点头如鸡啄米，连连称是。留个活口，也算给这支特别支队留个见证。松开绳子，金氏兄弟打起飞脚跑了。

游击队队员们发出爽朗的笑声，金氏兄弟听见笑声，头皮发麻，失魂落魄地向伍家坪跑去。

装扮成姑嫂的游击队队员一个是陈阳春，一个是龚国贞，埋伏老林深沟里的女游击队队长就是下湾区苏维埃政府妇联主席曹友娣。

## 八、严家井之战

中国工农红军第四十九师是在巴东这块土地上诞生的拥有正规编号的革命军队，属红四军和巴兴归县委双重领导。下湾区游击大队是巴兴归县委直接领导的一支地方武装力量，自从有了下湾游击大队，红军作战，游击队支援；游击队作战，红军支援，形成两翼，彼此呼应。游击大队的军事训练教官主要由红军担任，红军干部朱光乾、雷先聪就是红军派往苏区的军事教官，同时代表上级参与处理日常事务。区政府处决恶霸地主、土豪劣绅命令下达后，一般由一个红军排来执行。游击队还担任支前突击队、担架队、给养征集队。游击队也是正规军的补充力量，地方武装与红军鱼水相谐，亲如一家。红军部队在游击大队配合下，打了许多以弱胜强、以少胜多的战役，严家井之战就是典型案例。

1930 年 5 月 16 日，刘子泉率中国工农革命军鄂西游击大队战士配合下湾区游击大队（又称赤卫队）追赶兴山保卫团贾显卿的队伍至百羊寨，保卫团 70 人的队伍只剩下 50 多人跑回夫子岩。这次战斗极大地鼓舞了游击队的士气。兴山县城处于空虚状态，刘子泉在滩坪召开紧急会议，陈慎洲、陈慎勤、陈大斌、曹友娣列席会议，决定当夜突袭兴山县城。

天刚拂晓，鄂西游击大队战士抢渡响滩，分三路向县城进发，攻破城楼，杀死卫兵，直扑保卫团和县政府，一举歼灭了兴山敌人，县长来不及更换衣服，穿着睡衣，带了几个卫兵从后门顺山逃往蔡家垭方向。鄂西游击大队只用了一个多小时就攻下兴山县城，大获全胜。

17 日，在兴山城河坝，刘子泉主持召开县委书记张华甫追悼大会，悬挂“张华甫精神不死”“金泰和遗臭万年”的标语。刘子泉、黄大鹏向群众宣传土地革命政策，号召工农群众行动起来，打倒土豪劣绅，推翻反动政府，实行土地革命。

县城不可久留，18 号夜晚，为迷惑敌人，红军故意绕道湘坪、木鱼，直接攻打兴山县国民党西翼团防刘芳部。在返回途中，就接到了鄂西特委命令：将兴山神兵 500 多人收编为中国工农红军第四十九师，刘子泉任师长，黄大鹏为政委，潘兆麟为政治部主任，下设四个连，连长分别是张光乾、严昌奎、雷先聪、谭联科。连部设政委，由黄中立、谭成舟、向启凤担任，李子洋为特务连连长。司令部设在巴东溪丘湾将军岭，后迁至巴东甘家坪。

下湾是巴兴归第一块革命根据地。“共匪横行兴山，纵列巴东，南扰秭归”，红军队伍和游击队成了国民党反动派心头之患，他们认为“下湾这块‘祸根’不除，烈火将会赤化整个鄂西北，乃至殃及四川”。兴山县保卫团为报刘子泉攻克县城之仇，一方面恳请湖北驻宜昌清乡“剿共”司令部司令刘和鼎，速派第八师“进剿”巴兴归革命根据地；一方面纠集巴兴归三县成立“联防剿共指挥部”。“联防剿共指挥部”成立后，任命秭归县保卫团长皮秋宾为总指挥长，兴山保卫团团长金泰和、巴东保卫团团长毛崇伍为副指挥长。指挥部下设巴兴归“剿共”团，秭归县保卫团副团长邓维楚任团长、兴山保卫团副团长贾显卿任副团长。

“剿共”团成立后，为扩充队伍，壮大声势，要求各县派出500人的精干队伍，进驻龚家桥，“剿灭”共产党和游击队。当时各县保卫团只有200多人，加起来也达不到1000人的队伍。短短一个星期内，各县招募散兵游勇300多人，秭归县将洩滩的黄枪会100多人收编，兴山把散落在湘坪的黄香会100多人收编，巴兴归三县共计出兵500人在凉台河鸡公岭至官田岭垒营屯兵，并在官田岭建指挥部，鸡公岭设有秘密监狱和军械仓库，从鸡公岭至官田沿途设有哨卡。各县再次募购枪支200支，仅兴山县即向平民百姓勒索银圆1万块。以兴山保卫团为主，秭归为辅，分两翼集结于伍家坪，定于1930年6月1日，向下湾革命根据地发起猛攻。

县游击大队主力部队在兴山滩坪接到命令改编成中国工农红军第四十九师后，沿巴柯人行道经高桥贺家坪分两股力量回甘坪，一路取道木马凳至甘坪，一路经白湾至将军岭分部，形成以甘坪为中心的左右翼格局，在“拉得出，稳得住，出手快，能取胜”的游击方针指导下，取得了一个又一个胜利。

高桥官田岭地势平坦，东西有巴柯古栈道相连，北有万丈绝壁仙女山，南有巍巍峻岭贺家山对峙。官田位于高桥乡的腹地，四周视野开阔，全乡稍有举动，一目了然。既是一个哨所又是一个天然坚固碉堡地，易守难攻。

敌人对高桥革命根据地形成铁桶包围。下湾区派联络员曹友娣向红军刘子泉师长报告，红四十九师向下湾游击大队发布命令：为阻止敌人在官田驻守，必须把他们消灭在路上。

红四十九师派出红军200人由红军连长严昌奎、张光乾带领，驻扎龚家桥乡苏维埃政府，下湾区游击大队在茅草坝集结，分两支队伍向高桥进发，一支顺徐家沟至长冲绕过秦家屋场直扑狮子包隐蔽（现烈士纪念塔处），另一支从茅草坝上仙女村，横插严家井至小溪沟对岸。红军战士一部分埋伏在王家埡下方老林里，对敌形成钳形的口袋阵势。

严家井地处黄家湾对岸的半山腰里，这里曾经住过姓严的人家。干旱时，常要下河背水吃，自严姓居住之后，发现了半山腰有一块湿地，用锄头挖开，便有一股泉水涌出。严姓人家用条石相扣，石板做底，长年清泉涌流，冬暖夏凉，从此再不缺水。严家也从此兴旺发达，严家井声名远扬。

6 月 1 日下午，区委书记陈慎洲、区游击大队队长陈慎勤、红军连长严昌奎、张光乾，区苏维埃副主席陈大斌等人，在黄家湾黄万贵家召开紧急会议，加强战前部署。为防止秭归保卫团翻官田岭，直插下湾区苏维埃政府所在地，决定由红军连长严昌奎派一个尖刀排在象鼻子嘴吸引敌人，将敌人引向严家井。会议结束后，游击队员及红军战士全部枕戈待旦。

6 月 3 日早上，贾显卿部已到达伍家坪，沿途残害共产党员家属，没有遇到游击队抵抗。抵达王家埡后，对高桥进行侦察，发现少部分红军在严家井活动，贾显卿迅速派出探子与邓维楚联系，恰好邓维楚部在象鼻子嘴已遭到几个红军战士袭击，红军战士故意逃往巴东方向。探子报告说，少量红军逃往严家井，严家井有散兵游勇。

贾显卿看到秭归邓维楚部已到达龚家桥，又听说红军主力驻扎在巴东，在严家井仅留了几个散兵游勇便想与他较量，真是鸡蛋要碰鹅卵石。贾显卿仰头大笑，摆出一个出征架势，吟起苏轼的《江城子》，“老夫聊发少年狂，左牵黄，右擎苍。锦帽貂裘，千骑卷平冈。欲报倾城随太守，亲射虎，看孙郎。”随后对所在队伍发起了向严家井出击的命令。

严昌奎带的连队隐蔽在严家井一个姓马人家的稻场里。早晨太阳很好，战士磨刀或擦枪。正在开饭之际，突然听到枪声四起，严昌奎定睛一看，敌人越过凉台河，在河边成团成团地向严家井方向冲锋，穿黑衣服，打绑腿的是县自卫军，头裹黄布条，持大刀的是黄香会，胳膊上有黄箍箍的是黄枪会。红军尖刀班已与敌人短兵相接了，杀声不断，尖刀班边打边退。严昌奎集合战士，进入阵地。神枪手先放倒几个黄箍箍，打掉旗手。张光乾的连队埋伏在红沙坡，100多个敌人在一挺罐子炮的掩护下冲到了哨口，顿时杀声大作。严昌奎命令号兵谭根伍吹响冲锋号，顿时，从严家井到狮子包的山林里、田野里钻出游击队队员和红军战士上千人，枪声四起，炮火连天。游击队员张立德用大石头砸死了一个黄枪会的兵，另一名匪徒正在瞄准时，被游击队战士的火铳击中，匪徒的神经打了个战，疯狂地大叫起来。黄箍箍也不甘落后向阵地射出了密集的子弹，一名游击队队员壮烈牺牲，三名游击队队员受枪伤，穷凶极恶的敌人越杀越猛。

陈慎勤对游击队队员们说："同志们，严家井之战是一场恶战，严家井不是胜利的战场，就是我们的坟墓，我们要在这场战斗中打出游击队的声威。"说完带头跃出战壕，冲向敌阵。枪炮喷出仇恨的火焰，自制炸弹连连引爆，敌人丢下几具尸体，躲到水田坎下向阵地扔手榴弹，游击队队员无法前进。陈大斌大喊一声"老子跟你们拼了，冲啊！"挥动大刀跳下水田坎冲向敌人，与敌人展开了肉搏战。贾显卿拔出手枪，向山上拼命地高喊"给我杀"。红军战士以排山倒海之势压下来，经过半个小时的交战，敌人死伤过半，特别是冲在最前面自称刀枪不入的黄枪会成员尸横遍野。

自卫团又退回河边休整，重新集结队伍，向山上卷来。贾显卿向参战人员每人发大洋一块，许愿说拿下这场战斗，必有重赏。俗话说"瞎子见钱眼睁开，瘫子见钱站起来"，绑脚腿、黄布条、黄箍箍排成一排放着枪向前推进，队伍一过河枪声更密，吼声更大，敌人也吹响了冲锋号，横冲直撞向山上冲刺。红军战士占据有利地势，在敌人冲锋时只让狙击手专打黄布条和黄箍箍。敌人跑着跑着，一个黄箍箍冷不丁倒下了，挥大刀的黄布条刀还没挥成弧线脑袋就开了花。谭根伍再一次吹响了冲锋号，顿时杀声震天，尘土飞扬，硝烟弥漫，罐子炮炸得大地开花。交战不到十分钟，敌人队伍被斩成三截，一截被堵在狮子包下方的河坝，一截在柳家屋场盘旋，一截在红沙坡河底顽抗。贾显卿、邓维楚部眼看“剿共”团将覆灭，发出信号弹，表示各自逃生。敌人边打边撤，在狮子包下方抱头鼠窜。邓维楚连声叫喊“杀出去，杀出去！”没想到红军的枪炮追着他打，在卫兵的拖拽下，他靠一块大石头做掩护，才保住性命逃向天池方向。

贾显卿退到黄家湾，屁股后面突然响起“哒哒哒”的枪声，杀声不绝于耳。黄家湾山上杀出200多个游击队队员和红军战士，把贾显卿包围起来，保卫团向北撤退，准备逃往王家垭，还没跑到高家屋场就遭到了迎头痛击。贾显卿大呼“天灭我也”。红军连长张光乾看到贾显卿屁滚尿流地逃跑，哈哈大笑，告诉战士们：“放他一条生路，让他下次再给我们送军火。”

贾显卿残部在小溪沟躲进山林消失了。

游击队队员和红军战士打扫战场，清点死伤敌人，救护受伤的游击队队员及红军战士。这次战斗耗时两个小时，歼灭保卫团100多人，缴获步枪50多支，火炮1门，子弹数千发。

红军和游击队队员的队伍从官田下方至严家井有两公里之长，部队呈蛇形摆开，形成合围之势，又称为长蛇之战。这次战斗是军民联手，游击队在下湾境内最著名的战斗，狠狠打击了敌人的嚣张气焰，挫败了敌人的锐气。大家你一言我一语，边打扫战场边编起了三句半：

贼眉鼠眼贾显卿，

自诩孙权兵书精。

跑到高桥来干啥，
送命。

秭归草包邓维楚，
有杆洋枪想比武。
碰上红军游击队，
叫苦。

刀枪不入黄枪会，
脑壳经不起石头擂。
打他三声火焰炮，
撤退。

红军战士诸葛亮，
颗颗子弹早上膛。
碰到乌龟王八蛋，
一扫光。

下湾苏区游击队，
个个都是薛仁贵。
你刺我杀敢拼命，
不掉队。

# 第三章 萝稗子惨案

砍头不要紧，
共产主义真。
杀了陈大斌，
万岁后来人。

一对麻雀并排飞，
一个瘦来一个肥。
瘦的单找夜路走，
肥的专往亮处飞。

——高桥革命烈士遗作

## 一、巴兴归"剿共"联防指挥部成立

山雨欲来风满楼，黑云压城城欲摧。

1930 年 5 月 17 日，鄂西游击队第一次突袭兴山城，县长万曰藩从厕所逃脱，鄂西游击大队缴获了大量枪支弹药，打开监狱，释放革命群众。红军在兴山城张贴标语，在河坝悬挂镰刀斧头旗，为被叛徒出卖而牺牲的巴兴归县委书记张华甫召开隆重的追悼大会，高喊"中国共产党万岁""张华甫精神不死""万曰藩、金泰和遗臭万年"的口号，数百名游击队队员、共产党员庄严宣誓：誓为革命烈士报仇雪恨。

兴山县县长万曰藩、保卫团团长金泰和惶惶不可终日，害怕重蹈巴东县县长高安圻的老路。他们立即电报省政府，请求派部队清剿巴兴归共产党、游击队。省政府电令驻宜清乡司令部司令刘和鼎"务必清剿巴兴归心头之患"。刘和鼎是独霸一方的"官痞子"，不但心狠手辣，还一贯使用"鹬蚌相争，渔翁得利"之术，有意制造事端，"坐山观虎斗"，观其态势"随机而动"，从而屡获战果。

刘和鼎召集巴兴归县长开会。刘和鼎说："共党利用神兵作乱，采用游击战术，巴东县县长高安圻的死就是血淋淋的教训，如果不采取措施，高安圻事件随时就会发生在我们身边。共产党游击队、神兵盘踞地大多在秭归龚家桥一带，这里的地主豪绅已死去近一半。"刘和鼎一拍桌子又说："共党长期盘踞在秭归龚家桥一带，还有什么下湾区苏维埃政府，又是巴兴归的交通要道，因而三县必须集中火力，清剿龚家桥。为了取得最终胜利，需要巴兴归三县联合成立剿共联防指挥部，指挥部的指挥长就由秭归保卫团派人出任。"

三个县长，三个军师，一个大长佬，在兴山县城成立了巴兴归“剿共”联防指挥部，任命秭归县保卫团团长皮秋宾为指挥长，兴山县保卫团团长金泰和、巴东县保卫团团长毛崇伍为副指挥长。指挥部下设“联防剿共团”，秭归县保卫团副团长邓维楚任团长，兴山县保卫团副团长贾显卿为副团长。三县县长为“剿共”提供后勤保障，主要负责勒索银圆，拉兵拉夫。巴兴归“剿共”指挥部隶属宜昌清乡“剿共”司令部。

万万没想到，巴兴归“剿共”指挥部刚成立，就遇到了红军第四十九师和下湾区游击大队的顽强抵抗，500 多人在严家井吃了败仗。战斗结束后，红四十九师撤出高桥，一场更加严酷的战斗即将发生。

## 二、杀气腾腾搜捕令

巴兴归“剿共”联防指挥部成立后，指挥长皮秋宾下令：

一、各保负责，清查人口。

二、所有人口，不得外出；随时点卯，随叫随到。

三、凡清点不到，挖地三尺，也要刨出根来。

四、凡共党分子、苏区头目、农会头目、红军战士、游击队员，主动归案，既往不咎，一经查出，格杀勿论。

五、清点办法，梅花抱桩，以保长、族长为核心，负责排查，保长负责全保，族长负责全族。

六、凡举报共党分子、苏区头目具体藏身地址，赏 50—200 块大洋。举报农会头目的赏 50 块大洋，举报红军战士、游击队队员的赏 30 块大洋。抓住红军头目、游击队头目赏 150—200 块大洋。

七、凡参与抓捕共党分子者，按功论赏。

八、凡在清乡斗争中表现不力或两面三刀者一律撤换，并退出三年薪俸，其罪与共党分子同列。

保长敲锣，保丁喊话，甲长将八条规定张贴在各家各户的墙上。

八条规定像突起的乌云笼罩在巴兴归的上空，笼罩在人们的心头。一时间，下湾区的上空黑云滚滚，压得人们喘不过气来。有些胆小的农民不敢与他人说话，生怕自己受到牵连，关着门躲在家里不敢出门；农会主席带着农会会员连夜撕掉标语，有些参加过农会的会员准备联络起来反抗，甚至有人逃进深山。

龚家桥乡苏维埃副主席田恒山在自家墙上张贴“打倒土豪劣绅”“我们要吃饭，减租减息没有错”的革命标语；洛坪、下湾、王家山、茅草坝、桂花一带，白天反动标语上墙，晚上撕个精光。

区政府在游击大队的保卫下加强警戒，还把保长抓起来教训了一顿，有的保长当即逃跑，有的保长装病卧床，总之在这大是大非面前，撂了挑子。保长陈慎思说：拉兵拉夫的事要我搞，催款催粮的事要我搞，捉共产党的事也要我搞，保长啊保长，这段时间搞的都是些砍脑壳的事。

1930 年 6 月，邓维楚来到龚家桥督战，把抓捕任务具体落实到保甲。龚家桥乡苏维埃副主席田恒山在分田过程中得罪了当地大地主，邓维楚清查时地主指认了田恒山的家。保卫团趁着夜晚收工时节，在他家周围设下埋伏。田恒山刚走进门，几个大汉扑上去就将田恒山掀倒在地，五花大绑捆起来。田恒山当着众人的面大骂“剿共”团邓维楚，“你们与共产党作对，不得好死”。保卫团用一块脏抹布塞进他嘴里，用马鞭抽打他的脸，用脚猛踢他的下身，田恒山顿时一声惨叫，脸色刷白，在地上不能动弹，敌人给这种酷刑取名“麻雀掏窝”。随后敌人在他背上插一块木牌“共党分子田恒山”，用一根绳子牵着。凡遇到人多的地方，敌人就用马鞭抽打他，让他发出嗷嗷的叫声，敌人就说“这就是共党分子的下场”。敌人拖着他在高桥、木城、水田坝游行，最后关进大牢。

龚家桥乡苏维埃副主席田恒山是下湾区第一个被捕的共产党员，在审讯过程中被无情的皮鞭抽打出血淋淋的伤痕，血肉散落出火焰似的花瓣。田恒山就像一块毛铁放进熔炉锻炼，越炼越坚。他文化水平不高，但他对共产主义信仰坚定不移，他装哑巴，装疯子，始终不说话。敌人用火钳撬开他的嘴，用虎口钳子拔掉了他的门牙，他仍然不说一个字。鞭子抽打在田恒山身上，却疼在穷苦人民的心坎上。田恒山撕心裂肺的惨叫，犹如烈火中的竹子满身是泪的炸裂。与其说是仇恨，不如说是一道革命到底的号令。

## 三、鸡公岭之战

邓维楚在龚家桥设置了三个观察哨，一处选在官田岭，可监视下湾区游击大队动向；一处设在庙坪，堵截伍家坪乡、龚家桥乡苏维埃政府的出路；一处设在鸡公岭、两河交汇处，这里东通秭归，西连巴东，也是他驻兵藏身之处。邓维楚白天在三个哨口巡视，晚上藏身在鸡公岭。他每次出门都带十多个枪丁，表面上是炫耀武力，实际上他是害怕下湾区游击队从天而降。他把龚家桥防区布置好后，兴山贾显卿迟迟不能到位，让他十分着急。

贾显卿在龚家桥吃了败仗，提起龚家桥就胆寒三分。下湾区立即派交通联络员曹友娣将这一消息连夜送往甘坪红四十九师。刘子泉获得信息后，连夜带领一连战士从木马凳，下茶园坡，直插鸡公岭。

丑时已过，弯月西斜，山中传出几声母猫求偶的叫声，岗哨在这令人毛骨悚然的凄厉叫声中连骂“骚情”。

严昌奎凭借月光摸到岗哨处，飞起一刀结果了岗哨性命。左侧门枪丁听到动静，拉开枪栓一阵扫射，只听到弹壳“嘣嘣”落地。严昌奎枪法好，来一个点对点对射，左侧门立即成了哑巴，战士们冲进屋内连开数枪，只听“好汉饶命”。点上马灯一看，死伤十余人，大多还没来得及穿衣服，受伤者捂住伤口不断呻吟。刘子泉在清点人数时没有看见邓维楚的踪影，立即将房屋包围起来搜查。原来邓维楚早有防备，睡觉时没脱衣服，听到枪响，拉开窗户，跳窗逃走了。

刘子泉缴获枪支 20 支，子弹 500 发，手榴弹 50 颗，在天亮之前消失在大山中。

巴兴归县委命令：下湾区领导人、暴露身份的共产党员、游击队队员立即转移或躲进仙女山隐藏，日后坚持游击战。

鸡公岭之战，邓维楚保住了性命，这个人除心狠手辣外，还好大喜功，他向上峰谎报，在鸡公岭与刘子泉的正规部队交了火，双方死伤十余人，打了个平局。说最大的收获是活捉了共党分子田恒山的父亲及兄弟三人。

邓维楚找到洩滩黄枪会和沙镇溪黄香会头目，用金钱收买了 300 人，还给黄枪会头目封上“剿共”特别支队司令头衔，在县城给特别支队开办训练场。皮秋宾把保卫团由 100 人扩编到 200 人。500 人的队伍集结在水田坝，开往官田岭为邓维楚撑腰壮胆。

黄枪会、黄香会又叫杆子会，大多是由船工组成的，在水上倒有几套真功夫，但要打枪真还不行，这些人都要加以训练。黄枪会主要是手持棍棒，头戴黄头巾，黄香会将黄色标记箍在胳膊上以示区别。他们常常亮出一只胳膊，上面涂上桐油，散发出一股桐油味，让蚊虫远离，令人无法靠近，“入鲍鱼之肆，久而不闻其臭”。夺人眼球的是设置佛堂上刀山下火海，有时也在众人面前表演大刀或棍术，嘴里哇哇大叫，威风十足，自诩“藤甲兵转世，刀枪不入”。

邓维楚相信“有钱能使鬼推磨”“重赏之下，必有勇夫”。他有了500人的队伍，向县里要了20000块大洋作清乡费，每人每月有4块大洋作酬劳，自以为有了一支所向无敌的队伍，升官发财飞黄腾达指日可待。1930年6月18日，500人的队伍从水田坝浩浩荡荡开往高桥，在官田岭安营扎寨。

## 四、梅花抱桩进村庄

邓维楚在官田修建炮楼一座、岗哨四座、火房四个、枪械所一个、弹药库一个，正中是一个操场，外围三十丈处设流动哨。三面相通，炮楼、火房、岗哨成“品”字形。据伍家坪高炳森介绍：邓维楚仅征招伙夫就有15人，其中5人负责从河里挑水，伍家坪的李家幺娃子就被安排挑水。

邓维楚抽出300人清乡，不漏一户，不落一人，逐村逐户清查，召开亲族大会、屋场院子会、保甲会。当时下湾陈姓有很多人加入了农会，仅共产党员就有十多人。邓维楚在枪丁的簇拥下来到总团练长陈慎维家中，送他一朵梅花，向他解释道：“送你一朵梅花，你就用梅花抱桩的形式解决问题。”陈慎维是一个饱读诗书的人，心领神会。梅花花瓣以花蕊为中心，花蕊坏了结不了果实，所有花瓣就会烂掉，意思是实行亲族连坐，同受株连。

梅花抱桩迅速在全乡推开，毛崇伍、贾显卿日夜勒索压榨劳动人民，钱财源源不断地流到邓维楚手中。俗话说“瞎子见钱眼睁开，瘫子见钱站起来”，有些人为了得到赏钱，检举揭发亲朋好友，下湾一度人人自危，怕见人、怕见亲戚、怕见朋友，都担心受到牵连。其实苏维埃政府领导人是公开的，最害怕的是还没有公开暴露的共产党员。陈慎维就拱手举报了陈慎洲、陈慎勤两名下湾区苏维埃政府领导人。陈慎洲、陈慎勤知道后哈哈大笑："检举我们，就是脱了裤子放屁——多此一举，癞子的头发——明摆着的。"

朱家湾的朱老五与保长不和，为了得到赏钱，主动跑到官田岭，说朱家湾王保长是共产党员。邓维楚得知后，就把王保长捉进了审讯室，暗自皱眉：白天还在为他们跑腿，背地通共？邓维楚多疑，还是给王保长上了镣铐，进行严刑拷打，直到打断了一条腿，方才住手。为了掩人耳目，邓维楚给这个国民党走狗定了个通共嫌疑分子。邓维楚通知朱老五领赏钱，朱老五走过拱桥沟，被秘密处死丢进水塘。邓维楚拍拍王保长的肩膀安慰他说："让你受苦了，我够兄弟讲义气，给你报仇了。"王保长回家，真相大白。人们都说"朱老五，害人终害己"。

## 五、铁桶围猎钢铁汉

邓维楚采用梅花抱桩的方法，通过族长、保长、地主豪绅获得了一大批共产党员名单，可抓来抓去只抓到了几个农会会员，仍然没有抓到苏区领导人及共产党员。王保长断了腿，有人给他画了一幅漫画，一个军官在前面走，牵着一只断了腿的狗，断腿狗又接了一只人腿，拖着走路，讽刺充当狗腿子的下场。

6月，鸡公岭事件后，共产党员暂时隐蔽起来，敌人虽然知道名单，但抓捕十有八九都落空。"四一二"反革命政变后，国民党反动派叫嚣：宁可错杀三千，不放共产党一人。邓维楚在此基础上要求清乡人员对共党分子家见人杀人，见屋烧屋，挖地三尺，鸡犬鸭鹅，寸草不留。邓维楚摆出杀气腾腾的架势，加固工事，修建碉堡四座，碉堡内架设机枪，子弹上膛，在三处显眼的岗哨各架设一挺机关枪、一门小钢炮。他把抓来的共产党员、农会干部全部戴上脚镣手铐，每走一步都会发出哗哗的声音。除此之外，敌人用各种酷刑折磨被捕的共产党员，老虎凳、火背篓、冰火两重天、坐土飞机。仙女山、万朝山、大槽山上有竹蚂蟥，敌人将竹蚂蟥装在竹筒里，倒在受审人员鼻子边或大腿上叮咬，蚂蟥肥大，被咬的人毒性大发，浑身瘙痒，有人还被诱发水湿病，一般人都经不起这种折磨。敌人用尽酷刑，也没有人招供。

邓维楚忙得脚心朝天，贾显卿也没消停。贾显卿带领200多人的清乡队伍来到伍家坪，强力推行"十家连坐法"，开展地毯式搜索，即同屋场院子以十户为一组，一户不交代，十户都要受处罚，一户有问题，其他九户也要受到株连。保甲包干，限期要人。高桥划分了九大块，分别由保长负责。这一招，使人间地狱的大网在高桥张开，许多共产党员落入敌网，被捕入狱。共产党员陈大斌、杨直亮、王发祥被捕，就是铁证。

团练长向宗顺来到陈大斌家，陈大斌的母亲姓向，按辈分可称向宗顺的姑妈，陈大斌的妻子向宗珍是向宗顺的亲堂妹，他以孩子舅舅的身份开了腔："通共匪是死罪，我也不愿姑妈老来丧子，妹妹宗珍年轻丧夫，唉，这一男一女的孩子不能没有父亲。"说完眼睛里好像要挤出几滴眼泪来。向宗珍婆媳正在犹豫不决时，向宗顺又说："这段时间上面抓得紧，再不脱身，一旦被邓维楚的人抓住，就必死无疑啊，你们要赶快叫陈大斌跑啊！"

陈大斌的母亲说："这世道像桶箍一样，往哪里跑？"

向宗顺安慰说："您让我亲自跟妹夫说，我有人，我想办法让他逃走。长时间待在仙女山不是饿死，也是病死。与其这样死，不如逃出去，冒一次险，总有活的机会。"

向宗珍跟母亲商量一会儿，认为向宗顺改恶从善了，半夜三更的来家中好几次了，每次都许愿帮陈大斌逃走，逃走之后，向宗顺这个叔伯哥哥也少受牵连。当晚，婆媳二人告诉向宗顺，陈大斌藏身在桑树坪上面白梨子湾一个岩屋里，婆媳每过几天半夜将干粮送到那里，陈大斌自行来取。

向宗顺带着向宗珍做的干粮在桑树坪岩屋里守候，半夜时分，陈大斌下山取干粮，碰到向宗顺一人在此。向对他说："你我几辈人的亲戚不假，并且还是叔伯郎舅关系，现在局势对你非常不利，我看你离开这里，这里迟早要搜山。为保全性命，不如趁这时下山，我派人送你到兴山。"说完还掏出两块大洋塞到陈大斌手里。陈大斌跟随向宗顺下山，刚走到桑树坪一个高坎下，30多个团丁像一群猎狗一般扑向陈大斌，陈大斌知道上了当，一面大骂"向宗顺，你不得好死"，一面奋力拼杀，终因寡不敌众，被敌人五花大绑。向宗顺厉声吼道："送往官田岭'剿共'指挥部！"

邓维楚见到向宗顺押着"任务"归来，并且是这次"剿共"的二号人物，欣喜若狂，连拍大腿，对向宗顺竖起大拇指夸奖，嘴里还不断地说："格老子的个板板的，你就是孙悟空也跑不出如来佛的手板心。"硕大的脑袋摇得跟风扇似的。当天向宗顺就拿到了奖赏。

抓走陈大斌第三天，向宗顺来到陈大斌家，对他母亲说："陈大斌在逃跑的过程中被邓维楚亲自抓住，肯定是死罪，你们也不能见死不救啊！"其实向宗顺是个贪财之人，既当恶人又卖乖。向宗珍咬牙把桂花树梁子上的一亩头等水田送给了"娃子舅"，请他无论如何保出陈大斌的命来。向宗珍在卖田契约上画了押，按了指印，向宗顺转过身笑眯眯地走了。

下半夜，漆黑笼罩四野，茅草坝庙垭子一间低矮的房间里传来窸窸窣窣的声音，丈夫挎着包裹要走，妻子却说"你半个月没回来，身子拖坏了，我给你弄点肉带起"。说完划燃一根火柴，点起一盏桐油灯，为不使光芒放出窗外，妻子又把灯芯拨小，还用衣服把窗口盖起来，刚下锅的腊肉发出嗞嗞的声音，香气弥漫。

“杨直亮，你跑不了啦，快快出来投降，免得连累乡亲们。”

这声音恰似一声平地惊雷，把两个忙碌的人炸蒙了。妻子吹灭灯，丈夫拉开窗，窗外灯火通明，举目远眺，鱼嘴上星火如飞，黄家湾火把直逼家门口。杨直亮用手摸了摸腰间的匕首，紧紧皮带，拉开后门，打翻两个枪丁，一步飞上石坎，朝后面山上跑去。后面的火把如同几条蛇一样逶迤而来。只听到团练长陈先知高喊：“杨显应（杨直亮，号显应），逃跑是死路，投降是活路。”

保长杨直上也在高喊：“直亮，再跑就要挨枪子了。”

枪声四起，火光如昼。眼看追捕队伍就要跟上来，杨直亮三步并作两步，登上山顶，朝蒋家河冲去，刚冲下坡，蒋家河吼声连天，枪声盖地。必须杀出一条血路，冲出去！陈先知早已在路口埋下了伏兵，用绳子设下陷阱，把四周团团包围。杨直亮在奔跑的过程中被绳子绊倒掉入陷阱，团练长陈先知、保长杨直上生擒杨直亮，连夜押往官田岭。

其实，在杨直亮被捕前，敌人就使用了“十家连坐”方法。杨直上既是族长，又是保长，是一个双料货。杨直亮参加游击队，屡建战功，是一个文武双全的人才。自从邓维楚十家连坐法出台后，杨氏家族内部斗争十分激烈，杨直亮的妻子廖月秀到黑沟姨妈家走亲戚，姨妈一家全部被抓起来拷打审问。总之，谁与共产党家人有牵连，谁就要遭殃。保长带人在他家附近埋下了暗哨，杨直亮回家的行踪他们了如指掌。暗哨通知保长，保长一面设卡，一面呈报团练长，增派人手。

刚满 28 岁的曹友娣接到甘坪红四十九师司令部情报：通知正在执行任

务的红军一连连长严昌奎、二连连长张光乾，敌人正在疯狂“围剿”共产党和工农红军，为避其锋芒，红军连夜转移至甘坪，保卫革命根据地。曹友娣带上武器，从槐树沟家中出发，向白沙河方向跑去。情况十分紧急，为避敌人耳目，她走小路，抄近路，仅一个多时辰就把信送到了。她又给红军带路，从滩坪，经柳树垱，穿越九匹半梁子，上茶园坡，过木马凳，到达巴东甘坪。顺利完成任务后，红军师长刘子泉称她为“飞毛腿女将军”。

第二天，她安顿好孩子，对丈夫陈本善说：“家中有一面党旗，是我们几个姐妹绣的，你一定要保管好。”说完扛起锄头去种地，还没走进田头，就被十几个枪丁包围了。曹友娣不慌不忙地说：“大兄弟们，你们都是穷苦人，为何把枪口对准一个弱女子？”

贾显卿跳上前来吼道：“谁是你兄弟，少啰唆，带走！”

曹友娣扔下锄头，用手梳理头发，哈哈大笑道：“老娘自己走，哪个胆大的敢上来捆我？”

几个枪丁傻了眼，吓得目瞪口呆，贾显卿上前给枪丁几耳光，扑上前，将绳子绑在她身上。贾显卿捆完后，还骂骂咧咧地吼道：“几个饭桶，看到一个女人就走不动路了。”他又回过头来问道：“你知道我为什么要捆你吗？”

“因为我是共产党员，并且还是下湾区妇联主席。”曹友娣又对几个枪丁说，“给国民党卖命是死路，跟共产党闹革命是活路。”当她一回头，在枪丁队伍里发现了叛徒，顿时感到仇恨填胸，痛骂道：“你的良心被狗吃了？叛徒遗臭万年！”

贾显卿怕曹友娣骂叛徒，教育穷苦枪丁，黄了他的功劳，把一块毛巾强行塞进她嘴里，怕她吐出来，用一根绳子捆在她的嘴上。

下湾游击队大刀教练、王家山农协副主席、共产党员王发祥是一个长工，祖父是巴东白湾人。他靠打长工、短工度日，一家人搬到王家山王家屋场居住。他接到转移命令后，前往白湾老家躲避。白湾是巴兴归的交通要道，毛崇伍三番五次到平阳坝、白湾搜查共产党游击队。在搜查的过程中，毛崇伍手下两个保卫团成员在白湾失踪，后来在吴家大沟找到了两个团丁尸体，发现死者衣服上写了一条标语："拔毛剥皮抽筋"，暗示要暗杀毛崇伍、皮秋宾、金泰和。毛崇伍在巴东追查，邓维楚在高桥追查，都把矛头指向王发祥。恰恰王发祥消失得无影无踪。一段时间，毛崇伍如临大敌，夜晚不敢出门。

王发祥跑到甘坪，向红军司令部报告了下湾区目前处在一片白色恐怖之中，通报了陈大斌、曹友娣被捕的消息。刘子泉作出指示：坚持斗争，暂时隐蔽，抓住时机，争取胜利。过了半个月，下湾也没传来陈慎洲、陈慎勤等领导人的消息。红军认为要迅速联络下湾的群众，做到里应外合消灭敌人。王发祥接受任务，装扮成一个棒棒客，刚走到白湾路口，就遭到盘查。盘查的方法非常特殊：每个男人都要把上衣脱下来检查。邓维楚获得一个重要信息：王发祥，长有胸毛，胸毛倒竖，胸毛中有一块刀疤。王发祥刚走到白湾，就被几个五大三粗的硬汉扑倒在地，像捆旱烟一样捆起来，扒掉上衣一看，胸毛倒竖、刀疤显现。几个枪丁像打了鸡血似的狂笑不止，"哈哈，没想到啊没想到，还捞上了一条大鱼！"

随后蒋英才、桓西斌、王发勤、陈大义、陈本义、陈大志、宋宏洲、谭儒义、田祚开、田祥银、施昌炽、严大志、吴志成、陈阳春等100多名共产党员、革命群众被捕。

# 六、审讯用上消毒散

中秋节夜晚，贾显卿带300多个团丁来到官田岭。

毛崇伍也不甘落后，带着200多条枪跑步来到官田岭。

邓维楚原先的500多人也陆续从乡下赶回来。

龚家桥乡公所头目来了，各保保长来了，领了任务又走了。

以碉堡为中心，方圆一公里，任何人不得靠近。四周岗哨各摆一门小钢炮，机枪一字摆开，还用白石灰画上警戒线。整个山村阴森沉闷得可怕，往年走门串户的节日气氛在今年却被阴森的气氛所袭扰，有的老百姓甚至不敢点灯，人们相互见面说得最多的一句话就是："要出事了，要出大事了！"

乡长、保长、地方团练们从官田领了任务，打起飞脚往被捕的共产党员和革命群众家里跑，因为他们明白这是他们捞钱的最好机会，也是最后机会，俗话说"枯竹子也熬得出油来"。

向宗顺尝到陈大斌的老婆给了他一亩水田的甜头，他把头上的帽子往下拉了又拉，随同杨保长推开了杨直亮家的门，闪进身，关好门，屋内死一般的寂静。长久的沉闷，还是杨直亮妻子廖月秀的哭喊声像炸弹一样撕破了这可怕的寂静。哭声是那样的悲凄，那样的令人胆寒。廖月秀看见身为族长兼保长的堂兄进门，满肚子的委屈像决堤的闸门一股脑儿地冲出来，杨保长还假惺惺地说：其实我也不愿显应去送命，事情到了这种地步，只有打主意救人才是办法。廖月秀听说杨直亮还有救，当即把手上的一对镯子和一副金耳环摘下来，双手递给杨保长，最后还把压箱子的两块银圆拿出来交给了向宗顺。向宗顺走出门装成一副爱莫能助的样子说："少哭些子，莫与他人说我与杨保长捞人的事，免得上面怪罪下来，说我们不清不楚。"

说完又把帽檐往下扯了扯，一只手攥着两块银圆插进了口袋。

邓维楚坐在太师椅上，双脚叉开，睥睨着被捆在柱头上浑身鲜血直流的人。

“陈大斌，你只要给我们写一张自白书，就是脱党吧，我就叫他们放了你，你仍然做你的长工、短工去，按你们这里的话说，睡你的瞌睡打你的鼾，没得你的屁相干。”

“放屁，老子自入党之日起，就打定主意跟共产党干到死。”

“消消气，老三，给他一碗水喝。”审判官胡振模端来一碗水，递在陈大斌嘴边，被他一口气喝下去了，他已经三天粒米没吃，滴水没进了。一碗水接回了他的力气，他怒目相向。邓维楚走上前给他松绑，刚一低头就发出一声号叫，陈大斌狠狠地在他脸上咬了一口。邓维楚恼羞成怒地对审判官吼道：“快拿‘消毒散’来伺候。”

审判官很快从座椅背后抽出一束捆绑好的蛇蚂子草，无情地抽打在陈大斌的脸上，只听到陈大斌发出凄惨的叫声。蛇蚂子草是一种毒草，只要一挨皮肤，就渗出一种毒液，顿时皮肤烧裂出血口，其疼痛胜过刀刮。陈大斌越是痛苦，邓维楚的笑声越大。邓维楚命令枪丁把陈大斌的裤子脱下来，从审判台下拿出第二把“消毒散”，像雨点似的抽打陈大斌的胯下，陈大斌顿时青筋暴跳，红斑累累，全身浮肿。自从邓维楚发明了“消毒散”酷刑，半里路开外，都能听到受刑人凄厉的惨叫。

邓维楚除发明了“消毒散”酷刑外，还发明了其他酷刑。双老虎墩：就是将人的头和脚捆起来，放置在两个木墩上，中间受力，下面放上瓷片子，稍一动弹，瓷片子就渗血；后老虎墩：放置密密麻麻的小尖刀，将人捆在上方，稍不留意，血肉成浆；十指离心：将手指间放上针刺，用绳子拖拽；穿红铁鞋：将农民种田的铧用火烧红，让人赤脚像穿鞋一样穿进去。还有鞭抽棒槌，捆绑吊打，自然不在话下……

## 七、杀戮血溅官田岭

农历八月十八日清晨，太阳从天池的山边射出一道淡淡的光，不一会就被黑沉沉的乌云包裹着，天上现出一片鱼肚白。

官田岭上，大路两边岗哨林立。人们被枪兵从四面八方赶来，双手高举，接受搜身，按警戒线分区域排队站立，脚步拖动石子的声音格外刺耳。墙上、树上贴满了“宁可错杀三千，不留共党一人”“自白从宽，刀下留人”等标语。紧靠山根的一棵大核桃树下搭了一个台子，上面摆放一张桌子，一把椅子。左下方，陈先知的铁脑壳铡刀向人群散发出道道寒光。右下方，摆着一长排条桌，木桶、佐料、香油等一应俱全。几个穿黄军装的人抬来一只白炭炉子，火苗蹿出尺把高。一个围着长裙的人跑上来仔细检查一番，好像缺失什么东西，打着飞脚跑进伙房，提来一只大耳锅，好像马上就要开饭似的，紧张的气氛一下子被打破，引得人们嘻嘻地笑起来。

10 点，官田岭的大平田里站满了人，持枪团丁组成人墙围在最外层，警戒线上全部站满了荷枪实弹的正规保卫团士兵。10 个长枪队队员、10 个短枪队队员分列在主席台两旁，200 多个士兵将会场围成一个半圆圈，将群众与主席台隔离开来，会场顿时鸦雀无声，只是人们的心咚咚直跳。

人群闪出一条道来。一群人簇拥着一个修着平头、满脸横肉、披着军衣、腆着肚子、戴白手套的胖子向会场走来。这胖子还时不时地向人们点点头，招招手，径直走上主席台。只见他一步跳上桌子讲起话来：“我是巴兴归‘剿共’联防指挥部‘剿共’团团长邓维楚，今天老子要做个大动作，给你们长点记性，让你们永远记住我。在全国范围内铲除共产党，共产党多次枪杀我国民党政府要员，大家都知道，巴东县县长高安圻就是他们所杀。这些人不铲除，社会不得安宁。”说完用手向碉堡一挥，碉堡处传来踢踢踏踏的脚步声，一批枪兵押着五花大绑的一群人走过来，三个枪兵押一个人，受刑的人几乎不能走路，全靠两个枪兵拖着走。人们的目光齐刷刷射向他们。邓维楚指着受刑人对人们大声吼道：“这一批人是我们饭碗里的沙子，这里面也许还有米，不能一起倒掉，只是经过淘米水淘一下，给他们一点颜色看看。”话音刚落，皮鞭雨点似的打下来，瞬时，他们皮开肉绽，鲜血直流，染红了衣服，染红了脚下的土地。邓维楚一招手，说：“这就是跟共产党游击队跑的下场，我们还在等他们自白，暂留一条命，给他们一条出路。”人们才看清楚，这批受刑的人全是老百姓和农会会员。

刚押走一批，又押上来了一批，每三人一组，人犯戴着脚镣，五花大绑，背插一块木牌，两个士兵站立两边提着人犯的胳膊，后面一人举着明晃晃的大刀，人们看到这种阵势，心口怦怦直跳。走在最前面的就是共产党员，下湾区苏维埃政府副主席陈大斌，一个，两个，三个，四个，五个……一共十七人。

邓维楚走进人群，观察动向，突然一转身，跳上桌子向群众问话：“你们都是种田的，谷子里的稗子箩不箩？”

“箩。”团丁们附和，群众没有一人应答。

“我今天就是专门来箩稗子的，共产党与党国为敌，他们就是稗子，把这些稗子箩掉，箩掉！”邓维楚指着 17 名共产党员叫嚣起来，脸上横肉堆砌，牙巴骨紧咬，怒目圆睁，下颌前倾，让人想起山中的饿狼扑食前爪刨地、两爪后蹲的姿态。

陈大斌大声怒斥：“砍头不要紧，共产主义真，杀了陈大斌，万岁后来人！”“共产党员是杀不绝的，再过二十年，我陈大斌又是一条好汉。”“中国共产党万岁！”“打倒国民党反动派！”“打倒土豪劣绅！”敌人把他拖到天坑边大石头旁，砍下了他的头。

群众瞬间涌动，你推我搡，茅草坝周围的乡亲们愤怒地冲破警戒线，陈大斌的两个哥哥被枪兵打翻在地，敌人连连向天开枪示警，将他们拦回警戒范围内。

曹友娣的木牌抽掉了，邓维楚走过来对她嬉皮笑脸地说：“曹美人，死了多可惜呀。只要你说声不跟共产党干，我保证你有好处，还来得及，来得及。”边说边把手伸向她的下巴，曹友娣猝不及防地吐了他一脸口水，骂道：“杀人不眨眼的刽子手，你今天怎样杀我，日后自然有人找你结账。”邓维楚又一次连喊三声“杀”，在她临死的那一刻，她仍然高呼：“共产党员杀不绝。”“中国共产党万岁。”三个刽子手将她按倒在天坑边，举起明晃晃的屠刀砍下了她的头，其怒目圆睁，逼视着刽子手。这个刽子手看到曹友娣的眼睛，吓得当场后退，屠刀掉在石板上发出哐啷一声。群众再次冲撞刑场，高声呐喊，“打倒国民党反动派。”“打倒邓维楚。”警戒线已被群众踩乱，群众推翻了长条凳。枪声密集地响起来，已有无辜群众倒地，群众再次被逼回到警戒线内。

贺家坪农会副主席王发祥第三个被推上了刑场，王发祥高喊：“天下穷人是一家，跟共产党走是活路，跟国民党走是死路，要杀要剐由你们，怕死的不是共产党员。邓维楚，再过二十年，人民一定会把你送上断头台。乡亲们，再见。”王发祥从被捕就一直痛骂邓维楚，让他最伤脑筋。王发祥倒在血泊中，眼睛还怒视着刽子手，刽子手像丢了魂似的浑身颤抖。

连杀 10 个人，人们已经哭成一片，不能站立。邓维楚却像打了鸡血似的站起来，大声说：“乡亲们振作精神，我今天给你们开个洋荤，哪个胆大的上来陪我喝杯酒？”命令士兵搬出早已发好的白炭火，将耳锅子烧得通红，倒进一瓶香油，香气四溢，弥漫在官田岭的上空。

剑子手将共产党员、游击队中队队长、多次跟随刘子泉出生入死的杨直亮拖了出来，按照邓维楚的指令，将他绑在一棵树上。邓维楚走过去用刀背敲打他的肩膀，对他说：“今天就看你的好戏，看是你枪杆子硬还是我刀把子硬。”

“邓维楚，有本事你放开我，我俩单挑。”

“哈哈，马上就要成我的下酒菜了，还要与我单挑，我倒要看看你的心是黑的还是红的。”邓维楚转过身命令枪丁扒开他的衣服，露出发达的胸肌和二头肌。杨直亮高喊：“邓维楚，你不得好死，再过二十年，我又是一条好汉，我死了变成鬼也要拿下你的狗头，我要把你的头拿给男人们当夜壶。”说完他还放声大笑。

剑子手抽出刀抵着他的胸膛，杨直亮高呼：“乡亲们，你们都看清楚了吗？我死后，你们仍然要与他们做坚决斗争。共产党员是杀不绝的。中国共产党万岁！”剑子手把尖刀插进了他的胸膛，一股鲜血喷涌而出。邓维楚亲手剖开他的胸膛，挖出他滴血的心肝……杨直亮的眼睛永远不能闭上，而他的心肝还在跳动。邓维楚和剑子手将他的心肝放在案板上，用刀切下一块放进了耳锅里用油爆炒……邓维楚当着众人的面，吃下了杨直亮的心肝，还喝了一大口酒，端着锅子绕会场一周，要乡亲们尝一尝人肝的味道。边走边放出狠话：谁想参加共产党，谁就会成为我的下酒菜。

接着他又杀害了田恒山、桓西斌、田祚开、王发勤、董大凤、黄道升等 7 名共产党员。共杀害共产党员 17 名，全部用大顺刀砍掉头颅，尸体全暴露在天坑边，鲜血染红了天坑边的扁竹根，其状惨不忍睹。敌人还把烈士王发祥的头割下来，灌上桐油挂在干柴树垭点了半个月天灯，并派枪兵看守。[1]时间长了，烈士的眼睛掉出来。后来，烈士家属趁着夜色才把人头取走。

烈士杨直亮的心肝全被刽子手吃掉了，他们不解恨，还将他的生殖器挖掉，当着众人的面丢给邓维楚的狗子吃了。

一具烈士的尸体，50块大洋，否则不准抬走。只有5位烈士家属收殓埋葬，其余一直长眠于天坑里。

这就是震惊中外惨绝人寰的箩稗子惨案。

第二天，天上下起了小雨，雨水伴随着烈士的鲜血流下山林，流过乡间小道，染红了官田岭的大塅坪，汇聚成一股细流汩汩注入天坑里。

小雨下个不停，家家户户的屋檐水滴滴答答慢慢掉下来，便是一声清脆的响声，一滴、一滴绵绵不断地滴落着，一股血腥味在官田弥漫半年之久，就连狗子都不敢靠近，行人纷纷绕道而行。

箩稗子惨案留下了一道不可抚平的伤痕，甚至长达百年、千年……

## 八、屠刀难斩英雄志

1930年8月18日惨绝人寰的官田箩稗子惨案发生前夕，下湾区领导人陈慎洲、陈慎勤接到通知，躲进仙女山，暂时隐蔽。

高桥一片白色恐怖，党组织和游击大队遭到了严重破坏。

陈慎洲、陈慎勤二人多次潜回下湾、洛坪、伍家坪、龚家桥、贺家坪，发动群众，重新起来革命。

1 干柴树垭位于贺家坪上方200米处，此垭建有一座灵观庙。将头颅悬挂在庙前示众。为避讳庙宇，人民故意不叫灵观庙，而叫干柴树垭。

在高桥只要听说又要闹革命，官田岭杀人血淋淋的现场、邓维楚狰狞的面目、爆炒心肝、点天灯等，像刀刻一般在人们的心尖上，那血腥场面始终浮现在眼前。龚家桥乡父老乡亲做噩梦，一望见官田岭就不寒而栗。桂花树岭上杨直绪一家被枪兵押往官田观看杀人现场后，全家三人吓出精神病。洛坪村谭儒翠老人说：只要说起官田岭浑身上下都麻，晚上做噩梦。全乡老百姓对此大有谈虎色变之感，许多无辜群众因箩稗子惨案纷纷逃离家园。

龚家桥一度变成了人间地狱。中共巴兴归县委指示：隐蔽山林，伺机东山再起。陈慎勤相信：越是在革命低潮时期越能考验一个人的信仰和意志，正如孙中山先生告诫的那样“革命尚未成功，同志仍须努力”。

陈家寨是最好的藏身之地，是陈姓躲兵躲匪的好去处，多年来形成了进寨规矩：一、不到生命的最后时刻，决不轻易进寨；二、只能男性进寨；三、暗道机关不得泄密；四、进寨前绕道而行；五、寨内食物一次不能食完，一定要给后来者储三人至七人十天的食物。

是夜，陈慎勤从泡桐岭下山绕道喇叭岩潜入山林，经过一个小时的攀爬，来到了陈家寨洞口下方，陈慎勤学猴叫三声，洞内也回应了一声短促的猴叫。三长一短对上本家暗号，陈慎洲探出头，放下悬梯，打开机关。月光下，两人打开吊锅，生火做饭，这是十多天来吃的第一顿热饭，格外的香。陈慎勤对陈慎洲说：“我们两一同下山都有可能牺牲。按照组织要求，你继续隐蔽，我下山见机行动。”两人握手道别，这一别，却是他两人永别。

陈慎勤首先来到兴巴交界的牛脑壳包革命烈士王发祥家中，看望王发祥妻子王朱氏及其幼小的儿子王朝海，把身上仅有的两块银圆送给王朱氏母子，并说：“王发祥是英雄好汉，他没有死，他的精神永存。我们活着的人一定要向国民党反动派讨回血债。请你们擦干眼泪，继续为革命工作，英雄的土壤一定会产生新的英雄。”

辞别王朱氏，陈慎勤来到茅草坝杨直亮家中，不见春山笑，只见昔人哭。得知杨直亮的妻子廖月秀带着不满周岁的儿子在黑沟一家牛圈楼上草堆里躲过了邓维楚的搜捕。当时敌人打开牛圈，廖月秀怕不懂事的儿子哭，用手死死地捂住儿子的嘴，儿子几乎窒息。陈慎勤深受感动，给廖月秀写了一张纸条："若有困难找我父亲接济。"

趁着夜色，陈慎勤先后走访了陈大斌、蒋英才、曹友娣等10多个烈士的家属，烈士家属们充分感到党组织的存在与温暖，"抽筋、拔毛、剥皮"的愿望终究能够实现。

陈慎勤频繁地出现在烈士家中，引起了地方总团练长的注意。

1931年新年的鞭炮声刚刚响过，陈慎勤再一次潜回家中，被其叔伯哥哥陈慎维发现，鸿门宴上的歃血盟誓彻底决裂成了一道血淋淋的伤痕，现在局势突变，优劣凸显，正是同宗不同心的兄弟兑现诺言的时候了。陈慎维带着乡丁在他家蹲守多日，他闪电般地来，闪电般地去，玩起了猫捉老鼠的游戏。陈慎维避开团丁对陈慎勤妻子严昌秀诉苦："精堂兄弟大有将相之才，一看就是一个带兵打仗的人。祖上几代都是出武举人的，将来翻了天，精堂就是我们的骄傲，我们陈氏家族都要沾光啊。唉，时运不济啊，遇到这样的世道，兄弟长时间在外面躲，吃的苦遭的罪比牲口还多。唉，躲也不是长远之计，这段时间风声小了，邓维楚也回秭归县城过年去了，不如回家重新拉起队伍……唉……"装出欲言又止的样子，低声说："他要干，要枪，我打得出主意"，装出很诚恳的样子并耳语道："嫂子啊，这世道乱啊，国民党这样害人坐不稳江山，你莫看到我表面上给他们当差，我是被逼的呀！我今天就是来给精堂报个信，叫他回来重新拉起队伍搞就是，我也睁一只眼闭一只眼，只要不出大乱子，我就是个瞎子。"严昌秀将计就计地说："那就麻烦哥哥多操心，女儿庸芝天天吵着找爸爸，哪个女人愿当寡妇？以后还求哥哥给精堂找一个混饭吃的差事。”陈慎维点点头，径自走了。

隆冬季节，仙女山顶已戴上了雪帽子。天气阴沉，寒风劲吹，梨子树上仅剩的几片叶子飘落下来，柏树枝顺着一个方向发出呼呼的声音，一阵旋风，纸屑摆开独脚舞的姿势呜呜旋转。水田的水面结了一层厚厚的冰，小孩子用石头砸了几次，也只能留下一道道白痕。风夹着雪漫天飞舞，按理说，野外连一个虱子也藏不住了。

陈慎维头戴盆耳帽，将两个耳巴子放下来，偶尔还将双手拢在嘴上吹一口气驱寒。陈慎维身后两个乡丁腰杆还是挺得很直，手里提着一壶酒来到陈孔升家，“孔升叔”叫得格外甜蜜，见面就拉扯亲戚关系，关心老寒腿的病发作没有。陈孔升看不惯陈慎维给国民党办事，更不想与他有什么纠缠，黑着脸望他一眼，拿出长烟袋在门槛上敲得砰砰直响。

陈慎维又说：“孔升叔，伸手不打笑脸人，何况我们还是一根木头上发的枝。今天我就打开窗户子说亮话，别人说读书化愚，我看精堂兄弟书越读越蠢，认不清形势。识时务者为俊杰，陈孝浚、陈孝洁靠读书取得功名，他倒好，以为读了《水浒》就有十八般武艺？好端端的家不顾，整天搞些‘共产共妻’的事。我看这次精堂算是摊上事了，而且摊上大事了。皮团长说，跟着他干，是出路，跟刘子泉干是死路。不知您听说过没有，刘子和的父亲和一个弟弟都给县衙里割了脑壳。”

说完故意停一停，观察陈老爷子脸色，当听说刘子和的父亲掉了脑袋，陈老爷子身子一抖。陈慎维以为时机成熟了，拉长声音说：“可惜啊，我要是有精堂兄弟一肚子诗书就好了，也许早就弄个省参议员干干。皮团长叫我打个前站，给您带个话，如果精堂愿意跟皮团长干，保证给精堂一个副团长干干。不出三年，保证您重修走马转角楼。如果他不愿跟皮团长干，写一个自白书也行，我在上峰面前美言几句，保他无事。”陈慎维像自说自话一样说了半天，陈孔升也不答一句话。一计不成，又生一计，陈慎维动员陈孔升写一个声明，全家人与陈慎勤划清界限，互不来往，免得步刘子和父亲的后尘，也被断然拒绝。

陈慎勤与陈慎维两人在鸿门宴上赌了咒，你走你的阳关道，我走我的独木桥，两人信仰不同，道不同，不相为谋。按下湾老农的话说“尿不到一个壶里去了”。陈孔升知道劝说儿子退出共产党是不可能的，他是“吃了秤砣铁了心”，陈孔升黑着脸说：“我也不跟你转文了，陈慎勤是我儿子，我与他永远是父子关系，子大爷难管，打断骨头连着筋，我不怕受牵连。”

陈慎维从牙缝里挤出一句话：“冬天来了，要下雪了。我把丑话说前头，世上没有后悔的药。我做到仁至义尽了，杀了头莫怪我没打招呼。”说完带着两个乡丁提着一壶酒灰溜溜地走了。

官田岭“剿共”指挥部按照乡保限时交人的政策，一天三催如同催命，皮秋宾多次警告：不交人就交帽子。两条大鱼有了动向，张开的网又无法收拢。陈慎维作为统管高桥一方的行政长官急得坐立不安。皮秋宾指着陈慎维的鼻子说：“龚家桥犯上作乱的都是你陈家人，你曾跑到秭归去找我，要我来平息你家内乱，我已给了你权力，为什么漏网的大鱼都是你家兄弟？是不是你在与我玩把戏？再这样下去，你的脑袋在不在你脖子上都很难说了！”陈慎维早已吓得哆嗦不已，语不成调，多次表明他与共产党势不两立，他绝不是猫跟着老鼠跑的人。陈慎维受到皮秋宾的责难后，恼羞成怒跑回家，决定出卖老祖宗的家底——釜底抽薪，直奔陈家寨。

虽然陈家寨近在咫尺，不到兵荒马乱，陈家人是不会躲进老祖宗修建的城堡的，其秘密机关只有族长知道。陈家寨坐落在洛坪村羊圈岩屋西边的半山腰上，树木参天，遮天蔽日。如果不到猴子梁上或泡桐树岭，很难见到其痕迹，比万仙洞还险。站在陈家寨山顶，下湾、洛坪尽收眼底。从青树包下方沟里攀岩过涧，穿过茂密的柏树林，进入一片松林，在绝壁岩与松林相间向阳的地方，有一块10多亩的良田，专门用来种粮食和蔬菜，以解战乱所需。穿过良田下方，进入一片花梨木山，转向姚家坡，便是“绝壁万丈垂藤帘，愁死老虎猴断肠”的陈家寨。即使走到陈家寨下方，不识其机关，也难以靠近。陈家人在绝壁上凿了三个石眼，而且在排列顺序上做了手脚，第一步必须是两只手交叉才能攀爬，出手顺序错误就无法抵达第二步。三步攀爬结束后又在脚下设置了机关，经过十几米的攀越之后，进入天堑栈道，才能进得洞来。

陈慎维让十几个枪丁埋伏在离陈家寨300米开外的良田下方，单枪匹马地来陈家寨下方探访，仔细观察树林中的脚印，断定陈慎勤藏身在此。

他就拉开喉咙喊：“精堂兄弟，快出来拿干粮。”喊了十多遍也无人应答。这招不奏效，陈慎维又改变主意喊道：“精堂，我今天来是给你送信的，昌秀嫂子叫我给你带个信，你的女儿庸芝出疹子，全身浮肿，日夜叫喊要爸爸。兄弟，我是不会出卖本家兄弟的。你女儿病得快不行了，你不回家看看，你还是个人吗？”

女儿病得不行了就像一把尖刀戳在陈慎勤的心肝上。陈慎勤也清楚，即使这个时候寨下埋伏一千人，对他也无济于事。陈慎勤探出头来隔空喊话：“你说我不是人，难道你是人吗，你作为伯父难道眼睁睁地让庸芝去死吗？”

陈慎维暗喜，终于证实陈慎勤躲在陈家寨。于是假惺惺地喊道：“我已找陈庸盛给庸芝弄了药，庸盛说用药外敷让疹子发出来，只要注意保暖和不吹风，很快就会好的。”

听到这些，陈慎勤一直揪着的心稍稍平静了些。

陈慎维又说：“我在皮秋宾面前给你说情了，他说‘浪子回头金不换’，其实共产党与国民党就是手心手背的关系，叫你跟他干，当个团长或副团长易如反掌。”

陈慎勤早已识破堂兄的伎俩，黄鼠狼给鸡拜年——没安好心。陈慎勤问道：“你说是手心与手背的关系，一只手不能相互攻击，而你非要自残，硬要把手背往石头上碰。手背坏了，一只手也就完了。我劝你还是不要与共产党为敌，你还记得曹植的七步诗吗？煮豆燃豆萁，豆在釜中泣。本是同根生，相煎何太急？”

陈慎维无法应答。陈慎勤顺口拈来一首诗：“一对麻雀并排飞，一只瘦来一只肥，瘦的单找夜路走，肥的专往亮处飞。”因为陈慎勤比陈慎维个子高大一些，而且比他略胖一些，故以肥瘦作比。

陈慎勤口头上答应“考虑”，支走了陈慎维。

探访陈家寨，陈慎维弄清了三个问题：一是陈慎勤没有死；二是下湾共产党仍然在活动；三是下湾区共产党仍有可能卷土重来，星星之火，可以燎原。从此敌人在陈慎勤家进行铁桶式的监视。

一日深夜，陈慎勤绕道茅草坝找到曹友娣的亲戚，想请他转告曹友娣的丈夫陈本善：“只要有党组织在，我们就要与敌人斗到底。”

陈慎勤在茅草坝活动时被眼线发现，密报邓维楚。邓维楚听说陈慎勤已进入他的埋伏圈，两手一合，做了一个掐脖子的动作。手一挥，带着一群人直接赶往下湾。

一个寒冷的深夜，陈慎勤走到梨子树垭学了一声猫叫，他家的门吱的一声响了。两个黑影从梨树上飞下来扑倒了陈慎勤，厮打声“啪啪”作响，妻子严昌秀深感大事不妙，连喊“娃子爸，快跑”。接着四周响起了密密麻麻的枪声，灯笼火把次第点燃，把下湾照得如同白昼。数十个敌人饿狼似的扑来，枪托乱舞，火光齐明，陈慎勤夺过枪支，连扫三个团丁，敌人用甩绳的办法，套住了陈慎勤的脖子，因身负重伤，寡不敌众，不幸被捕。

陈慎勤被捕后，提了一个要求：看女儿一眼。这一切被严昌秀母女看得一清二楚，陈慎勤咬紧牙关奋力挣扎一次，母女就如针扎一次。三岁的小庸芝连连呼唤："我要爸爸，我要爸爸。"陈慎勤再也控制不住自己的感情，眼泪夺眶而出，连唤三声"庸芝，庸芝，我的儿。你要给我记住今天是些什么人捉住了你爸"。小庸芝见到五花大绑的爸爸，跑进厨房拿来菜刀就要割爸爸身上的绳子，孩子蹒跚跑着，厚重的棉裤显得十分笨拙。一个团丁夺下了她的刀，孩子一个趔趄，摔倒在地上。陈慎勤奋力反抗大骂，"畜生、畜生，连一个孩子都不放过，你们还是人吗？"为首的总团练长说，"这就是你革命的下场。"边说边命令团丁将一根绳子直接勒到他的嘴里，再也发不出半点声音，一个高大的汉子倒下了，被敌人从自家门前拖走了。

严昌秀牵着孩子追赶，孩子声嘶力竭地喊道："爸爸，爸爸，我要爸爸——"

陈慎勤被押往官田岭，邓维楚立即命令保卫团100多人列队向天空鸣枪庆贺。邓维楚对陈慎勤说："虽然我不能与你同侪，但可同庚，你我都是英雄豪杰，你的到来，给我们官田岭增色不少，值得庆贺！"

"邓维楚，闭上你的臭嘴，你算什么英雄豪杰，你只不过是一个吃人肉喝人血杀人不眨眼的刽子手！王八蛋！不得好死！"仇人相见，分外眼红，陈慎勤挣脱人群，一头撞向邓维楚。

邓维楚胖胖的身子向旁一闪，狞笑道："陈大队长，我今天也来一个石板上栽菜——现过撇。我倒要看一看谁不得好死。"邓维楚向打手一挥手"动刑"。

敌人把陈慎勤推进一间审讯室，强行按在老虎凳上，将身子捆在木柱上，两只腿用绳子捆紧，在木墩上加砖往上抬，当加到第二块砖时，脸色变紫，血压升高，浑身如蚂蚁爬行，腿上的肌肉如吹饱的气球即将炸裂，汗水湿透衣背。陈慎勤咬紧牙关，一声不哼。敌人立马提来一桶冷水泼在他的身上，血压突降，全身发冷，胸膛有一股冷气直灌头顶，手脚抽搐。打手说这是给他上的第一道菜，名字叫作冰火两重天。

打手们按照“你想活活不了，想死死不了”的生死法则，又给他上第二道菜——猴儿抱桩，手的大拇指与脚的大拇指捆在一起，将人悬空挂在老虎墩上，用一个硬木钉从两指中间钉下去，轻则脱皮，重则骨碎。两道酷刑用过后，陈慎勤已经奄奄一息，却仍然不愿写自白书。

陈慎勤被关押的第三天，邓维楚亲自“下厨”给他上第三道菜：将十七位烈士行刑时的照片拿过来让他看，怒目圆睁的陈大斌、皮开肉绽的曹友娣、挖了心肝剜了生殖器的杨直亮、点天灯的王发祥……每张照片都是一把尖刀，刀刀插在他心脏。陈慎勤脸色瞬间变白，嘴唇发紫，四肢痉挛。一口鲜血喷涌而出，不省人事。

邓维楚狂笑不已：“我的每道菜都有不一样的味道，吃得陈大队长道道见血，好菜，好菜。下回捉到陈慎洲也弄这几道菜款待，争取再搞几个新鲜菜。”

群众说，邓维楚常常是两只眼睛分开看人，一只看到的是囚犯，一只看到的是钱。两只眼睛合起来看人就是“枯竹子熬得出油来”或者说“用你的油炸你的骨头”。

第五天，邓维楚放出话来：可用钱赎人。这条消息传到下湾父老乡亲耳朵里，就像一个在洪流中挣扎的人抓到了一根稻草，乡亲们想方设法营救。陈慎勤参加革命后把大部分家产都分给贫雇农，妻女靠几亩薄田勉强为生，家中已到了山穷水尽的地步，再也拿不出一分钱。严昌秀母女以泪洗面，陈孔升发动几个儿子捐款并向亲戚朋友借债，共凑齐 800 块大洋亲自给邓维楚送去。

邓维楚见钱眼开，安排父子俩见最后一面。陈慎勤深情地对父亲说：“我选择为穷人闹翻身求解放没有错，我自从加入共产党信仰不会变，他们用您对儿子的疼爱来诱降，这件事办不到。爹，我是他们眼中钉、肉中刺，只要看到他们像打了鸡血似的兴奋劲，我就知道这是一场盘剥钱财的骗局。您就是给他十万八万，他还会用上峰的命令来要我的命。如果要活命，只有刘子泉、黄大鹏来劫法场。现在红军去向不明，我又没与组织联系上，我生存的希望很小很小。”

老父亲老泪纵横，准备典当全部家当。陈慎勤动情地说：“陈大斌被他们砍了头，还抄了家；杨直亮与乡团总是拐拐亲，不仅被他们挖了心肝下酒取乐，还收走了他家的水田。陈大斌、杨直亮、王发祥的昨天，就是我的明天。爹，不要再借钱了，您上当了。他们为了追捕我花了九牛二虎之力，是不会放过我的。革命就会有牺牲，我忠孝不能两全，这辈子不能报答您的养育之恩，只有下辈子再做您的儿子来报恩了。”

父亲泪流滚滚，泣不成声。望着父亲佝偻的背影，陈慎勤咬紧牙关，用拳头猛砸牢房，高呼“打倒国民党反动派”。

当天晚上，敌人为防止苏区游击队营救，把陈慎勤转移到鸡公岭一间牛圈里，外面加派一个班的人看守。牛圈里臭气熏天，每一分钟都是煎熬。

1931 年 2 月最后的一天，陈慎勤家里再也榨不出一分钱了，敌人秘密地把他押上了刑场——官田岭天坑边上。

陈慎勤大声斥责邓维楚之流：“邓维楚，你给我站出来，你要杀我，偷偷摸摸干什么？我男子汉顶天立地，你把乡亲们给我喊来做个证人，我愿意像陈大斌、曹友娣、杨直亮昂首挺胸去死，让乡亲们给我送行！”

邓维楚疯疯癫癫地跑来，把自白书送到陈慎勤面前，被陈慎勤撕了个粉碎。

陈慎勤幽默地对邓维楚说："邓维楚，你听说过眉间尺的故事吗？你们就是把我的头砍下来，我也会把你们拉到阴曹地府，替官田岭牺牲的烈士与你索命，我会像眉间尺一样，把你的头咬个稀烂。我可以充满信心地说，再过二十年有千万个眉间尺找你们来索命。"

刽子手们把陈慎勤推搡到天坑边。他深情地望着下湾：乡亲们，再见！他振臂高呼："共产党员是杀不绝的，血债还要血来还！""中国共产党万岁！"

一声枪响，陈慎勤高大的身躯倒在血泊之中，年仅27岁。

## 九、肝脑涂地霄天汉

为保存革命实力，箩稗子惨案前夜，陈慎洲、陈慎勤接到县委转移的命令，迅速安排苏区及游击大队队员隐蔽。当他们返回区政府取回重要文件离开还不到一袋烟的工夫，"剿共"团100多人团团包围了区政府，屋里屋外搜了个底朝天，结果是人去楼空。

陈慎勤从郑家沟躲进了仙女山，陈慎洲顺河而下躲进了陈家寨。

共产党员决不能当逃兵。共产党员在革命处于低谷时期更要保存革命力量。这两个问题同时在陈慎洲脑海里出现。白天躲进陈家寨，晚上潜下山了解情况，他告诫自己一定要沉着冷静。

陈慎洲在陈家寨、二龙沟、黎家槽、仙女山、小龙躲了一个多月，在小龙转包上一间石头屋里落了脚，石头屋名曰"石头斋"，方圆十里只住着一对60多岁的老夫妻，老头名叫谭青山，是一个破落秀才，膝下无子，家中又无劳力。谭青山会看相，见陈慎洲面有菜色，却气宇轩昂，将来必成大事，但又见他整天双眉紧锁，加上官田岭箩稗子惨案发生，面部表情凝重。谭老头试探地对陈慎洲说："先生双目如镜，洞察心扉，视他人如同飞禽走兽，但近日面如菜色，莫不是遭受过血光之灾，或身负命案被人追杀？"这句话似乎说到了陈慎洲的痛处，他浑身一颤。他估计老夫妻也是受苦人，不然不会沦落到这孤山野洼居住。陈慎洲解开衣服，把手枪往桌子上一放，向老夫妻行了一个拱手礼："先生料事如神，实不相瞒，我现在的确是遭受血光之灾，被人追杀。我是下湾区苏维埃政府干部。望老先生让我在此休整两天。"老头听说是苏维埃政府的人，仰慕之情油然而生，遂与陈慎洲彻夜长谈，待其如贵客。二人共斥贪官污吏、共恨苛捐杂税、同怒棒匪掮客、齐骂汪贼变脸，阳奉阴违，两面三刀。两人相见恨晚，一老一少结为兄弟。

陈慎洲从谭青山口中知道官田岭杀害了一大批共产党员，心情十分沉重。无论如何，陈慎洲是坐不住了，一定要回去看望一下同生死共患难的战友。陈慎洲决定发展谭青山（后来经黄大鹏介绍加入了党组织，为后来的教导第二师转移做出了贡献）为入党积极分子，将谭家石头屋定为小龙联络站。

陈慎洲在谭青山家休整了一天，他带了点干粮，从仙女山过胡杨树湾，下白梨子树湾，在一个雷雨交加的夜晚回到了下湾。动员群众安葬革命烈士，鼓励还没有被捕的游击队队员、农会干部静观动态，继续革命。在蒋英才家，陈慎洲还给王发祥家属写了一封信，鼓励革命家属充分相信革命，只要共产党在，红军游击队是会回来的，烈士的血不会白流。

当时苏区共产党员、农会干部损失 80%，革命处于低潮，敌人为了捉拿苏区领导人，悬赏重金。巴兴归"剿共"联防指挥部发出告示：捉拿下湾区领导人陈慎洲、陈慎勤，各赏 200 块大洋。

陈慎洲在家中或是在下湾随时都有被捕的可能，危难时刻黄中立来到下湾开展地下工作，对他启示很大。他也想扮成货郎子行走江湖，伺机东山再起。他委托四哥陈慎湖偷偷变卖家产，悄悄给妻子黄世杰说：“共产党的事业是正义的事业，许多人为追求信仰、追求真理，为穷苦人闹翻身求解放掉了脑袋，值得！最后的胜利一定是属于共产党的。我陈慎洲，已与国民党反动派结下了不共戴天之仇，按党组织要求我们要转入地下工作。我还会回来为牺牲的同志报仇的。”说完用手抚摸着儿子陈庸贞的头，深情地看了母子一眼，多么的不舍啊！

东方有了鱼肚白，穿上长衫，带着70块银圆消失在皮肩沟里……

陈慎洲离开家门的这一天，像钉钉子一样钉在黄世杰心里，农历九月二十三日，是烈士五七的日子。每逢七日祭，黄世杰就要带着儿子去周家坡山顶，给儿子陈庸贞穿上粗白布上衣，算是戴孝，望着官田岭，双手合十，跪在地上，嘴里念道：“陈大斌”，用树枝画一个圆圈；“杨直亮”，用树枝画一个圈；“蒋英才”，再画一个圈。一共画了17个圈，也烧了17刀纸钱。嘴里念道：“慎洲的兄弟姐妹们，你们的儿子庸贞给你们送钱来了，你们在阴间也要跟他们斗啊，我相信你们会保佑慎洲平安归来。”说完已成了泪人，眼睛转向皮肩沟——丈夫消失的方向，又是一阵祈福。

陈慎洲深深地眷恋着下湾这块火热的土地，他多么渴望红军回来保护这片土地。他深信红军会回来，如果回来了找不到自己，这不是给革命带来巨大损失吗？他翻过仙女山找黄大鹏。黄大鹏说要向鄂西北发展。陈慎洲化装成采药人从龙门河往神农架沿途寻找，没想到在背褂子岩不幸摔断了腿，幸好被一个绰号叫周猴子的老农搭救，周猴子本名周春猴，可他成人后，脸上有了络腮胡子，乡亲们就叫他周猴子。周猴子找来土郎中给陈慎洲接骨斗榫，疗伤三个月，才把腿治好。陈慎洲与周猴子结下了深厚友谊，他把农民协会、共产党、土地革命这些新鲜词儿告诉给了周猴子。

周猴子看着眼前这个浑身是胆的人，告诉他，年前有一支部队在红花打了一仗，据说是共产党的队伍，国民党的头目叫贾团长。陈慎洲眼前一亮，问国民党死了人没有，周猴子说好像是死了好几十个人。陈慎洲听到这个消息，高兴万分。背褂子岩位于大酒壶西边一个高山上，红花在兴山境内，如果一露头，很有可能暴露身份。为了寻找组织，他往木鱼方向赶，向红坪方向追。沿途老百姓证实确是红军的队伍，并说向房县方向去了。

陈慎洲赶往松柏，听说共产党早过保康了。他扮起了货郎子，在松柏采购了一些花线、荷包、丝巾、女性化妆品，还有剪子、菜刀，挑着担子，手中拿个拨浪鼓，沿途贩卖。

1931 年 8 月，陈慎洲只身来到宜昌，从一张报纸上知道贺龙军长来到了兴山、当阳、远安。这条新闻极大地鼓舞了他，证明红花之战是红军打的无疑，经多方打听，那还是三个月前的事。他顺着报纸上的地名，沿途寻找。10 月，他又从保康向宜昌出发。突破层层封锁，在荆门见到了他日思夜想的红军首长。

首长告诉陈慎洲兴山革命根据地目前处于低谷，大批共产党员惨遭屠杀，希望他回到根据地，重新组织革命。红军队伍会从恩施方向重回根据地。陈慎洲掏出身上的钱全部捐献了红军，首长回赠他一把匕首并告诫他：“革命烈士的血不能白流，要组织群众团结起来，彻底铲除土豪劣绅，你是区委书记、区政府主席，不能跟部队走。共产党员就要当一颗铜豌豆，砸不烂，煮不化，更经得起风吹雨打。”陈慎洲热泪盈眶，毅然回到巴兴归革命根据地。

1932 年 2 月 4 日深夜，逃离家乡已有一年之久的陈慎洲回到了下湾，妻子黄世杰悲喜交加，7 岁的儿子庸贞抱着爸爸问这问那，亲热不止。可还有个小脑袋钻出铺盖也跟着叫了一声爸爸，这个小脑袋不是别人，正是陈慎洲铲除恶霸地主陈孔裕时，那个无爹无妈的壮举。陈壮举的父亲当时被镇压，亲眼看着父亲咽了气。陈慎洲用手抚摸着这个无爹的孩子，现出格外疼爱的神情，并将一把糖果给两个儿子各分了一半。妻子黄世杰告诉丈夫陈慎洲："待在家里不稳当，山上、老林里到处都是眼睛。"陈慎洲耳语几句，带上匕首，拉开门，躲进了周家坡背后岩屋里。

在岩屋里待了两天，没有半点动静。

2 月 5 日除夕，大多数百姓选择在晚上团年，家家户户鞭炮此起彼伏，罐子炮响彻云霄。黄世杰正为一家人的团年饭忙得不可开交。夜色降临，黄世杰提着饭盒子对 14 岁的壮举说："把饭送到周家坡岩里的大石包旁，快去快回，我们好团年。"大石包是小壮举经常玩耍的地方，小壮举高兴地提着饭盒给"爹"送饭去了。这小子把饭放到大石包旁，并把手拢在嘴上"哟喝"一声就走了，他并没有回到黄世杰身边，而是跑步回到了他老家几个叔叔婶娘身边……

陈壮举的叔父获知陈慎洲躲在岩屋里的消息后，胜过三伏天里吃西瓜——甜透了心。他丢下碗，火速去给总团练长陈慎维送信。陈慎维喊了十几个喽啰带上他的儿子、孙子，带着火把、马灯摸黑从周家坡山顶接近岩屋，陈慎洲吃完饭躺在石板上休息。突然十几个人出现在岩屋里，里里外外把他包围起来。十几个喽啰蜂拥而上，闷棍如雨点子似的砸下来，陈慎洲身负重伤，几根绳子捆在他的身上，动弹不得。瞬间，火把、马灯照亮了整个周家坡。枪丁们将陈慎洲的嘴堵起来，把他倒拖下山。

陈慎维走到陈慎洲面前故意将鼻子吼几吼："别人说'三十年河东，三十年河西'，我看是'三十天河东，三十天河西'。这次我要与你陈慎洲算总账，你还记得你歃血为盟的雄黄酒吗？这次让你也尝尝尖刀子的味道。"为了扩大声势，陈慎维高声对向家湾喊道"陈慎洲被我抓到了"。

敌人捉到陈慎洲第一件事就是将其拖到陈孔裕家死去的儿子儿媳坟前，

要他下跪磕头烧纸。陈慎洲示意解开他的绳子取下他嘴里堵塞物，敌人以为他会给陈慎维低头认罪。当一个枪丁把他嘴里的毛巾掏出来时，他顺势就狠狠地咬着对方耳朵不放，迫其给他松绑。在众枪丁的拉扯中，枪丁捂着血淋淋的耳朵跑了。

陈慎维带着十几个枪丁将陈慎洲押到陈孔裕坟前，有两层意思，一是表明他的胜利，二是讨好陈孔裕子孙，借机收钱。陈慎洲哪里肯跪，用脚踢开火纸冥钱盆，用身体撞向陈慎维。众人只好作罢。陈孔裕的孙子们摆好酒席，鞭炮庆贺。陈慎维当仁不让，高兴地坐了上席。但他时刻记挂着陈慎洲，怕他吃饭时有个闪失。

陈慎维笑着说："干脆把陈主席请到桌下陪酒。"几个枪丁把陈慎洲拖进堂屋，用绳子从头到脚缠了一遍，让其动弹不得。为防止逃跑，小壮举建议将陈慎洲捆在桌子腿上最为放心，众人连夸小壮举聪明，大家七手八脚把陈慎洲捆在桌子腿上。陈慎维为防止"主席不守规矩"，还在他脖子上加了一道活扣子绳子，稍有动弹就把绳子拉一拉，桌上的人放肆大笑，"事情再忙，雷公不打吃饭人，陈家书香门第也不缺护桌将军，人才啊人才。"嘲讽的话一串接着一串。在陈慎维心中就是剜陈慎洲一块肉下酒也不解恨，他将自己喝过的酒倒在陈慎洲嘴边的绳子上，为防止喊叫，早已用毛巾堵上了嘴。陈慎维说："甘罗十二为丞相，壮举十二抓仇人，真是龙生龙，凤生凤哟！我为陈家出了你这么个共产党书记、主席感到羞愧！"陈慎洲在桌下用尽力气掀翻了桌子，导致一顿美味有始无终，当然换来的是一阵猛烈的捶打，打得陈慎洲鲜血直流，打得鼻青脸肿，打得口中吐牙。

陈慎维怕走漏风声，夜长梦多，连夜把陈慎洲押往了秭归县城。

皮秋宾听说抓住了下湾区委书记、区政府主席陈慎洲，高兴得脚板朝天，双手捶打屁股，发疯似的叫嚷："天助我也！"为了新年有个好兆头，正月初二审判共产党领导人，象征权力再一次提升。在他看来，大年初二动刑，那才叫开门红呢！

皮秋宾连夜电告省政府：下湾区委书记陈慎洲被我抓住了。省政府回电祝贺，指示将其下入大牢。鄂西第一刽子手邓维楚奉命把陈慎洲下入大牢，戴上 30 斤脚镣手铐，独处一室，专人看管。有时还雇用三四个打手与他共处一室，让他们玩“拔毛、剥皮、抽筋”的游戏。皮秋宾问陈慎洲：“你的口号不是‘拔毛、剥皮、抽筋’吗？我今天反过来用在你一个人头上如何？”皮秋宾命人用杀猪佬的刨子刮他的皮，扯他的头发，陈慎洲一次次疼昏死过去。他们的残忍手段还没用完，又命人拿刀割开他的脚，准备玩抽筋的把戏。敌人用够了刑，又用软的一套诱惑他：只要他交代红四十九师行军路线，共产党鄂西特委领导人及苏区共产党人名单，既往不咎，还可在县里谋份差事。

陈慎洲放声大笑：“你们要抓的人全抓来了，要杀的人你们全杀了，今天要杀要砍由你们。你们不问我红四十九师到哪去了，我还要郑重告诉你们，你们快完蛋了，红四十九师已跳出虎口顺利转移，你们要问我们的领导，我也可以告诉你，一个叫作董必武，一个叫作贺龙，报上不是早就公布了吗？他们还专门叫我转告你，凡与人民群众作对的人都没有好下场，希望你们马上改恶从善，顺应历史潮流。”

皮秋宾、邓维楚审讯没有结果，反而被陈慎洲训斥一通。他们以为“冷处理就是好办法”，丢给陈一张纸写自白书。把牢门一锁，三天不提审。邓维楚第三天打开牢门时，只见撕毁的纸张散落一地。邓维楚气得目眦尽裂，用脚猛踢牢门，又一次暴露出吃人肉的凶残，他下令挖掉陈慎洲的一只眼睛、割下他一只耳朵。几个人难以将陈慎洲制服，正当他们左右为难时，接到上峰命令，要亲自审问陈慎洲。

1932 年 3 月 9 日，秭归县城，一派肃杀景象。上午 9 点，街上已响过三遍铜锣，人们纷纷赶往长江边九龙奔江的刑场。街上三步一岗，五步一哨，人群熙熙攘攘涌向河坝。

陈慎洲面容清瘦，步履平稳走向刑场，他昂着头用目光搜寻有没有龚家桥的老乡，有没有地下共产党员。走下河堤，陈慎洲频频向人群挥手致意，好像是一次远行。三个枪兵想夹着他走，他大声吼道："放开我，松开我的脚镣手铐，我要站着死，决不跪着生。"

敌人还是抱着最后的一线希望来到刑场，早早地为他准备了笔墨纸砚，对他说只要在自白书上签个字，就可活命。陈慎洲理也不理，昂头挺胸站在长江边的一个大石头上，整了整衣服，面向广大人民群众高声说道："为穷人闹翻身，我陈慎洲死得其所。革命一定会成功。"说完还将头发理了又理，环视父老乡亲，高举拳头，振臂高呼"中国共产党万岁！""打倒军阀，打倒国民党反动派！""胜利属于人民！"

随着一声枪响，陈慎洲倒在血泊里，一秒，两秒，三秒，陈慎洲抬起了头，怒视着邓维楚这个刽子手，敌人又连开三枪。陈慎洲睁着一双愤怒的眼睛，成了永久定格的姿势，时年 32 岁。

# 第四章 甘家坪事件

相公胡子生得恶，
九月十三把刀磨。
大刀磨断长江水，
小斧子砍头甘家坡，
好坏不分错错错。

叫声大哥刘子泉，
碰到书生李文轩。
提枪不该先走火，
砍柴不该把刀磨，
兄弟扛祸怪哪个。

——高桥丧鼓歌

# 一、风水宝地甘家坪

高桥人常说：树有根，水有底，说事就要打破砂锅问（璺）到底。

首先说说甘家坪。甘家坪地处巴东溪丘湾集镇西南部，与兴山县高桥乡贺家坪村接界。从贺家坪村委会抄小路，直上田家坪水库，经木马凳、艾家湾半山腰有五里路的横路穿过北湾顶部，越过山梁便是大垭，大垭下方便是甘家坪。

甘家坪也称甘坪，当地有句顺口溜：一座大山一个坪，三面绝壁猴难行，只有神仙来居住，大坪大塆是金银。甘家坪背靠羊角尖大山，山势挺拔，层峦叠嶂，云雾缭绕。山势呈梯级降落，降到最后一级，从下庄坡和溪丘湾远远望去，它就是悬挂在半山腰的大平台，只能见其岩不能见其坪。在三面绝壁的掩护下，里面藏了两个村，甘家坪村和牛峒坪村。

甘家坪土质肥沃，阳光充足，水源丰富，大坪大塆无山林相间，居住约有千人。甘家坪的人说：几百年来，无论遇到什么灾情，甘家坪人没有饿过肚子，种子撒到田里就能长出人见人爱的庄稼。农民张安同说：我们这个村再增加五六百人不会饿肚子，家家户户有余粮。

甘家坪是藏在大山褶皱里的一块风水宝地，兴山有个丰邑坪、巴东有个平阳坝、秭归有个水田坝，初看起来添人进口吃饭没问题，但屯兵和防守都比甘家坪差，甘家坪易守难攻，往背后山上跑上十分钟，上百人的队伍便会在大山里消失得无影无踪。

不知是从哪个朝代起，这里流传着一首民谣：甘坪一穴地，面朝鸡冠石，哪家能葬到，纱帽当斗笠。意思是那块地风水好，谁家能寻得此地安葬先人，谁家就要出大官，发大财。当地有个知名的风水师，知道墓穴的位置，但不敢对他人说明真相，因为风水师泄露天机眼睛就要瞎，这就是沿袭几千年祸福参半的缘由。甘家坪有户姓甘的富裕人家想得到这块风水宝地，就对风水师说，你告诉我，我多给你银子，如果你眼睛瞎了，我负责给你家养老养小。风水师认为，这么一块好墓地，不用那是太可惜了，于是信了甘家人的话，说出“墓地就在你家门前竹园里”。甘家听了风水师的话，把老祖宗的坟迁进了竹园，没过几年，果然发了大财，子孙也做了官，人丁兴旺。一天，风水师称家里遭了乱，找到省里做官的甘氏子孙借钱，这甘氏子孙在城里长大，非常瞧不起山里人，没有理睬这老头。风水师回家后，就对甘家族长说：你想甘家的子孙官再做大点吗？财再发大点吗？族长点头，风水师附在族长耳边耳语了几句。族长回家后，按照风水师教他的做法带着族人把坟前的竹子全砍了，没想到不过一个时辰，那砍倒的竹子都流出了血水，剖开竹子一看，片片都有了竹人竹马的形状，说明竹人竹马已经成形，并且踏上了马鞍。

甘家人大惊，知道上了大当。立即派人去找风水师，却已不见踪影。没过几天，皇帝派人把甘姓当官的全抓起来，以谋反罪论处。皇帝震怒，派兵前来清剿甘家坪，声明“只留甘家坪，不留甘家人”。到了这个时候，族长才想起来，只教育子孙读书做官，而忽视有恩的人，也就是忘恩负义，想纠正已来不及了。从此姓甘的人在此地死的死，逃的逃，改名换姓，把一个好端端的甘家坪留给了他人。

有人讨厌甘家人吝啬，干脆省略一个“家”字，故很多人叫这个地方为甘坪。

## 二、胜利属我曹

甘家坪是刘子泉策划举行巴东暴动“杀官夺印”胜利后，回兴山琚坪老家时发现的好地方，认为这里不仅可驻兵防守还可屯耕，可给养500人不需外援，建立鄂西革命根据地，建立苏维埃政府，条件得天独厚。

1930年5月16日，刘子泉、黄大鹏带领中国工农革命军鄂西游击大队500多人从甘家坪出发，经高桥白家坪、茶园、鸡冠岭分成两支队伍向兴山城进发，一路经梅子、纸坊河到秭归马营，再到兴山琚坪、棋盘垭、滩坪；一路经田家坪、官田岭、伍家坪至滩坪，沿路拔掉关卡。两支队伍在滩坪会合后，于17日凌晨，经皂角树过响滩，烧毁反动商会会长胡道生的“德丰城”商号，杀了举报张华甫的胡道生。然后兵分三路进攻县政府和保卫团。不到两个小时就将县城攻克，占领了国民党县政府，毙敌10余人，擒获10余人，获枪80余支，县长逃脱，余敌四散。游击大队占领兴山县城后，打开监狱，救出被捕的革命群众，没收了县政府的财产，让群众领回被保卫团抢去的财物。17日上午，鄂西游击队在大河坝召开群众大会，庆祝攻占兴山县城的胜利，追悼县委书记张华甫。会场上高悬镰刀斧头旗帜，两旁张贴着“张华甫精神不死”“金泰和遗臭万年”的挽联。刘子泉等在大会上讲话，宣传土地革命政策，号召工农群众行动起来，打倒土豪劣绅，推翻反动政府，实行土地革命。其后，游击大队在巴兴归一带不断游击，取得了多次战斗胜利，游击队员增至600余人。6月，游击大队随巴兴归县委来到滩坪，县委在此开会，根据鄂西特委指示，将中国工农革命军鄂西游击大队改编为红四军第四十九师。

1930年农历八月十八日，高桥发生了惨绝人寰的箩稗子惨案，红四十九师官兵极度震惊和悲痛。在发生箩稗子惨案前，刘子泉就接到了下湾区妇联主席曹友娣的消息，敌人在龚家桥、下湾大肆搜捕共产党人。巴兴归县委决定：共产党员就地转移隐蔽。根据红军侦察员侦察得知的情报：巴兴归“剿共”联防指挥部共计出动兵力1000多人，长枪700支，驻宜“剿共”清乡司令部刘和鼎部正规军有2000多人，随时准备增援。驻留在巫山、巴东的戴天民部也对巴兴归虎视眈眈。鉴于这种局面，红四十九师师长刘子泉认为，可袭击戴天民巫山、罗溪坝残部，再向房县进军，将根据地向西部扩展。

而此刻鄂西特委派党代表李文轩来巴兴归根据地指导工作，李文轩极力主张执行省委向宜昌发展的决定，坚持“猛打猛拼，打大仗，打硬仗”的阵地战方针。而红四十九师师长刘子泉坚持贯彻执行灵活的游击战。当得知发生了箩稗子惨案，全师上下极度震惊，刘子泉请求县委决定采取灵活的战术打击联合“剿共”团的暴行，却被李文轩拒绝而放弃。刘子泉从内心深处对比他年轻四岁的李文轩有了“乱弹琴”的看法，但表面上并没有直接反对。

根据省委五卅工作部署：红军要迅速完成巴兴归三县暴动，且向宜昌发展。1930年9月14日，红四十九师特务连报告：“兴山县丢枪之后呈报上峰，购得新枪80支，刚运到县，尚未散捆。”刘子泉当即决定这正是一次复仇的好机会，又与省委指示精神相符。决定夺走兴山的80支枪来壮大红军队伍。

1930年9月15日清晨，刘子泉率红四十九师战士和部分游击队员共500多人，从甘家坪出发，经木马凳下纸坊河，上秭归马营到兴山琚坪、普安，当晚宿营于平邑口。9月16日凌晨，天降大雨，部队冒雨分东西两路攻城，一路红军沿小河冲进东门，在彭家客栈附近击毙县保卫团一中队中队长郑立三，该中队乱作一团，死的死，伤的伤，缴枪投降；二路红军击溃二里半的敌军后，从西门攻城，两路配合，猛攻县政府。不费吹灰之力，保卫团土崩瓦解，保卫团团长金泰和带领少数人逃向塘垭，县长熊天枢如惊弓之鸟，从厕所里破墙而出逃向后山。

这次战斗打死打伤敌军10多人，收缴新枪80支，缴枪10多支，子弹数千发，还缴获了县政府方印，烧了县署和监狱，处决了李可祥等四名反动分子，并将没收的财物分给了贫苦百姓。红军还在县城张贴“共产党和红军爱护民众，不拉夫不派款”的标语及保护工商业的布告。

群众纷纷涌上街头，敲锣打鼓庆贺。红军在城隍庙召开大会，庆祝二次攻克兴山的胜利。刘子泉等在庆祝会上对红军宗旨、任务和纪律作了重要宣传，号召群众起来同反动势力做斗争。

为避免部队损失，保存红军实力，当天下午，在敌人还没到来之前，部队主动撤离兴山城。这种做法又受到了李文轩的质疑：在兴山城还没彻底清除国民党残部，县保卫团也没有消灭，是不是刘子泉只为了报个人恩怨。大战之际，部队从陈家湾、马桑沟、棋盘垭，到普安。天黑之前到达刘子泉老家据坪，处决了他的堂伯——罪大恶极的土豪劣绅刘文卿。部队直取滩坪，绕道百羊寨，下仓房岭、两河口，过小龙，回到了甘家坪。

红四十九师两次攻克兴山城，其作战方针、作战路线如出一辙。打出了声威，打出了战斗力，使部队逐渐壮大，巴兴归县委加强了对部队和苏区的领导。第一次攻克兴山县城后，县委提出“一杆枪再发展一杆枪，誓死保卫苏区”的战斗口号，没想到，诱发了国民党反动派对苏区的疯狂“清剿”。短短几个月，在下湾、黄粮、平邑口、榛子发生了大规模的“清剿”行动，苏区成了人间炼狱。第二次攻克兴山县城，红军机智快速的作战方法赢得了时间，让敌人摸不着头脑，甘家坪革命苏区得到发展。

第二次攻克兴山县城，使苏区人民看到了希望，鼓舞了革命斗志。 红四十九师在战斗实践中总结出“分兵以发动群众，集中以应付敌人”的作战经验。制定出“不攻坚，不打硬仗，避其锋芒，出其不备，猛攻速战”的作战原则。并逐渐明确了游击战的主要任务：一是坚决消灭豪绅地主的武装保卫团；二是领导农民反对苛捐杂税，没收罪大恶极的土豪劣绅的财产，分配给穷人和留作部队给养；三是在开展武装斗争的同时，还要做群众工作，扩大政治影响。同时要注意群众纪律，买卖公平，借东西要还、损坏东西要赔偿，利用作战空隙为民生产。红四十九师官兵不仅把群众利益牢记在心，而且自觉遵守纪律。红四十九师的思想政治工作，为反“清剿”和两次攻克兴山县城的胜利起了极大的作用。

为鼓舞士气，政治部主任潘兆麟编写了《胜利属我曹》三句半和《三大纪律歌》在红军中传颂。

《胜利属我曹》[1]三句半如下：

敌人来围剿，枪有几百条，我们看起来，算屌；
团防来清乡，百姓遭了殃，首饰和衣服，抢光；
红军力量大，同心把敌杀，大家冲上去，不怕；
兴山金泰和，是个偏脑壳，不要放跑他，活捉；
坏蛋金皮毛，装腔又作调，听到枪声响，飞跑；
一群小走狗，偷肉又抢酒，打仗向后转，丢丑；
敌人来攻山，扔下手榴弹，头破又血流，完蛋；
镰刀斧头飘，胜利属我曹，作恶自有报，难逃。

《三大纪律歌》如下：

---

1 见《中国共产党兴山历史》第一卷 97 页。

第一，要服从革命命令，听从官长指挥，虽然困苦艰难，坚定革命意志，力求得到最后胜利，没有命令死不退却；

第二，缴获物资要归公，严禁私自没收，无论一行一动，顾及团体利益，刻苦自励，廉洁自守，时常注意不要贪污；

第三，严守阶级纪律，拥护工农利益，身虽饥寒交迫，不要扰害贫民，我们都是工农出身，不要忘掉阶级纪律。

## 三、唇枪舌剑起纷争

红四十九师绕道回到甘家坪后，进行了休整。

休整期间，1930 年 10 月的一天，中共巴兴归县委与红四十九师召开联席会议，总结第二次攻克兴山县城的经验教训。

在联席会议上，有一张新面孔坐在主席台中央，不苟言笑，表情十分严肃。这个年轻人穿一身崭新的灰布军装，戴着一副黑边眼镜。他嘴唇有些单薄，一口整齐、洁白的牙齿给人留下深刻印象，严肃的脸偶尔也会展开娃娃般的微笑，掩饰不住年轻的活力。

县委书记胡荣本向全体与会人员介绍："省委书记柳克明同志和鄂西特委周逸群同志非常重视巴兴归革命根据地建设，特别是红四十九师的建设，给我们派来了党代表、巡视员李文轩同志。"

李文轩站起来，斯文地点点头。

胡荣本接着介绍："李文轩同志年纪比我们小，还只有 21 岁，可马克思主义水平比我们高。他是刚从共产国际东方大学毕业的高才生，在鄂西特委工作了一段时间，派往我县已有十多天了，对我们的工作已经很熟悉了。

下面请李文轩同志传达上级指示。”

李文轩代表上级党组织发表了简单讲话，要求层层总结经验教训，逐级上报，部队连以上干部及县委、政府领导都要做述职报告，各自准备一天，第二天晚上再开会，他将深入连队搞调查研究，听取同志们的意见。只开了半个小时的会议，宣布散会。

县委干部和官兵们小声议论：党代表就是党代表，留苏的大学生马克思主义水平就是高，注重调查研究，水平比我们高一筹，说话干脆、果断，不拖泥带水。我们的苏区有希望，我们的部队有希望。大家沉浸在打胜仗的兴奋中。

第二天，万仙洞上方被初升的太阳映照成一片金黄。刘子泉、黄大鹏在将军岭侦察地形，准备修防御工事。警卫员小宋匆匆从司令部赶来，通知他们迅速到县委会开会。

刘子泉来到会议室，张光乾、严昌奎迎上前把刘子泉送上主席台，李文轩抬头望了他们三人一眼，又低下头。

会议的议题就是总结经验，刘子泉率先发言，他说：“这次情报准确，出兵迅捷，迂回前进，麻痹了敌人，为苏区人民报了一箭之仇。”

张光乾站起来说：“刘师长用兵如神，知道二里半防守严密，趁夜突然袭击，敌人连裤子都没来得及穿，有几个赤条条就跑了，恰逢前面有五个红军战士把守，赤条条的人成了目标，一人跳河，两人像无头苍蝇乱撞，慌不择路，跑进了河边牛王刺中，只好乖乖举手投降。三个战士一拢身，两个赤条条的人双手捧着雀子哭！”

大家捧腹大笑，这一下引得大家争相发言。

严昌奎说：“偏脑壳金泰和从后沟里跑了，如果我再快几步就把他抓住了，可惜可惜！”

刘子泉说："有什么可惜的，他还会为我们准备枪的，放他一马好！"

李文轩、胡荣本看到刘子泉得意的样子，陡生一种说不出的厌恶。李文轩把笔在桌子上顿了顿，叫他们注意阶级感情。大家才发觉李文轩是红四十九师第一个使用高级水笔的人，水笔笔顶的铁珠闪闪放光。

大家打开了话匣子，有相互提意见的，也有相互批评的，畅所欲言，均不计较。

胡荣本给刘子泉提了一条意见："刘师长注重个人威信培养，忽视红军形象。如两次攻打兴山城，沿途老百姓不知道是什么队伍，以为又要烧杀奸掳，老远看到部队来了就跑，特别是第一次攻打兴山城时，我们没有统一服装，老百姓跑很正常，你就应该说明我们是红军，而你高喊'不要怕，都是我刘子泉的人'。"

李文轩瞄了一眼刘子泉，唰唰地记着笔记。

胡荣本的批评勾起了黄大鹏的回忆，他说，第一次攻打兴山城部队撤离时，刘子泉最先在响滩上了岸，部队乘渡船过河非常慢，只过河了100多人，不到一半，刘子泉不等后面的部队，率先带着人走了，让他在后面做战士工作。假若敌人来了，后面的部队不是活活送命？他在会上批评了刘子泉自由主义作风。

因为刘子泉带走的恰是严昌奎、张光乾两连队。严昌奎在会上与黄大鹏发生了争执："我们两个连有一部分战士不怕水，自己泅水过河，有两个连队，连长就不敢下水，等船接送，当然速度慢。我的战士受了严寒，要找火烤干衣服，何错之有？"

黄大鹏、刘子泉及部分干部参与讨论，李文轩看到争论不休，甩了杯子，拍了桌子，大声说："不要吵了！"

李文轩石破惊雷的脾气，让会议室寂静下来。

刘子泉接着说:“大鹏,我与你哥是生死战友,你哥死后,我就是你大哥,我绝没有把你推进虎口的意思。”

黄大鹏的哥哥同刘子泉是省立师范同学，在第一次神兵杀官夺印后，黄大鹏的哥哥被还乡团杀害。黄大鹏正是因为哥哥才结识了刘子泉，没想到总结经验教训的会议，因胡荣本、黄大鹏的批评把矛头指向了师长刘子泉。

李文轩第一次对刘子泉提出了严厉的批评：“刘师长，我知道你以神兵起家，还受特委指示打入过国民党的部队，做过军官，并且还是团长，官不小嘛！”接着他一字一顿地说：“刘子泉，请你不要把旧军阀的作风带到革命队伍中来，我们的红军更不是你装神弄鬼的地方。”

刘子泉脸色铁青，每次战斗他都冲在最前面，没想到却成了一大罪状。提到旧军阀一事，他与不少共产党员和红军战士差点儿掉了脑袋，使用苦肉计才让黄大鹏、刘子和、万常荣、张光乾、严昌奎等死里逃生。他不仅保护了战友，还保护了所有打入敌人内部的游击队队员。要是那次策反成功，他早就是独立军的军长了。哪里还轮得上这个毛毛躁躁的小子来教训他！

刘子泉耳朵里已听不到任何声音了，他心中的汽油桶一接触火星，旋即爆炸。他“呼”地站起来，指着李文轩说：“你不要把自己装扮成百分之百的布尔什维克，你不要打着巡视员的招牌往我头上扣屎盆子！”说完冲出会议室。

刘子泉冲出了会议室，会议室立即骚动起来，严昌奎、张光乾等连以上十几名干部也冲出了会议室，胡荣本还想试图阻拦，早被人推开了他的手。

李文轩与黄大鹏面面相觑。

## 四、秘密会议定生死

当晚深夜，黄大鹏分别敲开了李文轩、胡荣本的房门，秘密地召开了三人会议，决定第二天接着开会。

第二天，胡荣本找到刘子泉的警卫员钟荣山，通知师长按时开会。

刘子泉来到会议室发现主席台上只有李文轩一人，胡荣本、黄大鹏带头坐在台下第一排，他也只好依次坐在黄大鹏身边。

李文轩代表上级党组织要求红四十九师全体指战员要一切行动听指挥，做到下级服从上级，全党服从中央。接着总结过去的工作经验和教训。点名县委书记胡荣本发言，胡荣本代表县委总结了过去工作，他强调游击战争中党组织的核心作用不可忽视。黄大鹏也在大会作了自我批评，说红四十九师中个人英雄主义、自由主义、山头主义倾向，在个别人头上表现得很严重，特别是军事指挥员不能有山头主义。他这个讲话直指刘子泉。刘子泉感到情况不妙。心里无冷病，不怕吃稀饭。刘子泉站起来大步走上台，拿出他的军事地图挂在墙上，对照地图总结近两年出生入死的险境，怎样化险为夷，特别讲到敌人像跟屁虫，红军走到哪里他们跟到哪里。刘子泉再一次阐述“分兵以发动群众，集中以应付敌人”的作战经验和“不攻坚，不打硬仗，避其锋芒，出其不备，猛攻速战”的作战原则。

刘子泉还列举了许多事例作佐证材料，游击战贵在一个“快”字，他说：“你们看二里半的三个敌人赤条条钻进了路边牛王刺中，死路一条，这是老天爷在帮我们的忙。”

严昌奎说：“赤条条是真正的轻装上阵。”会场顿时又活跃起来。

李文轩提醒刘子泉：“成绩不说不得跑，问题不说不得了。今天不是你来表功的，主要谈自己的错误。”

刘子泉感到火已烧到头顶了，为了达到统一思想，以大局为重，以团结为重，生硬地作了自我批评，承认自己有旧军阀作风，但没有旧军阀思想，又一次引起全场大笑。

刘子泉对同志是个直肠子，他批评了军事上的冒险主义行为，说黄大鹏求胜心切，想对敌人一网打尽，却被敌人一网打尽了，簩稗子惨案下湾苏区几乎在一夜之间血流成河，在座的人都是有责任的。

黄大鹏也呼地一下站起来：“官田岭簩稗子惨案与你拥兵自重有关，你要带兵出击九匹半梁子，其实就是逃跑主义，如果我们正面出击，多几次袭击，下湾苏区也许少死许多同志。”

胡荣本发觉刘黄二人互不相让，站出来讲了话：“出击九匹半梁子是集体决定的，也是鄂西特委的指示，这个责任不在刘子泉。向房县发展，投石问路是必要的。”

只是说起官田岭簩稗子惨案，刘子泉默不作声低下了头，满眼都是泪水。

李文轩制止就此问题纠缠不休，他在总结发言时，矛头直接指向刘子泉，给他列举了四条罪状：

第一，红四十九师攻克兴山县城时，沿途老百姓不知是什么部队，不明部队性质，因害怕而逃跑。刘子泉当众大喊：不要怕，都是我刘子泉的人。难道这支部队姓刘不姓红、不姓共？是谁给你的权力？从这句话，充分暴露出个人野心，这是提高个人威信，无视党的领导。

第二，攻占兴山县城后的任务之一，就是要继续肃清一切反动势力。但刘子泉对那些过去与自己有过封建感情的土豪劣绅不予追捕，让他们逍遥法外，立场不稳。第二次攻克兴山后，为什么让县长逃跑了？为什么不追捕金泰和？处罚堂伯刘文卿，是为了在军队、人民群众中树立大义灭亲的个人威信。刘子泉把军事战略当作自己谋取权利的手段。

第三，对所没收的财物不按规定处理，有意让地痞流氓拿走，忽视集体利益。两次攻打兴山城，都缴获了大批财物，刘子泉将此事推给后勤人员。刘子泉从戴天民部任团长时获得的望远镜、手枪、地图全成了他的私有财产。

第四，部队撤出兴山县城回根据地，在兴山响滩过渡时，刘子泉不等后面的队伍过河，把不到半数的红军战士先行带走，使部队分散，首尾不应，在军事上犯了不顾全局的错误。

鉴于上述错误，李文轩宣布：决定撤销刘子泉红四十九师师长职务，命令刘子泉交出佩带的枪支，将其派到白区工作，或当马夫。

参会人员面面相觑，上下悚然，刘子泉怒目相视，慢慢站起来，将地图放进口袋，把手枪拿出来又重重地插入手枪盒。会场上静得掉一口针都能听到，大家不约而同站起来。

刘子泉大声指着李文轩吼道："李文轩，你这个小娃子发什么狂，你有什么权力撤我的职？放马，我要与你一起放马！"

李文轩也不示弱，站起来说："请你注意党的纪律，我是省委和鄂西特委派来的巡视员、党代表，不是你眼中的小娃子！"

刘子泉头也不回地走了。

## 五、提枪走火误伤党代表

"刘师长被撤职了！"

"党代表撤了刘师长的职，想下他的枪，他跑了。"

这些消息会后传遍了全师上下。

刘子泉在部队和苏区群众中威望甚高，国民党《湖北县政概况》中曾记载："本籍共匪刘子泉陷城两次，盘踞经年，人民至今犹谈虎色变。"

刘子泉是巴兴归革命根据地革命武装的创始人，是红四十九师的师长。将这样一位与敌鏖战数年，有功于人民的红军指挥员撤职，红四十九师大部分官兵对李文轩产生了不满情绪。

"我跟刘师长出生入死，撤他的职，天地不容。"一连连长张光乾悲伤地说。当他说这话时眼前就出现他受鄂西特委副书记万涛的指示，与严昌奎带领 50 多个神兵加入刘汉义旅，驻扎在宜昌被国民党反动派发现，要将他俩处死来试探刘子泉，刘子泉机智地关了他的禁闭。"如果不是黄大鹏擅自抓捕地主、士绅去游街示众而被国民党清乡司令刘和鼎发现，刘师长带领我们策动兵变就成功了。如果不是刘师长偷偷地有意放走我们，我们就被刘和鼎杀了，是刘师长一次救了我们 50 多人的生命。50 多人没有一人退却，全部加入了红军。如果没有刘师长，就没有红四十九师。如果没有刘师长，我早就变成刀下鬼了。"想到这，张光乾泪水溢满眼眶，用头撞墙。

严昌奎，二连连长，他原来是一个苦水里长大的青年，总是想冲破贫穷家庭的牢笼。一次听到刘子泉在滩坪招募神兵，他带领伍家坪严大志、严大孝、陈大本报名参加神兵修炼，没想到刘子泉只选中自己跟随他做贴身教习，后来才知道他是共产党员，他从刘子泉的言传身教中明白了许多道理，从而有了远大理想。刘子泉不仅是他的上级，还是他的入党介绍人。每次打仗刘子泉总会单独叮嘱一番，让他成长为一名出色的红军指战员。一想到刘师长被撤职，他心里就像一块石板压在心坎上，生疼生疼的。他拔出手枪，冲出连部。战士们看到连长气色不对，也跟着冲出来涌向操场。严昌奎望了一眼战友们，全体战士随着严昌奎向县苏维埃政府跑去。

张光乾看二连的战士涌向了县苏维埃政府，给一连的战士做了一个手势，全连迅速跟上来，集体找李文轩讨个说法。

刘子泉跑回住处，四脚朝天往床上一躺，一手拿着望远镜，一手拿着枪，警卫员钟荣山给他倒了一杯茶，他把杯子扔了。“师长，师长，吃一个烧洋芋吧。”刘子泉也不理睬，两眼望着天花板出神，这阵势吓坏了钟荣山，他跑出来找严昌奎，严昌奎已带着人到县苏维埃政府讲理去了。钟荣山也冲入严昌奎的队伍，很快跑到了队伍的最前面。

200 多人来到县苏维埃政府，没见到县委书记胡荣本，只见到县苏维埃政府主席宋宏墀和副主席税宝山，不见李文轩。宋宏墀见到怒目相向的队伍，便大声地对红军战士说：“县委领导都出门去了，有事明天来找。”于是大家纷纷起哄，有人高喊：“李文轩，滚出来。”“李文轩，不要当缩头乌龟，有本事你当着我们的面说清楚。”吼声一浪高过一浪。

李文轩在后面厢房里听到吵闹声，不敢出来面对战士们讲理，更害怕被当场捉住发生意外。他拉开后门，爬上石坎，准备逃跑，被一战士发现：李文轩想逃跑！

战士们涌向县苏维埃政府后院。李文轩不仅不停住脚步，反而奔跑起来。200 多人像一条长龙在大路上摇摆，追了 100 多米，眼看快要追上了，李文轩突然转向右下方跑去，钟荣山掏出手枪向天放了一枪，战士们突然停住脚步，而李文轩越跑越远，战士接着追赶，钟荣山冲在最前面，在离李文轩只有 100 米的地方，想开枪阻止他逃跑，朝他正前方“啪啪”连开两枪，没想到李文轩倒地了。钟荣山高喊：“李文轩，你装死呀，真会装，应声而倒呢！”战士们看到李文轩倒地了，纷纷围过来。张光乾、严昌奎跑上前，将李文轩翻过来，只看到李文轩太阳穴渗出鲜血，战友们大喊：“李巡视员，党代表！”李文轩眼睛突然睁开了，喘着粗气，目光直视严昌奎、张光乾，头一偏，断了气。

钟荣山刚离开刘子泉不一会儿，刘子泉就听到了枪声，他敏锐地感到出事了。只见刘子泉一个箭步从师部的第二层阁楼窗口飞身而下，只见乡亲们奔向苏维埃政府，人声鼎沸。刘子泉与勤务兵小宋立即赶往县苏维埃政府门口。

刘子泉的到来，人群自然闪出一条路来。

李文轩已被严昌奎和张光乾抬进了县苏维埃政府门前，严昌奎抱着李文轩的头，张光乾抱着李文轩的脚，看到师长、政委的到来，结结巴巴说不出话来。

“怎么回事？”刘子泉黑着脸厉声问道。

张光乾站起来行了一个军礼，语不成句地说：“他想跑，我们追赶……”

刘师长如五雷轰顶，双眼发黑，几欲摔倒。他愤怒地猛踢了张光乾、严昌奎两脚。对勤务兵小宋吼道：“给我捆起来，关禁闭。”钟荣山听说关禁闭，也乖乖地举起了手，师长看到他也在这里，不问青红皂白地打了他耳光，此时还不知道是他开枪所致。

刘子泉根据县委的决定，对肇事的领头人张光乾、严昌奎、钟荣山每人罚 50 军棍，刘子泉便以为这件事作了了结。

第二天，红四十九师召开隆重的追悼会，将李文轩安葬在苏维埃政府后边一个大坪里。

## 六、师长倒在血泊中

面对这一突发事件，李文轩死因一时难以查清。县委书记胡荣本、政委黄大鹏、副师长宋文明、县苏维埃政府主席宋宏墀借机到甘家坪乡苏维埃政府研究工作，在徐家嘴召开紧急会议，大家猜测认为这起严重的事件是刘子泉授意其亲信张光乾、严昌奎、钟荣山闹事，开枪打死了李文轩。并武断地判定刘子泉已叛变，有两种可能：一是投靠国民党当反革命；二是拉队伍、占山头、当土匪。无论哪种可能，都对革命不利，必须将刘子泉及其亲信秘密处决。这些结论李文轩与胡荣本、黄大鹏讨论过。胡荣本、黄大鹏认为李文轩是特委领导，早有洞察，要以最快速度秘密处决刘子泉，以防革命遭受重大损失。于是县委安排黄大鹏以召开紧急军事会议为名，设法杀死刘子泉，然后杀死张光乾、严昌奎和钟荣山。

安葬李文轩的第二天，刘子泉带队伍在教练场进行了军事训练，突然勤务兵小宋跑来报告："黄政委找您召开紧急军事会议。"

刘子泉听说"紧急"二字，对军事教官说了声"继续训练"。毫无戒心的刘子泉跑步来到司令部，见到黄大鹏、胡荣本、宋文明、宋宏墀全到齐了。黄大鹏显得十分焦急，说："接到准确情报，宜昌清乡司令刘和鼎再一次大规模进犯巴兴归苏区，昨天巴东县保卫团过了长江，张嗣臣带领保卫团过了罗坪河，邓维楚带领秭归保卫团到了龚家桥。"

刘子泉立即按照惯例作了先行动、后开会的部署，命令张光乾迎战长江北巴东保卫团，严昌奎迎战秭归邓维楚保卫团，宋小山迎战罗坪河张嗣臣保卫团，留一个连在甘家坪加强警备。三个连队连饭都来不及吃，在训练场上直接开赴前线。这样调走了红四十九师主力，分散了兵力。

刘子泉拿出军事地图挂在墙上，对三路防守做了具体分析，刚刚落座，两个勤务兵给在座的人各送了一杯茶，黄大鹏故意把茶水失手打翻，示意两个勤务兵从门口冲进来，两人用斧头猛击刘子泉的头部，刘子泉仰面倒地，鲜血四溅。黄大鹏、胡荣本站起身，刘子泉睁开眼睛，用手指着黄大鹏，嘴里连连颤抖不成语句，怒目圆睁，断了气，年仅 26 岁。县委书记胡荣本拿出笔记本对着刘子泉的尸首宣布：县委昨日在徐家湾召开紧急会议，经查省巡视员、党代表李文轩被杀，系刘子泉指使亲信张光乾、严昌奎、钟荣山所为，经研究决定，立即处决刘子泉、严昌奎、张光乾、钟荣山。

接着用同样的方法分别杀死了张光乾、严昌奎、钟荣山。

“甘家坪事件”的发生，第一方面是李文轩不了解情况，工作过于简单，不做思想工作，无限上纲，轻率地处理问题；第二方面是由于战争年代，敌情复杂，县委作出了错误判断，采取了错误方法，导致悲剧发生，给革命事业造成重大损失；第三方面是刘子泉在胜利面前，逐渐滋长了骄傲自满情绪，有些居功自傲。

刘子泉自 1926 年冬在湖北省立第三师范毕业后，投笔从戎，参加中国共产党，历任两届县委军事委员，出生入死，屡建战功。在四年的革命生涯中，他“政治立场坚定、光明磊落、英勇善战，是巴兴归苏区人民武装创始人之一。在创建巴兴归苏区的斗争中，作了很大贡献”。[1]

1986 年 4 月 5 日，宜昌地区行署民政局对兴山县人民政府批复：同意对刘子泉、李文轩、张光乾、严昌奎、钟荣山五位同志给予平反昭雪，恢复名誉，按因公牺牲对待。同年 11 月，中共湖北省委组织部批准：承认刘子泉同志党籍，入党时间为 1926 年冬。

1930 年 10 月，发生在巴兴归革命根据地革命队伍内部的“甘家坪事件”，是在巴兴归革命根据地革命斗争最困难、最艰苦，士气正旺，正需要团结战斗的时候发生的令亲者痛、仇者快的不幸事件，使巴兴归革命根据地武装部队失去了优秀指挥员，大伤了红四十九师元气。巴兴归的武装斗争此时正处在艰苦的反“清剿”阶段，错杀刘子泉是红四十九师的一大损失，也是湘鄂西革命根据地的一大损失。

1 中共宜昌地委组织部：《关于恢复刘子泉同志党籍的报告》，1986 年 4 月。

# 第五章 红三军在兴山

太阳出来四面黄，
贺大胡子过长江。
碰到巴东周县长，
送他三颗花生米，
蹦蹦跳跳见阎王。

放牛娃子刘子长，
见到贺龙喊爹娘。
今天我要当兵去，
长枪短枪我都扛，
乌龟王八一扫光。

——高桥五句子

# 一、枝柘坪改编

1931 年长阳县枝柘坪村，自从来了红军，整个村庄呈现出一片祥和的景象。

3 月 22 日夜晚，夜风把刚刚吐出新芽的花梨树吹得飒飒作响，候鸟欢快地叫个不停。屈指算来，红四军与红六军会师湖北公安，组建红二军团才 9 个月，转战南北，两次攻克长沙，可谓功劳卓著。

中央指示贺龙将红二军团整编为红三军，并挥师洪湖。夜幕下，贺龙独自沿着村头小河漫步，心里勾画着鄂西地图及整编后的行军路线。自从蒋介石翻脸后，共产党员、红军战士、苏区干部成了屠杀对象。县县都是阵地战，处处都是铁钉子，要想突破层层封锁线，就要在“快”字上做文章。

第二天清晨，枝柘坪刘家屋场，四名红军战士荷枪实弹站在大门外。大堂屋内坐满了红二军团前敌委员会及团以上指战员，根据中央指示精神和鄂西特委要求[1]，对红二军团进行集体改编，成立红三军。贺龙、邓中夏、周逸群、柳克明、孙德清、夏曦、万涛等湘鄂西党政军主要领导人参加会议。会议一是总结 1930 年 7 月以来红二军团的工作经验教训；二是将红二军团进行集体改编，成立红三军；三是继续在湘鄂西开展游击战争，建立鄂西革命根据地，迅速回师洪湖。鄂西特委副书记万涛对湘鄂西根据地现状作了具体说明，总结了巴兴归革命根据地前期工作，通报了巴兴归惨遭国民党湖北省驻宜清乡司令刘和鼎的“清剿”，苏区损失 70% 的情况。甘家坪事件的发生，使得红四十九师战斗力削弱。会议决定将活动在巴兴归的红四十九

1 此文参阅了《中国共产党兴山历史》第一卷、《兴山人民革命史》、《百年人物选录》及贺龙大事年表。

师改编为红三军的一个师。红二军团改编为红三军，军长贺龙，政治委员邓中夏、孙德清任参谋长，柳克明为政治部主任。全军下辖第七、第八师，教导第一师。七师师长孙德清兼任，政委李剑如，参谋长胡慎己，政治部主任赵炎；八师师长王一鸣，政委王鹤，参谋长张应南，政治部主任傅光厦；七师辖十九、二十、二十一三个团；八师辖二十二、二十三、二十四三个团。红三军党的前敌委员会由邓中夏、贺龙、柳克明、孙德清等七人组成。另外，将原来在湘鄂边坚持斗争的独立团改编为红三军教导第一师，师长王炳南，政委陈协平，参谋长董朗，政治部主任陈奇谟。初步议定将活动在巴兴归地区的红四十九师改编为教导第二师，其领导班子待定。还组建了由周小康负责的湘鄂边分特委，与教导第一师留在湘鄂边坚持斗争。

会议连续开了三天，3 月 25 日会议结束。26 日召开红三军全体指战员动员大会，宣布成立红三军。邓中夏主持大会，并做动员讲话，贺龙军长发表了建立鄂西革命根据地，向蒋介石讨还血债，挥师江北，打回洪湖的重要意见。柳克明发表了红三军纪律声明及缴获财物的声明。大会郑重宣布：红三军成立了！

七人小组，即红三军前敌委员会成员，听取了鄂西特委副书记万涛关于鄂西巴兴归革命根据地现状及红四十九师目前之困难，经研究决定：改变行军路线，将原计划直赴荆（门）、当（阳）、远（安），挥师洪湖，改为北渡长江，绕道巴（东）、兴（山）、（秭）归，直插保（康）、房（县）、武（武当山），突袭荆当远，挥师洪湖。

红二军团改编成红三军，整整用了七天时间，在枝柘坪这个小山村发生了一次历史性的巨变。

新成立的红三军，全体官兵更换了一件新衣服，帽子上有了用红布做的红五星和领章，衣服全是粗布，大多战士发了绑腿布。远远望去，部队整齐，焕然一新，全体指战员精神饱满，斗志昂扬。

3月30日，在枝柘坪、大堝坪召开誓师大会，红军战士高喊“打倒土豪劣绅，消灭反动派”“实行土地革命，消灭剥削，没收恶霸地主财产”“打到江北去，为死难烈士报仇”“中国共产党万岁”“红军万岁”。战士英姿飒爽，斗志昂扬，声势气吞山河。

4月1日，红三军15000余人从长阳枝柘坪出发，渡过清江，向巴东野三关进军。

红军突然出现在野三关，敌川军旅长戴天民慌了手脚，立即命令段少卿团阻击，敌一个团设置两道关卡对红军进行阻击，据《巴东县志·事变》记载：“贺龙红军有窜巴消息，天民弟昆元派段少卿团往堵，该团有枪七八百支。”这种形势正适合“敌少我搞”的原则。4月3日，两军在野三关相遇，红军从龙洞槽和青龙桥连破段少卿关卡，敌一触即溃，死的死，伤的伤，残兵败将在绿葱坡三尖观望风而逃。当天，戴天民又“增派陈、方两个团在吹风垭抵抗，陈团未到遽返，方团未行，夜肆劫掠过江去”。

3日，驻守巴兴归的川军听说红军来了，慌忙退回川东，县长周光烈魂不附体地逃跑了，各地保卫团纷纷躲避。

4日清晨，红军进入巴东县城如过无人之境。红军一边作战，一边过江北与巴兴归革命根据地和红四十九师取得联系。在巴东县城，红三军处决了县警察局长焦炳南和曾勾结保卫团屠杀共产党人的豪绅孙宝庭，没收了大商人胡万顺、万盛明的财产，分配给贫苦群众。

4日当天，红三军征得木船30多艘及众多小划子船，将武器弹药和一万多战士全部运送到江北，进入根据地，顺利与红四十九师会合。

## 二、红三军来到甘家坪

红三军的到来，给巴兴归带来了生机和活力，巴兴归县委早已做好了准备，将七、八、九师的驻地分别安排在西陵、构坪、牛峒，军部驻构坪三元塘。

红三军受到中共巴兴归县委、县苏维埃政府及红四十九师领导人胡荣本、宋文明、潘兆麟、高云锦等热烈欢迎。红三军主要领导人在军司令部见了巴兴归县委及红四十九师主要领导，听取了中共巴兴归县委书记胡荣本的工作汇报。

针对中共巴兴归县委所提要求，红三军前委一一做出了回应：一是将红四十九师改编为红三军教导第二师，黄大鹏任师长，派红三军军事干部涂美中任政委兼副师长，周英任参谋长，潘兆麟任政治部主任。在教二师与红三军失去联系时，由鄂西特委直接领导。二是留下涂美中、周英、胡云、罗玉卿等五名军事干部和数十名修械兵、数名医生、一名司号员，拨给枪支 180 支、子弹 5000 发。三是留下 180 多名伤病员（有的文献记载伤病员 100 多人）交教二师护理。要积极游击巴东、兴山、秭归、房县、保康一带，牵制敌人，以利红三军东进。红三军要以最快的速度挥师洪湖，重新巩固洪湖革命根据地。随后将教二师改编为三个营，八个连。一营营长罗玉卿、二营营长黎长寿、三营营长税永康。全师有作战能力 300 多人，伤病员及护理人员 260 人，共计 600 多人。

原红四十九师战士除神兵教练来自武当山法师外，大多来自巴兴归三县青年。自甘家坪事件后，为防止军中生乱，撤销了一批兴山籍红军中层干部。当晚，在涂美中的带领下，将 100 多名伤病员全部送往教导第二师司令部，即与牛峒坪相隔两里许的巴兴归县苏维埃政府所在地甘家坪。

胡荣本接受教导第二师改编后，立即派人把在秦家岭部署战斗的黄大鹏从前线找回来，传达贯彻红三军前委指示精神，总结过去的经验教训，迅速将改编后的人事安排到位，妥善安置伤员。

5日，红三军分三路东进兴山。七师由巴东北湾—兴山高桥贺家坪—龚家桥—岚垭—槐树沟—伍家坪—烟灯垭—滩坪—白沙河—横渡响滩—兴山城。红三军七师还在高桥时，国民党兴山县政府惶恐不安，急电省政府“贺匪攻陷巴城，戴部溃退，请速救援”。省政府鞭长莫及，充耳不闻，当了聋子。

红三军八师从巴东甘家坪出发，翻山进入高桥茶园，经纸坊河到秭归两河口，突袭秭归县城，以打草惊蛇的方式让其望而却步。袭扰秭归城后，以敌来我跑的方针，退出秭归，从蒿子坪—核桃树垭—马营—踞坪—平邑口—陈家湾—兴山城。

许光达任团长的八师二十二团从三元塘—甘家坪—田家坪—贺家坪，从龚家桥沿七师路线进入兴山城。

红军三路大军路过高桥留下了一些鲜为人知的故事。八师两个团率先开赴前线，由于军部首长要处理教导第二师的改编事宜，贺龙军长来到原四十九师司令部，深入实际了解情况。巴东“铲共”团长吴桂云，在平阳坝、堆子、火峰拉起了数百人的队伍，集结在巴东巫山交界处，还请神兵、端公使法，妖言惑众。最近，吴桂云接到“突袭甘家坪，捣毁苏维埃”指令。吴桂云派探子三到甘家坪，迟迟没有下手。红三军首长指示：发动游击战争，坚决打掉这股恶势力。敌人已有探子，来了三次还没动手，说明有大的动作，务必提高警惕。如果甘家坪失守，应积极主动地向房县靠拢，拖住敌人。

甘家坪与兴山高桥贺家坪只有一条山梁之隔，东边是兴山，西边是巴东。半山腰有一条横路，绿树夹道，从中穿梭，十分隐蔽。这条道路是原红四十九师的秘密栈道。正面与万仙洞、二墩岩遥相呼应，脚下北湾、平阳坝、天池岭尽收眼底。登上山顶，贺家坪、田家坪、贺家尖、伍家坪、茅草坝一览无余。

不知是否天意巧合如此，这次出征出奇的顺利。红军战士需要补给干粮，向当地群众打听，谁家有多余粮食。群众说“如今兵荒马乱的，我们这个大路口，川兵、棒匪不断，县上多次征粮如割棕皮一般，一年要搞好几次，大多成了苦瓜皮。方圆百里只有巴兴归第一富户陈慎战粮食充足，听说昨天还给你们红军送了粮食，熬了稀饭，做了干粮”。随行的几名战士听说这里有巴兴归第一富户，摩拳擦掌，决定端掉这个富户。老乡又告诉道“陈慎战会武功，一只手提起一个石磙顺着房子跑三圈，刘子泉练神兵时在他家做过法场，他家里还有十七个枪丁”。

侦察兵报告：陈慎战家热闹得如同过年，请了十几个厨师在大门口为红军战士熬稀饭、做馍馍（馒头）、摊粑粑，昨天为七师也是这样做的。

站在贺家坪近观陈慎战庄园，飞檐翘壁，雕龙画凤，四个大天井屋连成一体，东西南北各有门楼，大门面朝仙女山金顶，十几个家丁轮流巡逻，每一个门洞有一条大恶狗，吐出筷子长的舌头，吓得陌生人不敢靠近。说来也怪，红军到来之后，恶狗并没有像平日里那样咆哮。

陈慎战头戴礼帽，带着家眷站在门口，向红军战士面带微笑，打躬作揖，一口一声“军爷，多多关照”。

红军见到陈慎战这副滑稽的样子觉得好笑。陈慎战眼尖，看见红军战士牵着马走过来，连忙跑过来打躬作揖，“军爷辛苦！长官辛苦！”红三军首长走过来拍拍他的肩膀开玩笑说：“笑面虎，你平时对穷苦人也是这样吗？”陈慎战如同被他人点穴，浑身一麻，满脸堆笑却显得十分尴尬。首长告诉他：“我们一不是军爷，二不是长官。我们红军是工农子弟兵，是为穷苦人谋幸福的。

个人拥有财富有什么不好？但有一条规矩：不准欺压穷人。君子爱财取之有道。”

红军战士在他家门外站着喝了稀饭，还吃了麦面粑粑，露出孩子般的笑容。许光达向陈慎战商量，能不能卖点粮食给红军，陈慎战满口答应。陈慎战打开粮仓，由红军选择。数万斤粮食堆积如山。红军只要了3000斤水稻，但不便于携带，陈慎战把他们带进长工食堂，将长工的糙子米称了2000斤、麦面300斤、黄豆200斤、芝麻20斤。许光达命令司务长付款，陈慎战感慨地说：“你们与其他部队不一样，你们是人民的部队，为穷人打江山，我喜欢。俗话说‘小河无水大河干，小河有水大河满’。”有人给许光达报告：陈慎战是一个两面三刀的人，只要看到当兵的征粮，大多都满足了其要求。据说邓维楚在官田杀共产党时，陈慎战还无偿给官田送了粮食呢！许光达说：只要不与人民作对就行了，人在屋檐下，不得不低头，此事不宜深究。

红军战士装好粮食，多次付钱被拒绝，许光达叫文书写了一张借条：

今借到陈慎战大米2000斤，麦面300斤，黄豆200斤，芝麻20斤。秋后由区苏维埃政府归还。

红三军八师二十二团：许光达

1931年4月5日

陈慎战拿过借条，当着许光达的面把借条撕了。红三军首长与陈慎战握手道别，首长一再叮嘱：恶有恶报，善有善报，不是不报，时候没到。希望你多多支持苏区工作，支持红军革命，功比天高。人民翻身做主后，我们一起算账。一席话说得陈慎战既高兴又害怕，他立即赶上去对首长说：“红军连长雷先聪给我说过好几次，说我对红军有功，到时你们要给我证明呀。”“做了好事，人民会把你记心间，做了坏事，人民也会把你记心间。你对红军有功，功比对门那座山高，这可行了吧？”首长指着汪家垭营盘说。

时近中午，红三军一行站着喝了一碗稀饭，便匆匆骑马而去。

贺龙军长路过官田岭，得知这里是去年8月箩稗子惨案发生地，勒住缰绳，跳下马，带领战士向天空集体鸣枪以表对十七名烈士的哀悼。

红七师行军至滩坪，听说红军连长张光乾一家因闹革命被国民党杀害了父亲和兄弟，张光乾又在甘家坪事件中被杀。县保卫团团长金泰和、副团长贾显卿多次在这里清查余党，乡亲们十有八九被拷打和抄家，许多群众已丧失了革命信心，还有一些地主多次威胁人民群众“莫走张光乾的老路”。

红七师当晚在滩坪宿营，抓捕税卡贪官贾玉生。贾玉生，人称“贾得毛”，带两个枪丁，打着收税名义，在滩坪自设关卡，不管你是谁，留下买路钱方可放行。有些单身过路的标致妇女，他更是要“收睡”。有一次下湾区妇联主席曹友娣到白沙河给红军送信，“贾得毛”强行拉她“收睡”，曹友娣当场打了他两耳光，警告他说“你以后在此无恶不作，我叫张光乾来收你的税”，从此他与张光乾结下怨恨，伙同地痞流氓多次骚扰红军家属，还勾结贾显卿烧毁了张光乾的房屋，杀害了张光乾的父亲。红七师召开群众大会，公开审判贾玉生，在他住处搜出大量银票和银圆，还将搜刮的财物当场归还群众。当晚处决了贾玉生，红军受到人民群众热烈拥护。

红七师派出两个连队由师政治部主任赵炎带队赶到五童庙，召开群众会，告诉人民群众“红军回来了”。宣传队在五童庙岩石上、墙壁上用生石灰写了标语：“实行土地革命！焚毁一切田契债务！肃清巴归兴三县的反动武装！取消田租制度！”

## 三、挥师直抵兴山城

1931年4月6日清晨，一声惊雷，似打破了天锅，雨点砸落在平静的香溪河里，击起一串串水泡。

红七师全部到达白沙河，挥师东进，直指兴山县城。

部队行至皂角树，敌人早有准备，将木船拴在河对岸的柳树上。师长孙德清首先下河观察了一会儿，河面最宽处有100多米，最深处1米有余。孙德清卷起裤腿，哗哗地蹚水过河，战士们如出笼的猛虎，向河岸扑去。仅一个小时，全部到达河对岸——响滩。

兴山县县长郭蕴慌忙召集党政军要员，策划于密室，像热锅上的蚂蚁，请求省政府救援，热脸贴了冷屁股，最后只好凭借香溪河这道天堑布兵抵抗，派出保卫团三个大队，守在西门楼、南门楼和东门楼。兴山城呈一个元宝形，有人形容像一只船。西门楼主要防守从白沙河来的红军，南门楼主要对付从大峡口方向来的红军，东门楼防守从耿家河来的红军。敌人早已停止摆渡，将所有船只收回县城码头，派专人防守，在三个城门上架设两挺机枪，每一个中队按梯级部署，初看起来，固若金汤。5日深夜，县长郭蕴带几个随从对两座城门查岗，其实早已打好主意，查岗之后，带着家眷和金银财宝偷偷地从后沟逃到山上去了。

西门楼中队长周忠约除在城门上架设机枪，还在干沟设下伏兵，周忠约望到红军打着红旗过了响滩，立即命令向响滩射击，一是给全城报信，红军来了；二是故意把红军引向城门，自以为埋伏的两个班的兵力会阻止住红军进军步伐。接近县城，一名排长带头冲锋，刚过干沟就被冷枪击中，倒在血泊中，随之两名战士壮烈牺牲。红军立即加大火力，一支部队从正面佯攻，一支部队抄小路从山上往下直逼白衣庵。只用了半个小时，西门楼被攻破，红军战士如潮水般涌向县城，消灭了西门楼的敌人。

南门楼、东门楼听到西门楼激烈的枪响，早已魂飞魄散，慌慌张张向后山逃去。县长郭蕴一家逃往蔡家垭，还暗自庆幸：“幸好跑得早！”

当晚，红八师从陈家湾过河，在红七师的接应下，顺利进城。

## 四、顺应民情除四害

红三军在兴山县城休整了三天，1 万多人驻满了县城和附近村庄。七师驻白衣庵、三官庙、耿家河一带；八师驻南门楼、小河、陈家湾一带；大刀队驻城隍庙；童子团驻文昌庙；女兵驻杨福兴药店。

红三军首长选择了东门口清朝拔贡、开明人士白凤池家，因为他的儿子白海泉是中共兴山县委组织委员，多次被国民党追杀，家里早已被洗劫一空，房屋被国民党县政府上了封条，白老一家已逃到宜昌去了，房屋旁边由白凤池的嫂子和侄子白云章居住。

红军在白凤池家召开了进城后第一次军事会议：一、纪律严明，秋毫无犯，买卖公平，鱼水情深；二、由营长带队，深入民间大搞调查研究，发现问题及时处理；三、对民愤极大，勾结国民党恶劣势力危害群众的，公开审理；四、帮助街道正常开市，恢复生活秩序。

7 日，天气放晴，太阳从孟家陵山顶射下来，大地一片金黄。清风送爽，卷起层层绿浪，柔嫩的花梨树叶像鱼儿翻飞，从河边蔓延到山顶。太阳照进香溪河，河面变成一面宽大的镜子折射出一道道温柔的波光，波光反射进屋里，屋里格外清凉，照在墙上的波光如同一群群带亮的鱼儿在墙上游动，微风吹来，亮光就会如同流动的水荡漾起来。战士们放开脚步，来到香溪河边，好好地洗一把脸，久未照镜子的女战士通过平静透亮的河水端详漂亮而端庄的模样。“嘀嘀哒——”“嘀嘀——哒”的集合号，打破了宁静的县城！

城隍庙在县衙左侧，是平时人们娱乐的中心，有一条巷子直通南门楼。庙前戏台上插满了彩旗，戏台中间写有“红军是工农子弟兵”，间隔“拥护苏维埃政府”横幅标语，两边竖列“打倒贪官污吏”“打倒土豪劣绅”的口号。

红军各连队深入街道调查研究，根据群众举报，没收了“搜刮民财再补一刀”的“春盛祥”、肖长顺等五家财产，并将他们搜刮的部分财物贴出告示，让老百姓认领回家。人民群众说：“这样的红军，我喜欢！”

童子团敲锣打鼓上街，高喊“打倒土豪劣绅”“打倒贪官污吏”“一切权利归人民”“实行土地革命”的口号，还领唱《红军三大纪律歌》。十点多钟仍然是童子团上街，打锣向市民告示：“下午在城隍庙开大会！惩治贪官老财。”“有苦诉苦，有冤申冤。”“红军是工农子弟兵，不拿群众一针一线。”锣声一响，市民纷纷前来询问。宁静的县城一下焕发出青春，充满活力，人们紧张的面容露出灿烂的微笑。

大会还没开始，就来了200多人民群众，红军战士纷纷让座。下午2点，1000多名红军战士进入会场。

大会主席台摆了一长排桌子，主席台上坐着4个人，分别是军长贺龙、政委邓中夏、参谋长孙德清、军政治部主任柳直荀。大会由柳直荀主持，英俊修长的柳直荀发表了热情洋溢的讲话：“我们要推翻压在人民头上的三座大山。其实这三座大山就在我们身边，有些人专与人民作对，有些人专与共产党作对、与红军作对，我们工农红军是为中国人民服务的，面对穷凶极恶的敌人我们决不能心慈手软”，柳直荀的话还没讲完，人民群众已把目光射向台后一角的土豪劣绅，迫不及待地鼓起掌来。

大会公开审理了潘子勤、宋茂秋、孙韵科、孙韵斗，主持人问一句答一句，当人民群众得知街上杀人越货、贩卖鸦片、贪污公款、挑拨是非、栽赃他人等坏事，多由他们四人所为，恍然大悟，如梦初醒。有人上台控诉，气氛十分热烈。

红三军满足了乡亲们的要求，将潘子勤、宋茂秋、孙韵科、孙韵斗四个土豪劣绅、贪官污吏推出南门楼，随着四声枪响，结束了他们罪恶的一生，人们高呼口号，拍手称快！

大会结束后，红三军将没收的地主老财的财产分给人民群众，每人发食盐两斤、几尺布和一簸箕粮食、两包火柴，还给学生发了纸和笔。

7 日下午，一个老头带着两个年轻人抬着一个大纸箱子来到红三军司令部，老头自我介绍说他是杨福兴药店老板，给红军送了一些膏、丹、丸、散之类药品，还给了一些感冒预防药。首长甚是惊奇，立即叫来卫生队员检查，都说是部队所需的头等好药。

为感谢药店相赠，首长来到杨福兴药店。杨福兴药店地处复兴街，门口挂着一块“精良事业”的牌匾，聘请名老中医坐堂看病。经打听，老百姓看病不收处方费，无钱抓药可以赊欠，年底结账，的确无力偿还药钱的，可以延期，甚至免结。第一次抓药的，赠送一个过滤网子，方便病人用药。更值得称赞的是每一副药包成很多小包，每小包药袋上印有药名、药性、功效，还绘有草药图形，教人认药、用药、采药等。这种独到的经营作风，赢得了老百姓的赞誉，使杨福兴药店远近闻名，周围几十里百把里路的人都来看病抓药。在老板的带领下，首长参观了看病抓药流程，童叟无欺，赞叹不已。首长欣然提笔，在一段白布上用毛笔写下了“好善乐施，良心卖药”八个遒劲有力的大字，赠送给杨福兴药店。红三军离开后。药店老板杨龙德将“良心卖药”四个字，刻成大小两枚印章，盖在大小药包纸袋上，给药店增添了新的光彩，生意更加红火。

8日，有几名红军来到东街陈本仁家调查访问，他们看到他家有很多书，随手翻了翻，发现《解放》《大众哲学》两本杂志，一看都是进步内容，并且还有毛主席的文章，红军战士爱不释手。便对陈本仁说“这两本书很难得到，卖给我吧”。说完掏出一块银圆，陈家人哪里肯收钱，连忙说：“这是我儿子的书，你们喜欢就送给你们。”双方推让了一番，红军收下了这两本书，并嘱托他儿子“好好读书，学好本领，将来为人民做事”。

在西街，两名红军发现了一件稀奇古怪事，白玉庵旁边何家大院，是一幢很漂亮的砖瓦屋，四合院甚是气派，可院内一个妇女抱着两个嗷嗷待哺的孩子坐在地上，两眼无神，面色饥黄，两个孩子哭声嘶哑，问话不答。红军走到她家里，翻开木箱，只有几件破衣服，掀开装粮罐子，空荡荡的，住这么好的屋，怎么家里这样穷？红军走出来便向挑水卖的李治家打听，才得知，她是一佃户，长期靠微薄工钱养家糊口，丈夫已大半年无事做，前不久又生了一对双胞胎，生活更是雪上加霜，不久前丈夫才出门谋事，母子三人已打两天饿肚了。过了一会儿，两个红军扛着一袋苞谷回来，放在这个妇女的家门口就走了。

9日下午，集合号一响，战士站了一大河坝，挥师东进，离开了兴山县城。

## 五、处决恶霸帮凶万常秋

红三军离开兴山县城，第一站进入黄粮坪。当晚，黄粮坪、刘家坝、金家岭、石槽溪都驻满了红军，军部设在李作清家里。

黄粮也是兴山共产党最活跃的地方之一，国民党曾在这里枪杀过中共兴山县委书记刘子和的父亲和弟弟，区委书记万常荣，党支部书记万银刚，共产党员訾文锦、訾文兴、訾文章、訾文明，杀害了訾文锦的叔叔訾开先、訾开枚等，制造了一起杀害100多个革命群众的拱桥湾事件。这块土地是血染成的，人们在痛恨国民党反动派时，也把仇恨记在叛徒、奸细头上。红军到来之后，革命群众敲锣打鼓欢迎，杀猪宰羊慰问红军。有100多人找红军告状，要求惩治危害一方的地头蛇。应广大人民强烈要求，抄了土豪万常德的家，处决了残杀共产党员的帮凶万常秋等六名罪大恶极的坏分子。

黄粮坪、刘家坝、金家岭夜如白昼，宛若灯市。农民用打花鼓子、唱五句子歌表达谢意。

至今还流传一首红军歌：

一把扇子二面光，
盐水河里滚一场，
正面画个红军帽，
背面绣支机关枪，
护佑红军过长江。
红军大哥要出关，
爬坡上岭汗没干，
道别才说洪湖湾。
送你一双千层底，
护你能过火焰山。

11日，红三军来到白果园、树空坪一带宿营。夜晚，突然有几位老乡求见。原来是当地共产党员陈支奎、柳连科等。陈支奎是三阳党支部书记，柳连科是支部委员，陈、柳听说有红军到这里来，从老远赶来求见首长，汇报当地的斗争情况。

陈支奎、柳连科等人受到极大的鼓舞和教育，红三军离开三阳不久，陈支奎、柳连科就组织成立了兴（山）远（安）宜（昌）边游击大队，陈支奎任大队长，柳连科任副大队长，下辖 3 个中队，共 100 余人，兴山境内又一支共产党领导的农民游击队就这样诞生了。

11 日，红三军一个团来到榛子岭。贫农张永寿耳闻目睹红军是穷人的队伍，是为穷人打天下的，便把刚满 13 岁的儿子张昌华送到部队参加红军。部队认为张昌华岁数太小，不能收下。张家父子好歹不走，张永寿说：“我妻子死得早，只有我们父子相依为命，这孩子在家迟早也是饿死，不然也会被地主老财打死。不如跟着红军闹革命，还有一条活路。”张永寿还跟首长说：别看这孩子年纪小，可人挺聪明的呢！张昌华读过三年私塾。张永寿还让孩子在操坝翻了几个倒跟头，把在神兵中练过的拳术表演了一番。等到部队要出发时，张永寿父子仍站在一棵大树下，红三军只好收下张昌华当个“红小鬼”。从此，张昌华跟着红三军、跟着共产党，南征北战，抗日，打老蒋，跨过鸭绿江抗美援朝，在艰苦的革命战争中锻炼成长为一名坚强的共产主义战士。

12 日，红三军离开兴山，“朝荆、当、远方向发展”。13 日攻占远安，八师于 18 日占领荆门，七师攻打当阳受阻，开辟荆（门）当（阳）远（安）的计划未能实现，且遭受相当大的损失。5—6 月，红三军经保康马良坪，攻占谷城、均县，6 月 18 日攻占房县，并以房县为中心，开辟了鄂西北革命根据地。

红三军转战巴兴归，使盘踞在巴兴归地区的川军“戴天民旅被红军击溃，仅存人数一个团左右，分散归兴巴一带”，地方保卫团等反动武装也龟缩躲避起来，巴兴归革命根据地获得了暂时的稳定局面，教二师也得到了休整补充。

兴山人民至今仍怀念着红三军，怀念着贺龙元帅。有一首五句子歌流传在巴兴归：“贫穷路不通，去找贺老总，穷人闹革命，跟着咱红军，才算真英雄。”

# 第六章 万仙洞之战

扇子岩前一道川，
七尺男儿出山关。
万仙洞里雷声响，
国军一怒火烧山。

要吃辣子不怕辣，
要当红军不怕杀。
刀枪火炮算个啥，
刀子按在颈项上，
脑壳掉了碗大个疤。

——高桥薅草锣鼓

## 一、国军围困万仙洞

巴兴归地处长江北岸，是著名的“蜀道难，难于上青天”的巴蜀栈道上的咽喉，有李白的《蜀道难》为证：“尔来四万八千岁，不与秦塞通人烟。西当太白有鸟道，可以横绝峨眉巅。”可想而知，三峡，尤其是巴兴归地带是“一夫当关，万夫莫开”的地方，是历来兵家必争之地，背靠神农架原始大森林，下有三峡门户，上有巫峡天险，是一块“进可攻，退可守”的军事要地。不说历史上这里金戈铁马血流成河的往事，也不说“严疆锁钥”狭长地带的险要，单说红三军教二师260名伤残将士在万仙洞可歌可泣的故事。

1931年4月1日，贺龙率红三军一万五千人从长阳枝柘坪出发，来到巴东，4月5日，从高桥贺家坪入境，长驱直入兴山县城，4月10日抵达三阳树空坪，4月12日离开兴山榛子岭、水月寺、直赴远安，下洪湖去了。红三军的到来，极大地鼓舞了巴兴归革命根据地人民的热情，改编红四十九师为红三军教导第二师，充实了教导第二师的军事力量，补给了军饷及军事物资，配备了军械所和医院，留下了260多名伤病员由教导第二师护理[1]。

改编后的红教二师总人数达到600多人，其主力300多人由涂美中率领在兴山、木鱼、红花、龙门河一带打游击，黄大鹏所带300多人其中有200多人是伤病员，为了轻装上阵，只好将伤病员护理员医生及保卫人员共计260多人留下来。红三军教导第二师师部从甘家坪撤至小龙塘垭，对平阳坝后沟、叶子坝河、神农溪及兴巴交界的来犯之敌了解得一清二楚。修械所是专门修理枪支及制造炸药、炸弹的机构，需要一个安全隐蔽的地方，兴巴交界的万仙洞是一处天然处所，加之伤病员人数较多，医院不宜随便搬动，万仙洞曾是谭弩公的祠堂，而且十分隐蔽，最后只好选择以险取胜的万仙洞

1 此文重点参考《兴山人民革命史》，《中国共产党兴山历史》第一卷129页。

为留守处，于 4 月中旬连续两天将留守处迁至万仙洞。黄大鹏继续带领 100 多人在贾家坡打游击，一是可以保卫巴兴归革命根据地，二是可以作为万仙洞的后援。

红三军主力进入巴兴归革命根据地后，国民党惊恐万状，害怕红三军占领巴兴归，从而威胁到国民党对鄂西及川东的统治。此时巴兴归反动地方政府电信上峰以求保护，最终均被置之不理。在再三请求下，国民党“长江上游剿共总指挥部”司令官王陵基用 80 多只木船载川军万余人，于 4 月 25 日抵达香溪，没想到早在 10 多天前红三军就跳出了虎口。王陵基进兴山追击红三军扑空后，立即调转枪口对巴兴归革命根据地进行疯狂报复性“围剿”，他把所有仇恨发泄到革命根据地上。王陵基说“皮鞋不好整楦头”[1]，大军压境，一片白色恐怖。

当得知红三军教导第二师驻守小龙，探得伤病员、医院转移至万仙洞，王陵基命张杰旅部对万仙洞进行“围剿”。张杰旅部将前沿指挥部设在巴东天池岭，巴兴归反动地方政府迅速组织“常练队”“义勇军”“保卫团”1000 多人如苍蝇一样扑向天池岭，拜倒在张杰脚下，听从调遣。张杰旅下设三个团，1 万多正规军加上地方武装共计 1.5 万余人，准备血洗万仙洞。

## 二、泥石漂口吞顽敌

王陵基部到达后，采用“厚聚兵力，逐渐推进，大肆烧杀”的手段，企图一举消灭根据地共产党和红三军教导第二师。教导第二师在平阳坝首先与张杰旅小股部队发生枪战，终因敌我悬殊，未能打败敌人。县委决定教导

1 楦头：皮鞋木制模具。

第二师主力300多人由涂美中带领转移到九道梁子打游击，避其“清剿”锋芒。黄大鹏把留守处转移到万仙洞后，100多人在作战过程中被敌截为两段，一部在贾家坡，一部在黄家山。

敌人把枪口直指万仙洞，万仙洞只能凭天险守护，战事十万火急。

4月25日，张杰旅安顿好前沿阵地指挥部后，当即召开军事会议，部署兵力：一团驻守天池岭指挥部作后援；二团驻守松木岭，主攻万仙洞；三团驻守仙女山制高点，以防红三军教导第二师增援。张杰要求清洗万仙洞，斩草除根以绝后患，一只蚊子也不能放过。三个团按照张杰的安排，当晚就进入了阵地。

4月26日，各团熟悉地形，分析利弊，安排作战方案。26日晚，二团为壮声威，在松木岭向万仙洞发起进攻，大炮直轰洞口，硝烟弥漫，连续攻打半个小时，炮声震荡山谷，响彻云霄。

万仙洞地处仙女山西端半山腰，在贺家坪铧场垭、巴东白湾、溪丘湾均能望见洞口。洞口宛如狮子的嘴巴，向两边呲开，露出一排恐怖的牙齿，黄白相间的绝壁如狮子双腮白须飞瀑而下。离天池岭十五里路，从谷底上到洞口有五里路，悬崖峭壁，横空出世，荆棘拦道，藤蔓布野，难于通行。洞口下方500米处即为绝壁，有两处凿石阶梯，可徒手攀援，下方200米处，约有三丈多高的绝壁，须搭木梯或绳子方可进入宽敞的斜坡。洞口的左边是一道垂直的漂口直抵谷底，岩根边是一片砂砾碎石，远远望去如同一只爬行的白蜈蚣，又像一只变异的蟑螂附在漂口旁边。一石滚动，百石附和，沙石松动，窸窸窣窣，偶有哗哗作响，汇成碎石流，立即扬起一阵烟雾，如同山崩地裂之势，浩浩荡荡冲下谷底，形成一道天然保护屏障。洞口前有一块十多亩的平地，举目四望，豁然开朗。其洞口坐东朝西，正面正对松木岭，左边是小龙峡谷，绿荫如毯，群峰争奇。右边可目击贺家坪、白湾、将军岭，俯视便是天池岭、大坝河、阳坡良田，晴朗的日子，目光所及，一只鸡子都能看得清清楚楚。洞口宽 28 米，高 25 米，深 500 多米，左右隔房，中留通道，掌灯时节，宛如街市。洞内有暗河、天坑，水源充足。进洞 200 米处，搭有一丈多高垂直木梯与二楼相通。正如国民党 1931 年 5 月 26 日《中央日报》报道："查该洞极为险要，洞内复搭有吊梯，尤为坚固。其中囤积粮食甚多，黄匪（指黄大鹏）以有险可守，且无绝粮之虞。故能安然在该洞盘踞多年，培植充分实力。"下午阳光可从二楼斜射至一楼。其他时候一楼底部一片黑暗，即使是白天，没有火把也无法找到上二楼的楼梯。二楼可容数百人，在二楼洞口，山下景物一目了然。白湾、天池岭，路上行人走动一望便知。与洞口对峙的松木岭，又叫扇子岩，也称二墩岩，有深涧相隔。其直线距离不足千米，在小钢炮射程内。

黄大鹏把留守处转移到万仙洞后，成立了后方留守处临时党支部。谭炳武任留守处主任，留守处临时党支部由谭炳武、连长王载元、医院院长刘仲芳、修械所长段金山组成，谭炳武为书记。特务连长王载元带领 30 多名战士搞好保卫，凭险据守。留守处到来后，立即修建洞口掩护墙和防御工事，祠堂作会议室、办公室。修建两边夹墙，一边做战士宿舍，一边做眷属住房。洞口大场坝用来做操场。最前边是厨房和自制炸药锅灶，至今还有残垣断壁。战士们为防阳坡之敌来犯，还在右边刀背梁子架木梯设置过流动哨，木梯随时撤离。在掩体外堆放石头，对准漂口，以防漂口之敌。

## 三、炮击火攻万仙洞

4 月 27 日早晨，松木岭机枪扫射、大炮轰鸣，卷起阵阵烟雾，整个松木岭在炮弹烟雾中丈余难见人影。敌人利用烟雾效果，派出一个营的兵力摸过万仙洞下边的深沟，钻入密密麻麻的树林中。中午，对岸炮声停止，但有敌人拿着望远镜观察洞内动静。二楼哨所看得清清楚楚，下午3点，一个营的兵力突然出现在万仙洞下方漂口，洞内派出一名战士绕到山根，进入流沙口。敌人只能从打柴的漂口疯狂向上攀登，洞内仍然不发一枪一弹，甚至还有十几个战士连枪也不带在外面走动。当成堆的敌人走进漂口正中央最危险处，连长王载元一个手势，只见岩根边战士手脚并用向上攀登，带起一股碎石流，碎石流如决堤的洪水哗哗啦啦直冲漂口而下，敌人像搬家过河的蚂蚁突遇洪水，卷进碎石流，推入河底，死伤过半。松木岭指挥所长官看着自己的队伍瞬间被碎石流吞噬，气得暴跳如雷，连吼“草包，饭桶，混账”。摆摆头，瘫坐在椅子上。

张杰在天池岭听到一个人制造一股泥石流，一个营的兵力损失过半，又急又气，当晚赶到松木岭督战，连夜用强力信号灯照射，勘察地形。第二天，十几个人拿着望远镜侦察，仍然望而生畏，不敢动弹。张杰命主攻团每天放放空枪、空炮佯攻，思考着能一举拿下万仙洞的计策。

张杰在天池岭前沿指挥部召开会议，参会者除指挥部作战参谋和三个团长外，还增加了一个巴兴归“剿共”指挥部指挥长皮秋宾。张杰命令皮秋宾熟悉地形，寻找有利途径，智取万仙洞。皮秋宾献策：“洞内共匪除贺龙留下的伤病员外，其余人员大多为巴兴归土生土长的红四十九师人马。其主力涂美中已逃到九道梁进入房县了，黄大鹏在后沟和平阳坝打了一仗，早已不见踪影。张旅长声震川东，囊括长江，气吞万里如虎，我这虾兵蟹将何足挂齿？”张杰听后暴跳如雷：“娘希匹，老子打仗只要结果，不要过程，少给老子拍马屁。”他命皮秋宾三天之内找到红军内线，智取万仙洞。

皮秋宾大气不敢出，下山去找毛崇伍，毛崇伍只好去找巴东白湾、溪丘湾、平阳坝、天池岭的保甲长。真可谓“官大一级压死人”啊！

梯子口、漂口是松木岭敌人主攻方向，经过三天四夜，敌人毫无进展。皮秋宾没有找到红军内线，却找来了峡门口一个以打猎为生的人，这人诨名叫张嘎贱狗子，他知道有小路可通山顶。张杰听说从阳坡有小路可通山顶，当场给他赏了十块大洋，叫他带路，寻求来一个“劈头盖顶”之术。张嘎贱狗子颧骨高耸，长着一张刀背脸，人们说他是一个“认钱不认人，脸上难挖三两肉的家伙”，心狠手辣胜过豺狼。张嘎贱狗子带领一队人马从巴东阳坡上山，穿过深山老林，攀过三道悬崖，到达洞顶。张杰一边命令松木岭二十四小时不停地向洞口开火，牵制洞内红军注意力，一边加速准备火攻。他派出一个营的兵力在洛坪、朱家湾征集稻草，全营 300 多人在洛坪征集稻草 300 捆（20—40 斤），一些士兵还在村里抢夺财物，搜刮民脂民膏。征夫队要求每户出一个劳力，将稻草送至万仙洞山顶。有些农户没有养牛，就没有储备稻草，征集队就会将农民的床铺草收集起来去抵任务。苏区人民与红军有着深厚的感情，有的家庭就有人参加了红军，多数家庭加入了农会，不少家庭有游击队队员，都知道红军是共产党的队伍，知道张杰旅是想用稻草烧死红军，于是大部分劳力纷纷逃跑。

敌人为了抓农民送稻草上山，对拒绝者轻则痛打，重则烧毁房屋，以显淫威。张杰为征集背夫，烧毁洛坪、朱家湾牛圈八间。洛坪村陈庸斌装病而又不愿交出稻草，被国军烧毁牛圈两间。洛坪村青年农民龚永新在外躲藏三天后回家煮羊肉吃，恰碰国军征集队，他拒绝背稻草上山，被两国军强行将其右手按进翻滚烫热的砂罐里，从而落下终身残疾，最后将龚永新 14 岁的弟弟龚永宁抓去做人质方罢休。有些农民偷偷地将稻草中间洒上水，导致稻草无法燃烧，这也是后来火攻失败的原因之一。

5 月 5 日深夜，红军教导第二师师长黄大鹏派出一个小分队从小龙方向摸进深山老林，以树木和夜色作掩护，为万仙洞送去粮食和两头猪，还带来黄大鹏的亲笔信，鼓舞士气。信上说，全体留守人员要沉着、要坚持，必须人在阵地在，共产党员要有大无畏的革命英雄气概，要灵活机智地与敌人斗争到底。谭炳武接到来信后，立即召开党支部会议，传达黄师长问候，研究作战方案。全体共产党员集体宣誓：人在阵地在。能挪动身体的60多名伤病员也纷纷写下血书参战，决心誓与阵地共存亡。医生、护士、家属全部作为战斗员序列投入战斗，年龄最小的是八九岁的孩子。黄大鹏的信在这生死关头起到了冲锋号的作用，所有参战人员情绪饱满，斗志昂扬，体现了红军队伍打不垮、砸不烂、烧不死的硬骨头精神。

5月6日早上，天空乌蒙蒙的，太阳钻出云雾也觉得乏力。松木岭的集结号响声格外刺耳，敌人向洞口放着冷枪。几十个炮兵搬运大箱炮弹，将三挺八二钢炮对准洞口一阵激烈地轰炸，地动山摇，尘土飞扬，碗大的石头如天女散花般砸得地面啪啪作响。

红军伤员转移到二楼，在洞口快乐地与敌人喊话：消耗你们的弹药就是对我们最大的支持！让炮弹来得更猛烈些吧！

当时红军的心情，多么希望敌人分秒不息地狂轰滥炸，这是消耗敌人弹药的好机会。敌人的弹药打完了，他们的战斗力自然会萎缩。有一名女医生站在洞口背起了高尔基的《海燕》：……一堆堆的阴云，好像深蓝的火焰，在这无底的海的头上浮动。海在抓住闪电的光芒，把它熄灭在自己的深渊。像是火蛇似的，在海里游动着，消逝了，这些闪电的影子。“暴风雨！暴风雨快要爆发了！”那是勇猛的海燕，在闪电中间，在怒吼的海的头上，得意扬扬地飞掠着；这胜利的预言家叫了：“让暴风雨来得更猛烈些吧！”

红军战士听完女医生激情飞扬的朗诵，伸出手热烈鼓掌，笑声连成一片，这次笑声是红军战士进洞以来最愉快的笑声，同时也隐隐夹杂着不安和焦虑。没想到，笑声过后就是一次最为惨烈的战斗。

松木岭的炮声刚歇，一颗信号弹带着天蓝色尾巴飞过山顶。

万仙洞口上方300捆稻草堆成一座小山，淋上煤油，包上石头，在大炮的掩护下，瞬间点燃，向洞口倾泻而下，火球在旋转中发出呼呼的声音，稻草里面有石头，落地就是“噗”的一声，洞口形成一片熊熊燃烧的火海。岩石上的灌木呼呼炸裂，火苗蹿起数丈高，覆盖了洞口，数十丈外的树木经不住热浪的侵袭，纷纷低下了头。红军伤病员全部撤入二楼，连长王载元带领30名战士守在洞口。甚至还动手打灭了几十个火球。起初，烟雾还朝洞内乱窜，一阵微风吹来，风向改变，烟雾左右摇摆，随后一股大风从小龙方向直扑而下，导致火焰下行，浓烟顺山坡弥漫，树木被烟雾吞食，烟雾蔓延至山脚小龙河谷，形成浩浩渺渺的烟海，整个万仙洞淹没在烟雾中。目标丢失，敌人也无法进攻，反过来帮倒忙，给万仙洞人工制造了一道天然保护屏障。

张杰枉费心机，气急败坏地宣告火攻失败。

## 四、血肉之躯铸忠魂

火攻失败，张杰又生一计：两侧夹击，中间突围。即两边各派出一个营的兵力钻进老林，借树木掩盖，潜入洞口下方两侧，中间派一个营的兵力正面进攻。

面对敌人三角推进的新战术，别无选择，只有死守。只有30名战士远远抵挡不住三面围攻的敌人，在火攻战斗中牺牲了两名红军战士，从100多名伤病员中挑出60名轻伤员参加战斗，留守处主任谭炳武任总指挥，连长王载元负责消灭漂口进攻的敌人，一班长负责左侧梯子哨口，立即撤回梯子，二班长负责放哨和抵抗右侧敌人，医院院长刘仲芳在二楼观察对岸动静。人在洞在，决不后退。所有人员，只要能拿一根草就拿一根草，能抱起一个石头就抱起一个石头，只要能做武器的东西统统运往洞口。

260 余人纷纷行动起来，妇女和孩子、拄着拐杖的伤病员把洞内凡能搬动的石头都搬到了洞口，大大小小的石头、修理枪械的钻子、刀管、钳子都摆在了前沿阵地。

5 月 7 日、8 日，敌人连续两天进攻，由于两侧是悬崖峭壁，正面进攻的敌人遭到石头冲击，损失惨重。有一小股敌人在大炮的掩护下刚爬到绳索附近，上面掀下一根七尺长的圆木，从洞口直冲而下，三个敌人顿时一命呜呼。两翼的敌人在悬崖折戟，只能望洞兴叹，于是停止进攻，撤回原地待命。

敌人偶尔朝洞口开炮，碎石土块洒落在掩体上哗哗作响，红军推一块石头顺漂口而下，卷起一路烟尘。两岸对峙，敌人如同老虎看见水中的影子，不仅没有吃掉对方的肉，反而掉进水里淹死。

敌人见硬攻不行，就采用攻心之术朝万仙洞喊话，什么“只要归顺国军，原来是什么官，还是什么官，人人可升官一级”。这种喊话，红军只能用石头擂向漂口以示拒绝。

巴兴归“剿共”总指挥皮秋宾派人爬到洞口下方 800 米的地方（垂直距离不足 400 米），高举喇叭喊话，宣读他早已写好的劝降书：“你们已经势如骑虎，何去何从，应从速抉择。我皮某为三县联防总指挥长，应以全局为重。尔等倘若继续执迷不悟，后果将难以估量。本着宽大为怀之精神，只要革面洗心，绝不查究既往，当即呈请上方，保荐录用。”张杰也派人喊话：“只要投降国军，是不会亏待你们的，原来是什么官还是什么官。”

鉴于战况危急，决定将计就计，派出连长王载元佯装谈判代表向敌人喊话，敌人大为欢喜，立即停止射击。王载元披着三床淋了煤油的棉被，迅速下到洞口下方梯子口，点燃棉被，又迅速回到了洞里。霎时，火光冲天，连接洞口的木梯烧毁，形成了一道光秃秃的绝壁，断绝了敌人徒手攀登的念想。

敌人知道上了当，恼羞成怒，对着洞口疯狂地扫射和轰炸，满山遍野弹片横飞，石头乱崩。枝繁叶茂的青树、花梨树、铁匠树、大叶泡桐都被炮弹残忍地削成断头光杆，流出泪珠似的汁液。鸟雀早已逃离，猕猴踪迹全无，预示着残酷的战斗又会变本加厉地上演。

“围剿”与反“围剿”战斗进入僵持阶段。

战斗进行到第 14 天，敌人再一次发起了猛烈进攻，迫击炮弹在洞口正中炸裂，掩体坍塌，五名战士壮烈牺牲。在撤离左侧梯子口时，敌人连连击中目标，致使三班战士伤亡过半，杜瑞兴班长为掩护战友撤离，登上大石包向槽口还击，连发三枪，枪枪毙命。敌人尸体像柴捆子一般滚下漂口，带走一批进攻的敌人。敌人不甘心失败，接连数次冲锋，松木岭的炮火发出震耳欲聋的怪吼，杜瑞兴再一次冲出掩体，被一颗炮弹炸掉了他的一条腿，当即昏迷过去，另一颗炮弹又把他炸醒过来，他拖着一条腿，推动一块大石头冲下漂口，砸死三个敌人，杜班长才在血泊中闭上了眼睛。

这 14 天，虽屡次打退敌人的进攻，但也牺牲了十几名战士，冲出洞口大坪的次数逐渐减少，战斗力明显减弱，最后只能防守。

敌人遭到多次挫败后，仍不死心。川军司令王陵基在张杰的陪同下来到松木岭督战：漂口梯子已被烧毁，徒手无法攀援。老奸巨猾的王陵基做出新的战略调整：立即更换特务连，派人在天池岭铁匠铺制造了大量铁爪子，派一批爬岩尖兵，组织正面进攻；命令一个营的兵力从右侧横断山口登上刀背梁子，阻断万仙洞流动哨口。用一个机枪连封锁洞口，掩护攀岩尖兵到达洞口下方；远程迫击炮一刻不停地轰炸。

炮声轰炸，机枪连封锁洞口，一刻不停地扫射。

战斗惨烈，红军将流动哨位移向前沿阵地。

5 月 13 日，这一天是战斗持续的第 18 天，张杰下达了正面突击的命令。铁爪子连作为敢死队，每人发大洋 10 块；机枪连每人发大洋两块。必须在天亮之前进入阵地，天亮之后发起抱团冲锋。

天刚拂晓，铁爪子敢死队穿上牛皮背心摸到了漂口，机枪连提前一天进入了阵地，24 小时不间断地扫射。红军战士顶着铁锅、锅盖、木盆还击，想端掉机枪连，曾跟随贺龙军长南征北战的眼疾伤病员，不顾个人安危，抱着一捆手榴弹，冲到敌人机枪连下方，身子瞬间成了筛子，也就在他生命最后时刻他拉响了手雷式的炸药包，阵地翻起一丈多高的土浪，一挺机枪成了哑巴。

敌人机枪连加强警备，四挺机枪对准洞口又不知疲倦地哒哒地响起来。

太阳刚照进扇子岩，松木岭三门大炮一起开炮，炮弹轰隆轰隆在洞口炸响，飞沙走石，尘土飞扬。右侧横断山口机关枪声哒哒地叫个不停，叫喊声此起彼伏，一浪高过一浪。

留守处处长谭炳武带领 40 多人的队伍来到洞口守卫，非战斗员全部撤入二楼，医院院长刘仲芳将二楼扶梯毁掉，烧掉所有机密文件及留守处花名册。

王载元借洞口大石头做掩体，带领战士轮流还击。战斗进行到了第 18 天，大石头已经打光，没有手榴弹，只能靠步枪点射。

敌人的机枪离洞口只有 100 多米的距离，而且居高临下，洞口全部暴露在射程范围内。在大炮机枪的压制下，30 名短枪手，每人怀揣奖赏银圆 10 块，用铁爪子攀岩，直逼洞口。连长王载元看到敌人阴谋马上就要得逞，冲进枪林弹雨中用石头向敌人还击，有两个敌人脑袋开了花，在红军战士的奋力拼搏中，打退了敌人第三次进攻。

松木岭的炮声再次响起，敌人已接近洞口。王载元高喊：“同志们，党考验我们的时候到了，人在阵地在，我同阵地共存亡！”战士们再一次进入前沿阵地，只能密集地扔出小石头，原来那灰白色的蜈蚣乱石堆已所剩不多，失去了泥石流当初的威风。红军战士只能用枪点射敌人，可敌人那要命的机关枪哒哒地叫个不停。王载元站在大石头后面向二楼喊话“端掉机关枪”。二楼战士用三发点射消灭了敌人两名机枪手，一挺机枪变成哑巴。松木岭发现一挺机枪失灵后，大炮变本加厉地轰炸洞口，一颗炮弹在大石头边炸裂，带起一块碗大的石头砸在王载元的左臂上，王载元当即鲜血直流，不省人事。两名战士把血肉模糊的连长拖进洞口，连长苏醒过来时，枪声告诉他，战事已到了最危急关头。王连长说“不要管我，人在阵地在”。命令战士再次把他拖出洞口，他带着血迹来到最前沿，看见一个铁爪子手已越过了梯子口，正朝他扑来，他端起枪站起来，对准敌人就是一阵扫射，敌人滚下悬崖，另一个铁爪子手在大炮的掩护下从左边的树林中冲出来，离平地只两三米了，王载元扔掉枪，站起来，跳下悬崖死死地抱住敌人，一同滚向漂口。一个，两个，三个……十几个战士跳下悬崖与敌人同归于尽。

由于横断垭口机枪的扫射，洞口阵地的红军战士牺牲过半。

炮声更紧，枪声更急。铁爪子队直逼洞口获得成功，红军战士弹尽粮绝。最后只有 10 多名身负重伤的伤病员在洞口与敌人展开了肉搏战，终因寡不敌众，十多名战士全部壮烈牺牲。

敌人一个营的兵力从横断垭口放绳子进入洞口，占领了万仙洞。敌人进得洞来，打着火把到处搜索，大喊“归顺国军，缴枪不杀”。可在一楼找了个遍，没有发现一名幸存者。敌人找到二楼楼梯口，遭到红军伤病员的顽强抵抗，敌人死伤十余人，没能上得楼来。最后他们将柴火堆放在二楼洞口，放上辣椒面，将祠堂及生活用具全部点燃，火焰顺势而上，毒烟滚滚，除留守处主任谭炳武、战士龚发金跳崖幸存外，其余260余人全部被敌人杀害。有史料记载“张军在洞放火，烟焰满洞，悉无一存”。

《中国共产党兴山历史》中对万仙洞战斗是这样评价的：

1931年4月上旬，贺龙率领的红三军来到巴兴归，使巴兴归革命根据地有了短暂的休整时间。4月中旬，红三军离开巴兴归后，国民党军队对巴兴归革命根据地进行了疯狂的“清剿”，万仙洞留守人员与敌人战斗18个昼夜，260余名红军指挥员、伤病员、特务连战士壮烈捐躯。万仙洞战斗，在战略上忽视客观条件，凭勇气孤军作战，造成战斗失利，牺牲惨重。但战斗中，全体红军指战员，表现出了不畏强暴，不怕牺牲，奋力拼搏的革命精神，牵制了敌人三个团的兵力，保证了红三军主力转移，为红军开辟鄂西北革命根据地作出了重要贡献。

《兴山人民革命史》是这样评价的：

万仙洞战斗是孤守一洞，在战略上不顾客观条件，造成战斗失利，牺牲惨重。但在战斗中，全体红军指战员表现了不畏强暴、不怕牺牲、奋力拼搏的革命精神。牵制了敌人三个团的兵力，保证了红军主力顺利北上，以局部的牺牲换取了全局的胜利。

万仙洞战斗是一次惨烈的战斗，是一次国民党反动派“围剿”苏区的报复性战斗，他们把对共产党红军的仇恨全发泄在了万仙洞伤病员头上。双方力量悬殊，敌人的兵力是三个团，共计 3000 多人，红军指战员才 30 人，百分之一的比例，坚守了 18 个昼夜，这是奇迹。

如果没有万仙洞战役，很可能贺龙所率领的红三军会遭到重创，王陵基采用的是围魏救赵之兵术，他们“围剿”万仙洞，其目的是想让红军主力回头。王陵基在香溪口、东瀼口、两河口已布下重兵 12000 人，妄图一举歼灭红军主力，万仙洞的坚守，为红三军的转移赢得了时间，为建立鄂西北革命根据地作出了不可磨灭的贡献。

王陵基从四川下来主要是为了追赶贺龙率领的红三军，当他在香溪码头登陆后，发现红三军已从榛子和水月寺方向消失，在追赶无果的情况下，才把枪口对准下湾苏区，当听说教导第二师仍在巴兴归活动，他们才准备吃掉这支部队。教导第二师当时只有 300 多人，加上留下的 260 余名伤病员，共计 600 多人。这支部队由黄大鹏师带领 100 多人打游击，主要是保卫这 260 名伤员，涂美中副师长带领 300 多人在九道梁子打游击，途经巴东小龙、兴山湘坪、神农架、房县，最后与红三军会合。

万仙洞战斗是红三军历史上最为惨烈的战斗之一，其功绩彪炳千秋。

# 第七章 贺家坪战役

解放军，志如钢，
个个都是打虎将。
蒋介石，想顽抗，
派个草包上战场。
枪没响，吓得慌，
人们送他好名字，
名字就叫输得光。

——高桥快板书

## 一、军事要道贺家坪

1932年，下湾区苏维埃政府主席陈慎洲在秭归县城被杀害后，下湾苏区革命暂时宣告失败。随着抗日战争的爆发，战火烧到南津关，兴山处于第五、第六战区的交汇地，转运军粮、军火任务繁重。曾经的巴兴归苏区人民再一次站出来，支援前线，据不完全统计，不足十万人口的兴山，出动民夫1740万人次，1190人溺毙在转运军需物资的路上。为提高战斗进程，当局决定扩修巴柯（巴东东瀼口至均县即今丹江口市柯家营）古道，便于部队转移和军火物资运输，打通四川与三峡、郧襄陆运大动脉，这一行动也为解放大西南创造了条件。

高桥的人民，是英雄的人民。

1949年5月，巴柯古道一天比一天热闹，每天都有飞马快报，人不断线，川流不息。贺家坪的老百姓怎么也想不明白，这个山旮旯里怎么一下成了大路，时常有上万人的军队从这里进进出出，长年不干的水井大白天就被舀得见了老底。原来狗子见了陌生人还狂吠一阵，时间长了，狗子也只是躺在大磨盘下对大路上的行人置若罔闻。屈指算来，仅军队就有40万人之多。

老中医陈长春向老百姓解释，如果把中国比作一个人，四川、重庆、云南、贵州、广西可比作人脑壳，湖北、湖南、广东、江西、安徽、南京好比一个人的身子，我们贺家坪就是人的脖子和喉管，上连四川、下通湖广。两个人打架，只要一手掐住脖子，一招就能致命。

他的话让人肃然起敬，这地方太重要了。人们抬头望望巴柯人行道上日夜奔跑的军队好似一条长龙。是啊，从古到今，贺家坪从没歇息过：四川人要出山，可从长江走捷径，但三峡水深流急，有些地段落差达十米，小木船像一片树叶吸进去就不见踪影，更像一个干渴的人将碗边的茶屑吸进肚里而毫无知觉。三国时，魏、蜀、吴百万大军争夺天下，抢占蜀道，巫山、巴东、贺家坪尖石秃头，道折三寸；大顺军小闯王李来亨、袁宗第、刘体纯、一只眼、过山虎与清军交战，在这里打得遮天蔽日，血流成河，尸横遍野，爷死爹亡、殁年国殇，啼哭三年，哀声绕梁，狗子三天不敢出门寻食，那才叫一个惨呀！

人们有一种预感：要出大事了！许多大户人家挖地藏银，贱卖家产，准备逃亡。

在外做官的陈孔博带信给家乡人：不要慌，不要跑，你们说的新四军（高桥人喜欢称解放军为新四军）要回来了！说明白点，贺龙的部队要回来了！能配合的配合，不能配合的少添乱。

1949 年 6 月，在中国人民革命即将取得全国性胜利的时候，蒋介石抵达重庆，企图确保西南五省，以待国际形势变化，伺机反攻。蒋令其嫡系宋希濂部以大巴山、巫山为防线，屯兵巴东白湾、秭归贺家坪（贺家坪 1951 年前属于秭归）一线，阻止解放军向西南进军，妄图在这“严疆锁钥”地带再加上一把铁锁，把解放军锁在大门外，划江而治。

毛主席发布命令：挺进大西南，解放全中国。

1949 年 8 月，中国人民解放军第二野战军向西南进军。为配合二野进军西南、四野进军广西的侧后安全，抢占川道，宁息四川，四野一部和湖北军区独立一师、独立二师，在湖北军区副司令员王宏坤的统一指挥下，发起了西南战役。贺家坪正处在西南战役的节点上。

根据西南战役整体部署，独立一师一团和师直驻兴山，二团驻守秭归，三团驻守龚家桥。一团、二团闪电解放兴山、秭归，留下部分人员剿匪，大部增援龚家桥。8 月 1 日，湖北军区独立一师一团团长江贤玉将全团 3 个营，计 2000 余人，分成两路从宜昌出发，一、三营由团长江贤玉率领，另一路二营由团作战参谋刘继泰和二营教导员龙飞率领，8 月 6 日解放兴山县城。8 月 10 日，一团大部随江贤玉经龚家桥来到贺家坪。

## 二、钉子连队显神威

有人从兴山城连夜跑回来放话：兴山城打起来了，县保安团跑了！县城街上睡的全是解放军。

有人从秭归县城跑回来说：偏脑壳还想与解放军抵抗，一梭子弹送上了西天，城门上全是解放军。

8 月 10 日天刚蒙蒙亮，老农刘本富惦记他的三亩水田干旱裂了口，拉开门，吓了一跳，阶檐上全是抱枪靠墙而睡的人。刘本富张开嘴巴，顿感语塞。站岗的战士转身向刘本富敬了一个军礼："老乡您好！我是解放军独立一师三团一营二连指导员朱朝安，是三团的先头部队，若有打扰，敬请包涵。"战士睡觉，长官站岗，刘本富活了50多岁，还是第一次看到。朱朝安身材板直，眼珠似漆，目光直视，似有一道亮光扫射，最后停留在老乡脸上，目光代替语言，等待老乡的回复。刘本富老汉出门一看，老林里、坎下，陈庸范、陈庸旺家门前都是和衣而睡的战士。八连驻碗厂，九连驻贺家坪、铧场垭。一夜之间贺家坪住满了解放军。

解放军凌晨 4 点抵达此处，一排、二排在上面休息，三排及炊事班战士在此处借宿。朱指导员立即向老乡求援：想借屋前稻场做饭，请求老乡支援一点新鲜蔬菜。刘本富、刘本贵昨晚还与陈庸旺议论，红军要来了，没想到今天早晨就来了，真是有些猝不及防。刘本富让出锅灶，立即帮忙做饭。

三股青烟分别从汪家垭、碗厂、白果树坪稻场的灶屋里冒出来，没有喧闹，没有杀猪宰羊的啼叫，似乎与平常没有什么两样。战士们吃完饭，太阳才擦山边晒到扇子岩和仙女山半山腰。晨风吹来，格外凉爽。战士们有一个习惯，凭借太阳位置辨别方向，记住东南西北方位，向老乡打听每座山顶的名字。

朱朝安的到来，表明独立一师三团全部到达高桥，他是三团先头部队，黎明前到达指定哨所贺家坪。团长江贤玉在龚家桥王家垭过天池观察地形，将团部设在火石垭。庙坪、长冲、火石垭、贺家坪驻兵2000多人。

高桥的地形地貌非常特殊，民间流传这样一段顺口溜：

一条门槛三把刀，
两尖对峙西边高。
一山二水穿三县，
仙女木马锁高桥。

这首顺口溜表明高桥几面环山，山高谷深，险峻异常。一条门槛指从伍家坪至槐树沟连接天池这座高不过千米的大山把高桥与兴山、秭归隔开，山梁刀砍斧劈横亘突兀，像一条门槛，要想守住兴山，只要守住这道门槛。

也有人这样形容贺家坪的地形地貌，一条门槛指与兴巴交界的贺家坪背后的一座大山，蜿蜒至贺家山尖到官田岭，把茅草坝、贺家坪、大坝河包围成三个小盆地。三把刀指这条门槛下的三道脊梁似尖刀直插茅草坝和大坝河，一道梁子指贺家梁子，即从山顶直插茅草坝河；二道梁子指郭家梁子直抵姚家坡，第三道梁子指从铧场垭下王家山直插大坝河，与小龙相望。也有人说这条梁子也是一道门槛。两尖指贺家山尖、羊角山尖双峰对峙遥相呼应，羊角山尖位于木马凳山顶，靠西的羊角山尖仅次于仙女山，从这里可达牛洞、甘家坪及长江，可通秭归、巴东。一山指仙女山，是一道天然屏障，海拔 2426 米，高不可攀。二水指的是从仙女山发源的凉台河、茅草坝河。江贤玉命令一连、三连抢占贺家山尖，羊角山尖。八连、九连驻守贺家坪，三地呈掎角之势，相互照应。

国民党正规军九二八团被独立一师二团追击后，放弃秭归县城，从秭归两河口进入龚家桥。全团 1000 多人在鸡公岭集结，为顺利退守巴东与宋希濂部会合，派出一个连的兵力窥视兴山，牵制增援部队，其大部在团长率领下从黑沟逃往田家坪，抵达溪丘湾，与保安旅会合。时近中午，战士们大都掩藏在树林里，敌人没有发现解放军。敌侦察连 300 多人从龙潭上狮子包，过半山腰，登上贺家梁子，这里视线开阔，巴东白湾、平阳坝尽收眼底，茅草坝小盆地的稻谷转黄，微风吹拂，满是稻香，惹得士兵多了几分乡愁。

解放军二连战士在树林里休整，有的在擦枪，有的在检查弹药，有的帮老乡干农活，炊事班战士在洗菜。突然听到集合哨响，战士们奔向谭文辉屋场集合。只有三分钟时间，队伍站立整整齐齐，指导员朱朝安高声大嗓地说：三团二连是先头部队，我们要像钉钉子一样，坚守阵地。各排按要求快速到达指定地点。说完朱朝安勒紧皮带，拔出手枪，子弹上膛，手一挥，“出发”。部队向观音堂冲去。脚步像拍耙一样啪啪作响，地上卷起一层灰尘。解放军战士如猛虎下山兵分三路冲向卡口，一路沿巴柯古道冲向观音堂，一路直指贺家山尖，一路奔向转包堵住黑沟前往田家坪的道路。

约莫过了十分钟，观音堂响起了激烈的枪炮声。敌人从山林里蹿出来，两军相遇，枪林弹雨，树叶如雪，惊鸟断翅，烟雾弥漫山林，难辨东西。解放军一个排的兵力在排长指挥下，凭借大石头作掩体，让敌人大放空枪。战士们注视着地面，只要看到有敌人脚步移动，就是一个点射，一枪一个，已放倒十多个敌人。敌人不敢前进，撒腿后撤。解放军战士也不追，任其逃跑，敌人还没跑出半里地，就遇上了火石垭的机枪排，只20分钟，敌人300多人，死伤过百，剩下的敌人向狮子包夺路而逃。

敌人的障眼法没有成功，九二八团主力还没冲上贺家坪山梁，就遇到了解放军一个营的兵力堵截，九二八团被逼进了深沟。这里山势平坦，灌木丛生，砾石成堆，难以冲锋。解放军沿贺家坪山梁呈一字排开，三人一组，摆开1000米的长蛇阵，严阵以待。逃到巴东观音岩的保安第四旅听到贺家坪的大炮声，就知道九二八团抵达贺家坪，与解放军交上了火，立即向贺家坪分两路增援，一路准备翻木马凳，从正面进攻木马凳，进攻田家坪；一路从白湾绕道贺家坪，对解放军展开两面夹击。

黑沟战斗还没打响，山梁上的解放军二营已被敌人团团包围。

敌人顺着大路向山顶冲锋，长官站在路边一个劲催促："消灭了解放军，赶到白湾吃中饭。"

时间指向正午，人影缩成一团，踩在脚底，离山顶只有100米时，突然三连王连长一声令下："靠近打，狠狠打。"子弹如雨，炸弹如泼，卷起一阵烟雾，冲在最前面的二十几个敌人没能赶到白湾吃中饭，不知道怎么一回事就一命呜呼了。有的敌人丢下枪，向黑沟方向跑，要多快有多快。九二八团的团长听到枪响，才知道遇上了解放军，举起枪，拼命狂叫"顶住，顶住，给我顶住"。敌人稳住阵脚，又掉头朝上冲。王连长告诫战士们："靠近打，节约子弹。"敌人在30分钟内发起了两次冲锋，终因地势不利，败下阵来。临近下午3点，敌人发起了十多次冲锋都没有成功。

敌指挥官改变作战计划，派一个营的兵力佯攻，其主力天黑前改道从木马凳撤离。为了达到佯攻目的，敌人再次发起密集的炮弹轰炸我前沿阵地，大有卷土重来之势。解放军一边射击，一边放起了礌石阵，山上的石头飞驰而下，石头像切西瓜的菜刀一般向敌人砍去，顿时一阵鬼哭狼嚎，敌人脑壳开了花。

正当解放军欢欣鼓舞时，一排长报告，在我们背后贺家坪发现大股保安旅人员，且有迫击炮、八〇炮，爆火筒。连长登上山顶向贺家坪观望，发现黑压压的敌人正潮水般涌来。有人建议立即向贺家山尖撤退。连长反问道："撤向贺家山尖敌人就不追了吗？敌人是不会放过我们的，敌人的兵力是我们的20倍，他们会像吃包面（饺子）一样吃掉我们。"连长果断决定：收缩兵力，牵制敌人，一排坚守阵地防黑沟来犯之敌，二排、三排掉转枪头打增援敌人。他号召大家要像钉钉子一样钉在前沿阵地，宁愿前进一步死，决不后退半步生。

战士们在山上没吃一口饭，没喝一口水，肚子饿得咕咕叫，有战士扯下阵地上的刺儿菜，用手搓捏成团，生咽下去。敌人增援部队跑步进入贺家坪，对着山脊乱放枪。炮声、枪声响成一片，六〇炮、八〇炮的爆炸声就如同炸掉半边绝壁岩石，山谷发出回应般的轰鸣。坚守在木马凳上的一连连长发现下面情况异常，留下一个排坚守阵地，带领两个排下山增援，刚冲下山一里路就遇上了另一股敌增援部队——敌保安第四旅的增援部队，约200人，两军相遇，战斗在半山腰打响。敌增援部队看到我军来势凶猛，喊杀震天，大有山崩地裂之势。解放军连扔三颗手榴弹，炸死6个敌人，敌班长当场毙命，敌人士气不足，只打了几枪，掉头就跑，还误伤了自己人，解放军乘胜追击，敌人仓皇夺路而逃。

抢占羊角山的解放军三营营长刘春玉，站在山顶观察，敌人大股部队沿黑沟突围，黑沟顶端就是田家坪，贺家坪山梁已被解放军一个连队控制，只有从田家坪撕开一个口子，才能与保安旅首尾相连。毫无疑问，这个口子就是木马凳。刘春玉当即命令：八连九连背靠背守住木马凳，九连负责消灭黑沟逃窜之敌、八连消灭巴东溪丘湾、白湾增援之敌。

木马凳远远望去，就是羊角山尖西端兴巴交界猛然断裂的垭口，一道亮光连接兴、归、巴。垭口是贺家坪连接白湾、溪丘湾最便捷的路线，保安旅在离垭口一里许的地方修建了工事、碉堡、陷阱。只要走到这里就能体会“一夫当关，万夫莫开”。为做到万无一失，刘春玉营长将营指挥部设在田家屋场，离阵地直线距离200米。

田家坪卡口的八连一个班全部陷入敌增援部队的包围中，排长眼看子弹打得只剩下三箱了，手榴弹也只有一箱了。怎么办？排长命令：节约子弹，靠近打，一个手榴弹必须解决三个敌人，一颗子弹一个敌人，不要放空枪。排长抓起一个手榴弹跳起来，冲出战壕，一颗炸弹在他身边爆炸，一条腿被炸飞，小腿落在了战壕里。战士们看到这只血肉模糊的小腿，大喊“排长，排长”。约莫过了五分钟，只见排长拖着一条腿掩藏在一块大石头后面，向战友们发出第二道命令：给我留出一个口子，放敌人进来。战友们看到排长一往无前的劲头，有意给敌人一个空隙，10多个敌人离排长大约只有30米了，在这千钧一发的时刻，排长攒足劲，准确扔出两颗手榴弹，只听轰轰两声，炸得敌人手脚分家，战士们枪声“啪啪”连响，敌人中弹后如没头的苍蝇，在乱石岗中翻滚。短短几分钟，敌人死伤20多人，500多敌人掉头退回到碉堡槽。

为鼓舞士气，独立一师师长齐勇派出一个文艺小分队上前线，每个队员带一壶水送给战士们。傍晚，斜阳的余晖照在阵地上，灰头土脸的战士喝了一口水，满脸都是灿烂。在这短暂的空隙里，战士们端着枪盯着前方，文艺战士走上前就是一段快板书：

解放军，志如钢，

个个都是打虎将。

蒋介石，想顽抗，
派个草包上战场。
枪没响，吓得慌，
人们送他好名字，
名字就叫输得光。

八连有个好三班，
人人都是英雄汉，
面对强敌数十倍，
英勇善战敌胆寒。
敌人扔下尸百具，
屁滚尿流跑得欢。
钉子连呀钉子班，
钉子班的好兄弟，
哥哥叫作钉子钉，
弟弟叫作钉过关，
坚守阵地如钉钉，
美名远扬镇山川。
……

黑沟方向的敌人打着旗子上来了，狙击手一枪结果了旗手，解放军枪声断断续续，子弹所剩无几，且腹背受敌，两面遭夹击。眼看敌人就要撕开一条口子从贺家坪逃出去，在这万分危急的时刻，从敌人右翼密林中钻出一股解放军部队，以迅雷不及掩耳之势向敌人开炮，炸得敌人连连后退，敌人边退边喊：“都是自己人，我们是保安第四旅的。”敌人以为是保安第四旅增援部队从木马凳下来了。解放军回答：“我们是中国人民解放军，缴枪不杀。”敌人像泄了气的皮球，顿时瘪了下去。敌人受到夹击，无心抵抗，扔下黑沟里的同伴，自顾自地逃命去了。站在山顶的战士受到文艺兵的感染，高声呐喊“打得好，打得妙，打得敌人哇哇叫”。

垭口两边的敌人不约而同地停止了进攻，刘春玉营长知道接下来有一场恶仗，需重新部署战斗。

战斗空隙，刘春玉命令加强岗哨值守，战士原地休息。刘春玉掏出笔记本，发给每人半张纸，写下家庭通信地址。不会写的请人代写，写好之后放进自己的口袋。战士们感到战斗残酷，八连、九连都是从孟良崮战役下来的，首长安排写纸条，也许就是最后的遗言，随时准备“光荣”。

刘春玉巡回检查时，发现一名小个子战士拿着白纸，望着蓝天发呆，纸上一个字也没有。刘春玉俯下身子，轻轻地说“写呀”。他像一尊雕像，一动不动。刘春玉再次催促：“写呀！”小战士干脆把纸条扔了，两行泪水滚落出来。他对刘春玉说：“我没有亲人了，我是河南信阳人，父母都被日本鬼子杀了。我与哥哥同时参军，可哥哥在济南战役中牺牲了。”刘春玉不知道怎样安慰他，给他一个紧紧的拥抱。

八连三排排长李克剑，身体高大勇猛，拿了一张纸单独坐在一棵松树下，写了几次，最后还是把纸揉成一团，伸手找刘春玉再要一张纸，刘春玉弯下腰捡起他扔的纸团，发现满纸写满了一个“娥”字。刘春玉低声问：“想女人了？”李克剑回答：“不知道这辈子还能不能见到她啊。”刘春玉站在高处对战士们说：“大家赶快给家人写信，只写几句话就行！”李克剑反问营长：“这个时候你不想女人吗？”

“想。”营长说，“我的未婚妻叫三秀，参军那天订的婚，她把我送到队伍里，叮嘱我早立战功，早回家。一晃三年没见面了。”说完还拿出一张照片，照片上是一个美丽的姑娘，柔柔的眼睛似乎一直在笑。营长拿着照片仔细端详，对着照片说：“这次我回家了，你给我生一堆娃娃。”这个话题特别敏感，勾起了战士们的联想，大部分战士都没有结婚，有个 30 岁的老兵直言不讳地说：“我在济南倒看上一个姑娘，就是那个担架队的小崔，那天走得急，还不知道她住哪呢。”老班长说：“打完仗就去找。”突然一颗炮弹在阵地上炸响，刘春玉高喊：“准备战斗！”

下午 5 点整，两边的敌人同时发起进攻，白湾上方碉堡槽射出密集的炮火，木马凳树木横飞，弹痕遍地，瞬间现出 100 多米的宽阔地带，解放军战士失去了掩体。第四保安旅 1000 多名士兵再一次向木马凳发起进攻。退守黑沟的敌人听到木马凳的炮声，重新组织突围行动，解放军腹背受敌，八连、九连危在旦夕。刘春玉命令：八连不惜一切代价炸掉碉堡。

如果不炸掉碉堡，要么阵地失守，要么八连、九连全部阵亡。连长果断命令，阵地整体后移 100 米，控制两翼山峰，把敌人放进木马凳，三个排的兵力集中火力消灭木马凳敌人。三班绕过山峰，从右侧接近碉堡。这一招真灵，炮声一停，敌人一个营的兵力蜂拥抢占木马凳，两边山峰同时夹击木马凳的敌人，机枪、手榴弹、炸弹如雨点一般投向木马凳，木马凳硝烟弥漫，没想到空旷地带成了敌人的埋葬场。碉堡上的指挥官举着望远镜观察木马凳战斗，没想到三班两个战士交替前进，从右侧密林中钻出来，敌人发现了一个战士，用密集的机枪封住了去路，战士用枪还击，故意牵制敌人火力，另一名战士以百米冲刺的速度冲到碉堡下方，拉开炸药包，一声巨响，碉堡开花。

刘春玉高喊：“同志们，生死决战的时候到了，也是党和人民考验我们的时候到了。增援部队不到达，决不能退后半步。营部所有人员全部投入战斗，进入班排，听从班排长指挥。”说完，扔掉望远镜，抱着一挺机关枪进入八连阵地，对准下方的敌人就是一阵猛烈的扫射，夺回了木马凳阵地。

八连刚把白湾方向的敌人打下去，九连受到敌增援部队的攻击，黑沟里的敌人离山顶只有 100 多米，九连告急。刘春玉二话没说，掉转枪头，冲进九连阵地，子弹打光了，用木棍、石头做武器，最后展开白刃战。随着刘春玉一声吼：“同志们，冲啊！”他挺起刺刀冲进敌阵，全连战士潮水般漫下来，只听到喊杀声，战斗持续了半个钟头，从贺家山尖的增援部队进入阵地，全歼黑沟一个团的敌人，彻底取得木马凳战斗的胜利。

夕阳西下，山峦青翠。敌人的尸体像秋天的谷捆子散落在贺家坪的山顶上、石头边、水沟里；血迹一摊摊洒落在树枝上、草丛里。人们在打扫战场时，发现营长刘春玉倒在一块大石头下，嘴里咬着敌人一只耳朵，胸部九个弹孔，手里紧紧握着一把带血的刺刀，两个炸碉堡的战士全部牺牲。

这次阻击战，歼灭九二八团及保安第四旅各一个营，毙敌 502 人，缴获重机枪 18 挺、步枪 200 支、电话机 3 部、子弹 21000 发、炸弹 300 枚。独立一师一团三营牺牲 9 人，其中营长、连长、指导员各 1 人，战士 6 人。湖北省军区司令部通令嘉奖三营全体指战员。

## 三、横扫千军震川东

英勇的三团以机智勇敢的战斗精神，赢得了贺家坪战斗初次胜利，也极大地鼓舞了当地群众。当地民兵组织担架队帮助解放军打扫战场，救治伤员。

九位烈士的遗体安放在大白果树下，人们给烈士换上干净的军装，地方士绅陈慎战主动捐出从四川购得的两副上等楠木棺材，用来安放营长刘春玉，他老婆的棺材安放了李克剑排长。当人们收殓刘春玉营长遗体时，在他上衣口袋里发现了“三秀”的照片，照片上满是血，却盖不住她甜甜的笑。三排长李克剑也牺牲了，他上衣口袋没有照片，只有一年前写给“娥”的一封信，信上说：“娥，又要上战场了，我就特别想你。这次打济南，我是机枪手，牺牲的可能性不大，我很快就会回来的。我奶奶我妈是最疼爱我的人，如果有什么意外，请不要告诉奶奶，怕她挺不住，她已八十多岁了，她说每天在家为我祈祷，叫子弹长眼睛，叫子弹专盯敌人打，还给爷爷祈祷叫他在阴间保佑我。每到夜晚，我就回忆你的笑容，有时感觉你就在我身边，可用手一摸，你又不在身边。我是抱着必胜的信心上战场的，一定多杀几个敌人。如果你两年没收到我的信，那就请你不要等我了，那时我肯定光荣了。娥，我爱你，永远爱你！”这封一年前写的迟迟没有发出去的信，让战友们哭得肝肠寸断。

刘本富、刘本贵抬着烈士遗体从人们身边经过，刘本富触景生情，望着烈士遗容，老泪纵横，老汉一哭带动全村 300 多人痛哭。乡亲们要按照当地习俗给烈士做斋、招魂。江团长说：现在战事紧张，丧事从简，开个追悼会，按当地出殡仪式安葬。

8 月 12 日，三团召开追悼会，江贤玉主持并讲话，政委致悼词，集体安葬九位烈士。九副红色棺材齐刷刷地抬向白果树坪，安葬在陈慎战家右侧。

保安第四旅在力量悬殊的情况下，惨遭失败，上峰极为震怒，大骂“草包，饭桶”。失去贺家坪，就意味着解放军打开了川鄂西大门，四川失守指日可待。

8 月中旬，解放军在贺家坪宣传群众、发动群众，修筑工事，制订新的作战计划，部队也得到了很好的休整。解放军将防线向前推进 1 公里，在第三道梁子也就是锌场垭修筑工事，深挖战壕，随时准备迎战来犯之敌。

9 月，宋希濂部下达新的作战命令：国民党第四十一军、第一二七军及省第四保安旅沿大巴山、巫山设置防线，企图阻止解放军沿长江北岸进军西南。独立一师为配合湘境野战军入川作战，拖住宋希濂两个主力军。敌人为了摆脱困境，集中兵力试图东犯，向独立一师阵地白湾、贺家坪进攻，妄图实现“夺占要地，窥视宜沙”的作战计划。

9 月 12 日，独立一师师长齐勇向第三团发布作战命令：主动出击，捣毁敌人据点。

独立一师第三团为主力团，一、二团各派出一个营配合，向敌人发起进攻。当天上午，第三团从贺家坪出发，二团一营从秭归龙传观出发，一团一营从羊角山尖出发，分别进攻驻守在西陵、牛洞、构坪、溪丘、麦峰等地的国民党军。

三团主攻溪丘湾保安第四旅，保安第四旅当时有 3000 多人，已是三团败将。几次想换防，但又拗不过正规军，只好忍气吞声。三团派出一个侦察班先行到达溪丘湾，加上天下大雨，侦察连两名战士化装成保安第四旅士兵隐藏在红沙包背后，红沙包是通往巴东县城的要道，也可翻包下平阳坝，与巴蜀大道相连。主力部队从白湾抄小路到达白湾上方，居高临下，先放一阵炮，突袭保安第四旅指挥部。敌人听到炮声一响，摸起家伙就跑，正好暴露在解放军早已埋伏好的枪口下。敌人边打边退，解放军宣传队拿着纸喇叭喊话：“我们是独立一师第三团的！第四保安旅，你们是我们的手下败将，你们已被我独立一师团团包围了，缴枪不杀。”喊话结束，枪声更密，十多颗手榴弹在指挥部院子炸响，一扇门被炸出一个大洞，敌指挥官趁机逃跑，第四保安旅士兵对三团谈虎色变，纷纷加入逃跑的行列。敌人边打边撤，第三团层层跟进，最后将敌人斩成三截，不到半小时，敌人丢下 100 多具尸体随大部向巴东县城逃跑。

30 多个敌人被围堵后掉了队，准备冲上红沙包绕小道逃跑，两名化装成敌人的解放军战士冲在敌人最前面，边跑边喊：“快，快，共军来了！”敌人慌不择路，跟着跑起来，跑得上气不接下气，跑得汗流浃背，两名战士回头一个劲地催促：“快，快，共军已追上来了！”当要冲上红沙包顶时，敌人已累得跑不动了，丧失了战斗力，两名战士掉转枪口，一阵激烈的扫射，敌人 20 多人来不及还一枪一炮，就上了西天，还有 10 多个人乖乖地举起了双手当了俘虏。

主力部队歼灭了第四保安旅后，兵分两路向牛峒和麦峰进军。雨大雾浓，对于机智勇敢的解放军来说，如同诸葛亮草船借箭，东风助战，天遂人愿。解放军 1500 多人全天行军 100 多公里，小股敌人不战而降，大股部队稍做抵抗，望风而逃。经过 30 多个小时激战，于 13 日上午，敌人全线崩溃，残余部队慌慌张张逃往江南，以长江为天堑，得以暂时喘息。保安第四旅生怕蒋介石撤销番号，还恬不知耻地报告：消灭解放军一个团的兵力，伤亡很大，战斗惨烈，为保全实力，以江为堑，伺机东山再起。

宋希濂当天就知道兴巴交界之战全线崩溃的消息，当即命令将保安第四旅旅长革职查办，副旅长履职，伺机再战。

兴巴交界失利，惊动了宋希濂。为了打开东大门，重新部署兵力，9 月 28 日，国民党第四十一军、第一二七军、第一一八军，共调集 11 个团的兵力，组成三个纵队，分三路向独立一师阵地炮台山进攻，另派第五十四军两个团渡江策应。出发前，宋希濂亲自召集团以上军官训话，团级军官立下军令状：不见阵地见人头。

第五十四军作为策应部队，为了抢占头功，首先与独立一师交上了火，在长江边受到独立一师猛烈还击，两个团只打了两小时就退回江南，发财梦升官梦还没睡醒就破灭了。

国民党三个纵队气势汹汹，从巫山下移，驻扎骡坪、巫溪、火峰、罗溪坝。30日，敌人派出精锐部队进攻炮台山，我独立一师趁敌立足未稳，从罗溪坝向平阳坝、两河口（巴东）迂回进攻，发现左右两翼敌人云集，面对强敌，独立一师当即决定撤出炮台山，退守贺家坪。在转移过程中，掩护二团出动一个营的兵力星夜抢占龙云观制高点。敌人来到炮台山下，不分青红皂白，一阵乱放枪，阵地只有一个连的兵力稍做抵抗，丢下阵地逃之夭夭。敌人只用半小时就攻下了炮台山，接着又攻下大垭。敌人见我军不战而败，于是乘胜追击。敌人十一个团共计3万多人，他们说凭脚就能踏平贺家坪。敌人被胜利冲昏了头脑，大军直逼巴东白湾。独立一师再次后退，将部队撤回高家坡、天池、官田、火石垭一带，贺家坪成了最前沿，只有两个排的部队坚守。

两军对垒，狭路相逢勇者胜。在这生死关头，齐勇将师指挥部迁至前线火石垭，全师能上战场的不到3000人，而敌人是3万人，兵力是我军的10倍。必须抢占制高点，控制东进贺家坪的敌人。

贺家坪的战斗处于生死存亡的关键时刻，有一只饿虎早已死死地盯上了龚家桥。9月30日下午，国民党一二七军三一一师九三二团在平阳坝集结，准备偷袭茅草坝。一团团长江贤玉举起望远镜观察敌情，突然看到有一股部队在平阳坝下坝向上坝移动，感到情况危急。立即骑马来到汪家垭，再次举起望远镜，发现敌人进军速度很快。

此时，侦察员飞跑而来，告知准确情况：国民党九三二团已快速行军平阳坝峡门口，准备进犯茅草坝，偷袭我后方。江贤玉命令驻守在贺家山尖上的九连跑步进入大坝河，在夹板溪歼灭来犯之敌，一再叮嘱：越快越好！九连从汪家垭冲向大坝河，在天黑前抵达夹板溪，即小龙河与大坝河交汇处。部队刚隐藏在河坝大石头边，喝一口河水，擦一把汗水，把手榴弹摆好，并在制高点架设好几挺机枪。敌人正处于急行军中，枪口一律朝天，突然间一颗、两颗、三颗手榴弹在敌群中爆炸，炮弹铺天盖地砸下来，敌人在乱石岗里乱窜，两面都是绝壁，逃跑挤攘不开，落入水中。炮声在山谷中连连回传，如崩山一般响彻云霄。经过一个多小时的交战，敌人逃回平阳坝。这次战斗敌人死伤 150 多人，大部溃逃。我军 11 人受伤，且全部轻伤，没死一人，这样快捷全胜的战斗，实属不多。这场战斗粉碎了敌人乘我后方空虚一锅端的白日梦。

10 月 1 日，正是中华人民共和国成立之日，北京欢欣鼓舞，敌人大部队云集贺家坪，妄图一举吃掉贺家坪。当天一团进入贺家山尖阵地，二团进入羊角山尖阵地，三团仍然进入贺家坪大垭阵地。

10 月 2 日黎明时，战斗全线打响。

大垭只有八、九两个连队，九连在夹板溪打了胜仗，士气正旺，仍然驻守贺家坪上方。敌人从白湾出发，敌一三二师妄图一举吃掉八、九两个连，雪洗屡败之仇，同时也可向蒋介石报喜，“为保卫大西南”壮胆。

当天原以为有一场恶战，但敌人只是在铧场垭空放几枪，试探解放军动静，便退回阵地。

10 月 3 日，风和日丽。上午 9 时许，突然山上响起一阵激烈的枪声。只几分钟光景，八、九两个连队集合完毕，集中兵力抢占黑沟口山头和营盘正对面山头，然后坚守待援。两个山头相距不到 1000 米，可互相依托。战斗命令一发出，战士们像猛虎一般向山上扑去。霎时间，枪声、手榴弹爆炸声、喊杀声不绝于耳。敌人当时虽然占领了有利地形，但立足未稳，防御工事还没形成，加之他们连连吃败仗，远道而来，士气低落，战斗力不强。我军士气正旺，经过两个小时的激战，敌人丢盔弃甲，从两个山头败下阵来。

敌人丢了两个山头，便集中五个营的兵力向八、九连阵地疯狂反扑。

八连三班12名战士处在最前沿——一道坎，王副排长蹲守一班督战，共计13人，班长名叫刘少斌。高高的个子，脸被太阳晒成了黑泥鳅，油光光的，浑身有使不完的劲，战士们都叫他泥鳅黑。在向山头进攻时，王副排长被手榴弹炸伤了右脚，只有一根筋连着，拖爬在阵地就是一条血印，这个累赘降低了他前进的速度，他将小腿拿起来，从身上掏出匕首，割断了那根牵连的脚筋，在手里看了看，扔掉了。王副排队是全连的神枪手，为节约子弹，他总是靠近敌人，不虚发一枪。

下午4点，敌人发起猛烈进攻，手榴弹在一道坎前爆炸，卷起阵阵灰尘。王副排长跃出一道坎，隐藏在一块大石包下，叫战士们望着他的手势听他的命令开枪。枪声虽然变得稀疏，但命中率大大提高，杀伤力增强。每当敌人冲锋时，王副排长指挥战友们，“伤敌十指，不如断敌一指”，要求火力集中一个据点一个据点地打。他这种办法虽然消灭了敌人好几个据点，没想到，敌人趁战斗正酣之时，另一个据点又在形成。王副排长拖着半条腿迎头逢敌，他将五颗手榴弹捆在一起，从高处滚向敌群，手榴弹连环爆炸，炸得敌人望风而逃。

王副排长的牺牲激起了战士们的满腔怒火。随着一声“老子与你们拼了”，个个都像小老虎跃出战壕，挥舞大刀向敌人头上砍去。前沿阵地，血流成河，敌人挡不住猛虎下山的阵势，退出阵地200多米。在战斗空隙，刘少斌跃出战壕，将敌人的尸体码起来做掩体，敌人一望到成堆的尸体，从骨子里害怕起来。战士们高声唱道“快把炉火烧得通红，团结起来到明天，英特纳雄耐尔就一定要实现”。歌声像洪流席卷下来，给战士们增添了新鲜活力。

下午5点，八连三班已牺牲6名战士，他们仍然像钉子一样钉在阵地上。师部得知八连、九连陷入敌人的包围圈中。师长命二团、三团从兴山、秭归两地出发，火速增援大垭上方的八连、九连。

增援部队10月4日上午11点赶到观音堂时，敌人大惊失色，无心恋战，慌忙向狮子垭方向逃窜。八连、九连战士从10月3日9点到10月4日11点钟，没喝一口水、没吃一粒米，硬是凭顽强的拼搏精神打退了敌人的进攻。

这场血战，我军虽然取得了绝对性的胜利，但也付出了血的代价：九连两个排只剩下28人，八连180名指战员，牺牲和重伤的就有44人之多，八连三班共计13人，牺牲11人，两人重伤。班长刘少斌幸存下来，但负了重伤，作为特级战斗英雄送往宜昌住院。

10月5日，独立一师发布反攻命令：一团、二团五个连抢占羊角山尖，二团二营两个连抢占龙会观，三团从正面进攻。趁敌人一二二军换防过快，一二七军换防过缓之机，于10月6日一举攻下贺家坪、木马凳、大垭、白湾、黄金观一线。7日清晨，一团、三团于大垭会合，迅猛向五宝山进军，速歼一二四师，经过两天一夜战斗，全部占领五宝山，第一二七军溃退，第五十四军渡江逃跑。此次击毙敌军740人，俘虏277人，其中少校营长1人，缴获大小钢炮17门，各类枪148件套，子弹30000多发。我军牺牲22人，其中连级1人、排级2人、班长7人、战士12人；受伤290人，连级4人、排级6人、班长37人、战士243人。

湖北省军区宣告：贺家坪战役大捷！11月，独立一师在兴山县城召开庆祝大会，宣读嘉奖令，一、二、三团受到通报嘉奖，三团三营荣立一等功。三团八连、九连荣立一等功，八连三班荣立集体一等功，师长亲手授予战斗英雄三班“守如钉”锦旗，班长刘少斌在宜昌住院，师长派人从宜昌抬回兴山，在会上做特等战斗英雄事迹报告。三班的英雄事迹被搬上舞台，在全军做汇报演出。

贺家坪战役是西南战役中最早的重要战役，是一次力量最悬殊的战役，是一次以少胜多，以弱胜强的典型战役，也是高桥新民主主义革命时期的最后一次战役。这次战役彻底粉碎了蒋介石划江而治、以山为障的天府蜀国的梦想，打开了解放大西南的东大门，为解放全中国书写了浓墨重彩的一笔，其英雄事迹永远激励着后辈们奋勇前进！

# 尾声

东风夜放花千树，
洗尽风流看今朝。

高桥人民的命运始终与中国工农红军和巴兴归革命根据地连在一起。

1930 年 8 月 18 日，宜昌清乡“剿共”司令部指示巴兴归“剿共”团制造了震惊中外的官田岭“箩稗子惨案”，一次杀害 17 名共产党员，令人不寒而栗。长冲村共产党员、游击队员黄道升在配合红军没收地主财产后，被敌人秘密杀害于天池村石垭子，大槽村共产党员、游击队中队长董大凤在严家井战斗中壮烈牺牲，革命烈士陈慎洲、陈慎勤等都不在 17 人之列。国民党三年清乡行动，据不完全统计，杀害高桥乡共产党员、农会干部、人民群众共计 30 多人。

1929 年 11 月 3 日，中共巴兴归县委书记张华甫牺牲后，组织任命廖景坤为巴兴归县委书记。1930 年 9 月，川军戴天民旅向巴东苏区进犯，红四十九师转战外线，他因患伤寒留牛峒、甘家坪坚持斗争，病重期间，他在龙会观附近开会时，敌军骤至，因腿伤隐于老屋场一潘姓后屋内，不料为联保主任谭德彦探知，被捕送往巴东县城。

巴东县县长周光烈和敌旅长戴天民对廖景坤亲自提审。廖昂首而立，手指堂上“天下为公”四字横匾，怒斥道：“你们写错了，应改‘天下不公’。”周光烈、戴天民点着狱中 20 多人的名字，要他指认谁是共产党员。廖景坤慷慨陈词：“巴东共产党员只廖（自己）陈（宗培）二君！”敌人官禄诱降，他则报以冷笑，逼写“反共声明”，则挥毫写出“共反”二字，掷纸于敌，不惧酷刑，敌技穷，决定将其杀害。

廖景坤就义前见写有“枪决共匪廖景坤”标语字样，当即拒赴刑场，迫敌将“匪”字改为“党”字。坚定地说：共产党员的头可杀，血可流，志不可移。廖被敌架往刑场时，仍一路高呼口号，壮烈牺牲，时年 28 岁。他的遗骸由群众冒险收殓，葬于巴东县城秋风亭后。1958 年，迁葬于县烈士陵园。

1930 年 8 月，万仙洞战役期间，师长黄大鹏带领 100 多人在兴巴交界的小龙、贾家坡、后沟打游击，其主力由副师长涂美中带领进入兴山红花、木鱼打游击，后经神农架至保康，到房县与红三军主力会合。1931 年 12 月 15 日，在兴巴交界的甘坪二垴垭战斗中，独二团副团长罗玉卿壮烈牺牲，对这位跟随贺龙军长身经百战的英雄的牺牲，全师上下极为悲痛。16 日，黄大鹏在牛峒坪为其召开追悼会，胡荣本致悼词，当念到“强盗未杀尽，先锋遂伏弹，愤慨磨利剑，报仇杀敌前”时，全体指战员悲痛欲绝，号天恸地，纷纷要求再攻二垴垭。17 日，在黄大鹏的率领下，向二垴垭的敌人发起了猛攻，红军士气旺盛，敌军难于抵挡，开始溃退，黄大鹏为了彻底消灭敌人，一面加大火力，一面加强政治攻势。黄大鹏冲到最前沿阵地一块大石头后面，面对面地对敌喊话“你们跑不了了，缴枪不杀”“红军优待俘虏”。狡猾凶悍的分队长史祖惠听出是黄大鹏的声音，遂停止逃跑，组织狙击手专打黄大鹏，当黄大鹏第三次抬起头喊话时，枪弹如雨，中弹牺牲。黄大鹏中弹后，部下乱向后退。后退不见师长尸首，在连长谭连科的带领下，夺回阵地，抢回师长尸首。黄大鹏牺牲后，全体将士挂孝，当地群众1000多人送葬，号哭动天，葬水池岭。1958年迁葬于巴东县烈士陵园。

宋文明担任红教二师代师长（独立二团代团长），县委书记胡荣本任政委，刘养民为政治部主任。

1932 年 1 月，胡荣本、宋文明在红花、木鱼打游击，又称川东游击队。在兴山的茅湖坪打了一大仗，损失惨重，撤退到彩旗垭又遭重兵包围，在战斗中，巴兴归苏维埃副主席孟国夫，消灭五个敌人后壮烈牺牲。主席高云锦突围，后来主席高云锦咽喉发炎，不能进食，敌人包围，在小龙狮子哑愤而自杀。

胡荣本、宋文明、梁帮翠（胡荣本妻子）突围后，准备取道江南，向湘鄂西省委汇报工作。梁帮翠临产，在两河口村被捕牺牲。8 月 27 日，胡荣本、宋文明在东瀼口田家湾被叛徒田祥典出卖被捕，敌人严刑拷打，两人始终坚贞不屈，于 1930 年 10 月在巴东就义。

黄中立，兴山县高桥乡革命火种传播人。红四十九师第一连政委，与严昌奎是肩并肩的战友，他跟随部队转战南北。1930 年冬，党组织派到保康购买护送枪支弹药和紧缺物资，他路过高桥，在龚家桥巧遇避难的妻子田氏，高兴万分。五岁的儿子抱着爸爸不肯放手。他多想与妻子多待一会，妻子看着黑瘦的丈夫，用手抚摸不止，泪已成行。重任在身，不可久留，他将儿子放回妻子怀里，对妻子深情地说，“人世间谁不疼爱自己的妻室儿女，国难当头，匹夫有责，有国才有家。”说完忍着泪水与妻儿话别，这一别也是恩爱夫妻的永别。

在保康，黄中立见到了三、四、五弟在此，兄弟相见，异常激动。黄中立对三个弟弟说：“我辈兄弟七人，已为革命牺牲三人，我已有一儿，诸弟均尚无后，今托诸弟，善视嫂，教儿读书走正道，吾无憾。”不知是上帝早有安排，还是黄中立抱着为革命牺牲的准备，对弟弟作了这番交代，让存活的弟弟伤痛一辈子。

黄中立的保康之行运枪任务完成得非常出色，他再一次回到了根据地。戴天民师对红军痛恨入骨，派其部队紧跟其后。一天，红军刚停下来休息，敌人重重包围，黄中立第一个端起枪冲向敌阵，敌人 100 多人，红军只有 30 多人。黄中立带领 10 名战士牵制敌人，红军大部分突围，黄中立不幸陷入敌手。敌人用刺刀将黄中立两只手心刺穿，用铁丝穿圈，押至兴山城。敌旅长戴天民千方百计诱降，均被拒绝，其意志毫不动摇，敌人用尽酷刑，黄中立鲜血流遍全身。1931 年春的一天，敌人把他押到兴山县城河坝刑场，他面色从容，昂首挺胸。振臂高呼“中国共产党万岁”“打倒国民党反动派”。随后他还高唱“英特纳雄耐尔，就一定要实现……”，在《国际歌》声中，高桥人民的好儿子黄中立慷慨就义。

黄中立就义后，灭绝人性的邓维楚到处搜捕黄氏兄弟及其家眷，他的妻子田氏在被抓住后当场被枪杀于舒家槽。

高桥是一块热土，当年参加红军的都是热血青年，有准确资料显示伍家坪村严昌奎、洛坪村张国宝都是红军军官。据不完全统计，有 10 多人参加了红四十九师。大部分青年参加了下湾游击大队，游击大队是红军的后备力量，随时可能被收编。但很遗憾没等到那一天，就被敌人“剿灭”了。

兴山保卫团团长金泰和，字子顺，绰号“笑面虎”。父亲金开甲，昭君镇金家湾木匠。金泰和饱读诗书，从小立志光宗耀祖，科举废除，仕途无望，改教私塾。后跟随兴山团总陈天宝做幕僚，写写画画，很会见风使舵，经陈天宝推荐坐上了兴山保卫团第一把交椅。他走上仕途，与县长万曰藩等人勾结，迫害共产党人。其手段残忍“有功”，被省政府任命为巴兴归“剿共”指挥部副总指挥，他亲手杀害了县委书记张华甫等 100 多名共产党员，手上沾满了人民的鲜血。

金泰和掌权后，大肆搜刮民财，谁要是说他一句坏话传到他耳朵里，就会遭到他明目张胆的枪杀。他杀人如麻，为与国军争夺“剿杀”共产党的“功劳”，还暗地向省政府告戴天民的状，从此结下冤仇。1931 年 8 月，戴天民明知有仇，还故意讨好金泰和，给他送机枪、手枪贿赂他，让他放松警惕，在兴山南门楼诱捕了他。金泰和入狱后，站火砖、背火背笼等酷刑都用上了。让他欲死不成，欲活不能，与其长期受罪，不如死了好。他托人给家里带信“送毒药以求快心”。送饭带毒不行，看守要送饭人先吃。最后终于想出妙计，在斋铺特定桃片糕，里面包着毒药，由金泰和叔伯爷爷金能格送去，看守照样要来人先吃，金能格将准备好的无毒桃片糕当面吃下，才准送进去，当金能格走后两小时，金泰和一命呜呼！结束了他肮脏的一生。

贾显卿是兴山县保卫团二号人物，巴兴归“剿共”团副团长。金泰和死后他终于坐上了第一把交椅。他在高桥犯下了滔天罪行，官田岭被屠杀的共产党员大多属于他亲自抓捕。他多次“围剿”下湾区游击大队，杀害红军指战员共计 100 多人。他还在湘坪、红花、木鱼一带“剿杀”红军，推行“烧光、杀光、抢光”和“十家连坐”政策，烧毁民房 285 间，抢占耕牛 19 头，生猪无数，骡马 3 匹，强奸妇女 11 人，罪恶罄竹难书。

1949 年 8 月，兴山解放。贾显卿预感末日来临，仓皇出逃，于 1950 年春流窜到汉口、长沙、广州等地。1955 年被公安机关抓获归案，1958 年 6 月，公开宣判，被人民送上断头台，结束了他罪恶的一生。

陈慎维，高桥乡贺家坪村人（原籍下湾马家湾），国民党总团练长，曾伙同龚家桥大地主、土豪劣绅抵制农民协会，抓捕田恒山、田祚开等革命干部。在国民党清乡运动中是本地中坚力量，在他的指使和围堵下，杨直亮、陈慎勤、陈慎洲等革命烈士相继被捕。新中国成立后，共产党彻底清算了他。1950 年底，被秭归县人民政府镇压。

陈壮举，他亲眼看见区苏维埃政府镇压了他的爷爷、父亲、叔父，在他幼小的心灵里种下了仇恨的种子。14 岁时由他带路抓捕了革命烈士陈慎洲。解放后，他自食其力，参加劳动。镇压反革命时，工作队还没进村，他自感罪责难逃，自缢身亡。

陈慎战，解放后，清算了他的土地，没收了他的财产，长工归家，家丁解散。分得自家房屋一套，土地若干亩。生育一女，改姓刘，嫁巴东。迫使他自行耕种，他不事农活，郁郁寡欢，于 1953 年病故。

1950 年、1951 年镇压反革命时，高桥乡抓捕、判刑、镇压伪方人员 10 多人。

历史的巨轮滚滚向前，勤劳智慧的高桥人民仍然坚持着不屈不挠的斗争。

下湾村革命烈士陈慎勤的侄子陈庸民，参加抗日战争与日本鬼子打了三年仗，曾身负重伤，回家务农，姚家坡 16 岁的潘顺礼只参加军训十天就上了战场，从枝江转战当阳、黄花、宜昌南津关。在石牌保卫战中，看到日本兵从江里坐船攻山，敌人好像春天的竹笋黑压压从江边草丛中树林中钻出来，他们占据有利地势，一天一夜不歇炮火。他至少打死了 30 多个敌人。最后全连只剩他与王连长了，他俩放弃了战斗，连长把尸体码成山，带他从缝隙里钻进去，他俩才保住了性命。

靳德富，这位 1944 年参加革命的抗日老兵，有过许多传奇故事，屡次荣立战功。解放战争中，士兵、班长、排长、连长连升四级，四级都是用鲜血和战功浇筑起来的。解放后，他放弃大城市人武部部长职务，甘愿在高桥供销社工作，与农民为伍，以农民为荣，把毕生事业全部奉献在乡村。

陈庸介，洛坪村人，陈慎洲侄子，陈慎洲牺牲时他已七岁。他的两个哥哥还到秭归县城为叔父奔尸。他是他家第二代“五丁一甲”之人，秭归师范毕业后，曾做过九年小学教师，因饥荒之年，放弃教鞭，以农为生，2017 年去世，他的一生以讲高桥红色故事为乐。

用不着多举例了，高桥是一块英雄的土地，高桥人民是英雄的人民。

毛主席给英雄的烈士们写下了一句话：“成千成万的先烈，为着人民的利益，在我们的前头英勇地牺牲了，让我们高举起他们的旗帜，踏着他们的血迹前进吧！”

# 后记

我从小在红色故事里泡大，花甲之年仍忘不了童年听到的故事。

我的五爷陈庸介是最会讲故事的人，专讲发生在我们身边的故事。

我初中毕业时最喜爱的小说是《红岩》，读高中时才知道作者罗广斌、杨益言是《红岩》故事的见证人。我对罗、杨二位作者十分仰慕，也想把发生在洛坪下湾一带的革命故事写成小说传播出去。

多少个夜晚，我注目仙女山，仰望天空；多少次我拿起笔，多少次我又放下笔。

我从事新闻宣传工作30多年，在家乡人眼里应该属于笔杆子了。每次回家，家乡人嘱托我“把家乡的事写一写”。我给家乡写过许多宣传报道，有些不起眼的事传播全国。我自以为完成任务了，结果家乡人还是不满意。乡亲们开门见山地说：你写我们家乡打土豪分田地的事，你写共产党员陈慎洲、陈慎勤的事迹，我保证人们喜欢看，喜欢传。

家乡那段轰轰烈烈的历史，永远有着鲜活的生命力！

写作这东西啊，真是谈匠多，搞匠少。

写作是门苦活路，写历史更苦。我从事新闻宣传工作多年，知道真实是生命意义所在。

2017年上半年，县文联、县作协组织了一批作家到高桥采风，鲁迅文学奖评委谭光荣少将给我们上了一堂红色文化教育辅导课。在座谈会上乡党委书记龙景丽直接表达了高桥人民渴望有一本反映本地红色文化的书籍。事后，龙书记还专程到县文联商谈此事，县文联和县作协再次组织几个高桥籍的湖北作协会员在贺家坪村召开第一次座谈会，针对高桥红色文化进行了细致梳理，形成历史沿革、社会资源、红色故事等五个板块。是年 9 月，县文联与高桥乡联合召开第二次专题办公会，指定专人按章节写作，议定 2018 年 5 月底以前交稿。乡党委承诺解决写作和出版中的困难，这次会议我也分摊了一部分写作任务。到了 2018 年 5 月，县文联组织收集初稿时，由于部分作家工作变动和事务性工作繁重，写作计划落空。

我的写作水平不及其他作家，本想来个笨鸟先飞，便重新整理了写作提纲。县政协副主席、县文联主席张学元看了我的提纲，久久地握着我的手说："你是高桥人民粗茶淡饭养大的，'鸦有反哺之义，羊有跪乳之恩'，这事你不能推托。"我深感责任重大。

每一位作家都是从家乡出发的，跨大步是跳高运动员的事，不是作家的事。我也常常思考家乡对作家的影响和意义：我个人认为，家乡对作家来说如同土地作用于庄稼，水作用于鱼。外国的托尔斯泰、雨果、马克·吐温，中国的鲁迅、沈从文、莫言也是如此，他们都是写家乡的高手。当代作家路遥、陈忠实把家乡当作一个载体，湖北籍作家晓苏也是如此。上述作家都是大家，作为刚刚起步的初学写作者来说，不妨临摹家乡，也许能有收获。

自从接受这次写作任务之后，除正常上班外，全身心扑在写作上，从夕阳西下的傍晚到天刚拂晓的黎明。把没有生命的文字赋予生命，码字的妙趣横生，那是一种煎熬，更是一次灵魂的洗礼。

每隔一周，学元会准时给我打来电话，询问写作进展，叮嘱历史事件一定要正本清源，不能假设。文学也是人学，不能搞指鹿为马以讹传讹的事。

磨刀不误砍柴工。我利用星期天，与本书第二作者光福背起行李，踏访在高桥的土地上。部分烈士家属得知我们在撰写这方面的书籍，主动提供资料。杨直亮烈士的孙子杨大美从武汉赶到兴山城给我提供了非常难能可贵的材料，杨大美还三番五次前往巴东联系烈士后裔。当我写到小塘垭战斗时，又遇到了难题，党史资料只有粗线条记载，又是烈士后裔补充完整。杨大美为把这份资料搞完整，从武汉回家三趟，花费颇多，没有一点怨言。贺家坪村王开学父子接到我的采访电话后专程从浙江回家，给我讲他爷爷王发祥的事迹，还带我查看悬挂他爷爷头颅点天灯的干柴土垭。烈士后裔陈行友、陈行顺、陈晓天、陈晓锋、龚彪、朱永生、杨大成、杨涛等人数十次给我提供珍贵资料，烈士亲属陈庸壮、陈行旺、陈行特、曹文凤、蒋仕红、袁盛德、宋文艺、宋文德多次带我们采访，获得第一手材料。老干部周宗柏、秦开宽，历史见证人高炳森（1953年镇压反革命时工作队员）花费大量时间回顾历史。除此之外，官田刑场遗址知情者朱永保、陈爱平、龚光玉、杨光喜、谭子安、潘永久，巴东甘坪张安同等近百名群众主动提供所了解的事实真相。为了验证真伪，我采访正反两方面的后裔。幸好历史是一部过滤器，正反双方都不计前嫌，坦荡接受历史事实，采访顺风顺水，在此对上述被采访人表示衷心感谢！

初稿从2017年8月动笔，到2020年9月30日杀青，历时三年时间。初稿完成后，打印成册后请张学元、孙斌、余首成、韩兴浒、张文兆帮忙修改，修改完成后，送高桥乡党委领导龙景丽、李明锋、郑兴、李芳芳等同志审读，他们提出了许多修改意见。2021年元月，高桥乡党委召开专题会议，指明书稿必须送县党史办专家审读，我又将书稿送县档案馆请党史专家舒化俊、尹显华、高光成审读，并当面回答他们提出的问题。张学元、韩兴浒、张文兆三位专家，挤出休息时间，对书稿逐字逐句校读，对书中的事实再次甄别，甚至连标点符号都一一订正，在此出版之际，再一次说一声“谢谢”。对历史上有争议性的问题要以党史为蓝本，挤压水分，保留真相。

这本书的出版，感谢老朋友谭光荣将军审读书稿，还不辞辛劳给拙作写序，在此只能说一声“谢谢了”。为出版事宜，高桥乡党委、政府十分重视，多次找县领导陈光辉、袁松松请示汇报，得到了县委、县政府、县政协的大力支持，成立了“《高桥烽火》编审委员会”，提高了本书质量，使之成为本地党史学习材料，我们由衷地表示感谢。县文联主席张学元、副主席钱瑜、袁选国操心劳力，多次帮我们联系出版事宜，在此一并致谢。

由于本人才疏学浅，时间仓促，本书难免错误，敬请读者批评指正。

陈爱社　陈光福

2021 年 4 月 8 日于兴山县古夫镇香溪郡